JN318829

欲しい

永井するみ

集英社文庫

欲しい

第1章

各種ビタミン、カルシウム、鉄、亜鉛。そして、免疫力を高めるというエキナセア。ダイエット効果のあるコエンザイムQ10。

タブレットを次々に口に放り込み、紀ノ川由希子《きのかわゆきこ》はミネフルウォーターで流し込んだ。洗面所に向かう。鏡の前で髪を直し、にっこりと笑顔を作る。

いいんじゃない。

自分にオーケーを出した。

週に一度は美容院に行って、髪の手入れには手間も時間もかけている。朝のメイク前には、十五分の顔筋《がんきん》マッサージも欠かさない。行きつけのエステサロンが二軒。週末はスポーツジムでトレーナーについて汗を流す。そのおかげで四十二歳という実際の年齢よりも若く見られることが多い。

化粧は最低限に抑え、ネイルカラーはベージュ。服装はごくシンプルなスーツ。バッグも靴もブランド色の強くない控えめなもの。ジュエリーも小振りのイヤリングと揃《そろ》いのリングだけ。すべて細心の注意を払って選んでいる。目の肥えた人には非常に高価なものだと分かるだろうが、たいていの場合、身だしなみのいい女性という印象を与えるだけに終わるだろう。

それでいい。

外見で相手を圧してはいけない。清潔感と親しみ、信頼に足ると思わせる落ち着き、華美とは無縁のさりげない品格。それが理想だ。ずっとそうなりたいと思って努力してきた。今のところ、かなりうまくいっていると思う。

午前七時十五分。毎朝、この時間に自宅を出る。由希子のマンションからオフィスまでは、地下鉄で三十五分ほど。こんなに早く家を出る必要はないのだが、他の社員が出社する前に、一仕事、済ませておきたい。

由希子が経営する『ミネルバ』は、人材派遣会社である。

由希子の二十代は、外資系ホテルに勤めて仕事の基礎をみっちりと学ぶことに充《あ》てられた。三十歳になったときに自分の可能性を試してみたいという思いに駆られ、渡米を決意した。時間はかかったもののＭＢＡを取得し、帰国して起業したのが三十五歳のときである。

コンピュータ関連、語学、薬学関連など、専門性をうたう人材派遣会社が増えている中で、ミネルバは秘書業務、受付業務、経理業務、ファイリングなどのオフィスワークを中心に人材の派遣を行う。地味と言えば地味だが、専門技術に頼れない分、スタッフの社会人としての質が問われるともいえる。ミネルバでは、派遣登録している女性たちに徹底したビジネスマナー研修を行うことで特色を出している。

外資系ホテルに勤めていた経験を生かし、かつては由希子自身が接客を中心とした研修を行っていたこともあるが、今では専門のマナー・インストラクターを雇っている。基本的なビジネスマナーをしっかりと身につけており、笑顔と立ち居振る舞いの美しい派遣スタッフは、派遣先企業での評判も上々である。

「ミネルバさんのスタッフは、礼儀正しくて、感じがいい」というのが、大方の評価である。「だからまた是非ともお願いしたい」と続く。

礼儀正しく感じがいいというのは表面的な印象に過ぎず、女性の能力を正当に評価していないというふうに受け取れなくもないが、由希子は大切な評価だと思っている。ことに派遣会社を経営している身としては、自分のところの派遣スタッフをまた使いたいと言ってもらえるのは、何ものにも代え難い喜びなのだった。

嫁ぎ先で娘がちゃんとやっていけるかどうか心配する母親のように、常に由希子はスタッフが派遣先でどんなふうに仕事をしているか、企業側の評価はもちろん、スタッフ自身がどんな思いでいるのかを気にかけている。

「情にあついのがきみのいいところでもあり、経営者として見たときの弱みでもあるね」と久原啓治《ひさはらけいじ》によく言われる。

他の人間の言葉なら腹を立てるかもしれないが、相手が久原であれば、素直に聞いていられる。こんなふうに弱点を男に指摘されるのは、甘い快感でもある。久原が自分という人間をよく理解し、受け入れてくれているのだと実感できる。

今のようにオフィスへ向かう途中、あるいは仕事のほんのちょっとした合間に、久原のことを思う。久原のよく響く声が蘇《よみがえ》る。それはとても由希子を幸福な気持ちにさせてくれるが、同時に不安にもさせる。一人で立っていられない自分を見据えなければならないから。

原宿にあるオフィスに着いた由希子は自室に入り、まずはコーヒーをいれた。とにかく濃くいれる。胃には良くないかもしれないが、気持ちをしゃきっとさせるのには役に立つ。

ビルの七階。窓の外には、ファッションビルや、ミネルバが入っているのと同じような小規模なオフィスビル、そうかと思うと、ごくごく普通の住宅や、和菓子屋や酒屋など、昔ながらのこぢんまりとした商店が点在している。由希子はここからの風景が好きだ。仕事をしているときの外の世界を向いた自分、自宅でくつろいでいるときの自分、その両方を俯瞰《ふかん》しているような気持ちになる。

窓辺を離れ、デスクの前に座る。パソコンを立ち上げ、メールの確認作業を始めた。

派遣スタッフは、フィードバックシートと呼ばれる自己評価用紙にインプットして、週に一度、コーディネーターにメールで送ることになっている。また、コーディネーターが派遣先企業を回って、企業側の評価を聞くと同時に派遣スタッフに声をかけ、仕事は順調か、何か問題はないか、要望は？　などさまざまな話を聞いてくる。その報告を受け、フィードバックシートに目を通すのが、由希子のスタッフ管理業務の主軸。それ以外に、直接、相談したいことや訴えたいことがあったときは、その都度メールを送るようにとスタッフに伝えてある。そのメールが存外、多い。

　メールは、スタッフによって大雑把に記してあるもの、詳細に書き連ねてあるものとさまざまだが、大抵は派遣先企業での人間関係についての悩みを打ち明ける内容である。派遣スタッフであるということで、正社員と比べて扱いに差がある。たとえば、休み時間が短かったり、服装をチェックされたり。そんなことが記されている。それぞれのメールに、ちょっとしたアドバイスや励ましの言葉を記して返信した。

他愛もないと言えば他愛もない悩みだが、本人にとっては深刻である。いずれにしろ、コーディネーターに対応させておけば問題ない。由希子が自ら対応を迫られるようなものは、きょうのところは見当たらなかった。

ドアがノックされた。目はパソコンディスプレイに向けたまま、どうぞ、と応じる。

「失礼します」と入ってきたのは、コーディネーターの嶺岡《みねおか》だった。

彼は二十五歳と若いが、なかなかよく気が付くし、腰が低い。由希子の目にはひょろりとした頼りなげな男に映るのだが、派遣スタッフの女性たちには、嶺岡さんて優しそう、と人気がある。

「早いのね」由希子が言った。

まだ九時前である。この時間に出社している社員は少ない。

「社長に相談がありまして」嶺岡が言った。

由希子は軽くうなずき、座るようにと手振りで示した。嶺岡はソファに腰を下ろすと、すぐに切り出した。

「実はですね、槙《まき》ありさというスタッフのことで」

「ちょっと待って」由希子はデスクのパソコンを操作して、人材データを表示させる。

「ああ、つい最近登録した人よね。先週からMISAKI商事に行ってもらっている」

MISAKI商事、と由希子は心の中で繰り返す。胸の奥が熱くなる。久原はMISAKI商事の事業統括部長であり、取締役でもある。

五年前、ある企業の創業五十周年パーティで出会った。その頃からすでにMISAKI商事はミネルバにとって得意先であったから、お世話になっております、と丁寧に由希子は腰を折った。久原は、きょうは仕事の話はやめておきましょう、なかなかいいワインがありますよ、と言ってグラスを取ってくれた。立食パーティの間中、久原と由希子はずっと一緒にいた。皿に食べ物を取り、飲み物のお代わりをし、いろいろな話をして笑い合った。企業のパーティは営業のチャンスだから、できるだけ多くの人と話すこと、というのが基本姿勢の由希子にとっては珍しく、心からくつろぎ、楽しんだパーティだった。

あの晩以来、久原と定期的に会うようになった。彼に家庭があるのは承知の上。久原とならば、パーティのときの楽しさが、ずっと続くような気がしていた。

「その槙さんのことで、ご相談が」嶺岡が言う。

「先週末のフィードバックシートでは特に問題はなかったはずよね」データを確認しながら応じた。

併《あわ》せてＭＩＳＡＫＩ商事から送られてきた評価も見る。Ａとなっている。今後も槙ありさに継続して勤務して欲しいという意味だ。

「問題が起きたのは昨日の夕方なんです。僕が知ったのは今朝《けさ》で。槙さんから僕の携帯に電話があったんです。仕事を休みたいということでした」

由希子は黙って話の続きを待つ。

「理由を尋ねても、なかなか言おうとしないし、体調が悪いのかと訊《き》きましたが、そういうわけでもないようでした。行きたくない、行けない、と繰り返すばかりで」嶺岡の顔に困惑が滲《にじ》む。

おそらく、電話口でありさに泣かれでもしたのだろう。コーディネーターは、スタッフの女性たちの涙と愚痴に付き合うのが仕事の半分以上を占める。

「それで？」

「いろいろ質問をしてようやく聞き出したんですが、昨日の夕方、ＭＩＳＡＫＩ商事に、槙さんの元の旦那《だんな》が現れたそうなんです」

「元の旦那というと、槙さんは離婚しているのね？」

「半年ほど前に別れたそうです。三歳の子供もいるとか」

「お子さんもいるの？」

「はい。子供は槙さんが引き取って、育てているということでした」と言ってから嶺岡が早口で弁解する。「そういう事情はもっと早く伝えてほしかったと、槙さんにも言いました。ただ、彼女としては、できれば伏せておきたかったようで、僕も知らずにいたんです」

「仕方がないわね。それで、夫だった男性は、槙さんとよりを戻したいと思っているわけ？　だから会いに来た？」

「おそらくは、そうなんでしょうね。ですが、当面の目的は金のようです。別れた旦那には借金があるらしく、槙さんに金を融通しろと迫るのだそうです。それも、ＭＩＳＡＫＩ商事のロビーで、かなりしつこく」

「ＭＩＳＡＫＩ商事さんからは、何も言ってきていないけど」

「別れた旦那が現れたのは昨日の五時半過ぎだそうですから、あちらの担当者の耳にはまだ入っていないのかもしれません。きょうには確実に知れるでしょうが」

「なるほど。そういうことね」

「槙さんは休みたいと言い張っていたのですが、しかし、そういうことがあった翌日に休むのはあまりいいことではない。トラブルがあったときこそ、一生懸命仕事をして挽回《ばんかい》しなくてはだめだと話しました。今、家を出れば、始業時間に間に合うから、急ぎなさいとせき立て、僕も午前中に様子を見に行くからと励まして。まだ不安そうでしたが、分かりました、と出社することに同意してくれました」

「説得してくれてよかったわ。正しい対応だったと思います」

由希子は嶺岡をねぎらった。それからさっと立ち上がり、上着を手に取った。

「行きましょう。ＭＩＳＡＫＩ商事さんに。先にこちらからお詫《わ》びしておかないと」

嶺岡もあわてて席を立った。


まずは槙ありさに会っておこう、と由希子は嶺岡に言った。彼女が仕事をしているのは三階の業務部である。そこまで出向いて話をしてもよかったのだが、周りの目もあることだし、一階のロビーに降りてきてもらうことにした。

ロビーに入ってきた槙ありさは、どこか日本的な雰囲気を漂わせた、ほっそりとした女性だった。履歴書には二十五歳とあったが、知らなければ、二十歳《はたち》そこそこに見えなくもない。

嶺岡が手を挙げて合図をすると、ありさは小さく頭を下げ、歩み寄ってきた。

「社長の紀ノ川です」由希子が言った。

ありさは、消え入りそうな声で、はい、と言った。ひどく緊張した様子である。

「そんなに硬くならないで。何もあなたを叱《しか》ったり、責めたりするつもりはないんだから。どうぞ座って」

またも消え入りそうな、はい。

「起きてしまったことをあれこれ言っても仕方がないわ。これから先のことを考えましょう。お願いしたいのは一つだけ。別れたご主人とよく話し合っておいて欲しいということなの。職場に、ご主人を寄せ付けないようにして。でないと、この先、仕事を続けるのは難しいわよ」

「分かってます」

「大丈夫？　できそう？」

ありさの視線が不安げに揺れる。

「どうかしたの？」

「あのう……」ためらいがちにありさが口を開く。

由希子は聞く態勢になる。

「だめなんです」とありさは言った。

「だめって何が？」

「いくら言っても、優也《ゆうや》は聞いてくれないんです」

「優也さんというのが、別れたご主人の名前ね？」

ありさがうなずいた。

「お金に困ってるみたいで、私に助けてくれって言うんです」

「でも、離婚したんでしょ？　あなたに彼を助ける義務はないと思うけれど」

「それはそうなんですけど」

「優也さんは、あなたの言うことを聞いてくれない？」

「はい。またここに現れるんじゃないかって思うと、心配で」

「心配していても、何にもならないわ。あなたがしっかりしなくちゃ」

ありさは無言だった。

「ねえ、槙さん、ＭＩＳＡＫＩ商事で仕事を始めて十日になるわよね。これまでのところ、あなたの評判は上々なのよ。せっかくここの仕事にも慣れてきたところでしょう。頑張って続けた方がいいわ。そのためには、ご主人にきちんと話して、もうここにはこないと約束してもらって。職場に、別れたご主人が顔を出すのはまずいのよ。それもお金の無心をするなんて」

「そうですよね。でも、私、無理かも」

「無理かもというのは、ご主人を説得するのが無理かもしれないってこと？」

ありさはまたも無言。由希子はじれったくて仕方がない。なぜこんなに弱気なのだろうか。

「とにかくさ、もう一回、ちゃんとご主人と話し合ってみなよ」黙り込んでしまったありさを見かねたのか、嶺岡が言った。「社長も僕も心配してるんだよ」

ありさは膝《ひざ》の上で両手を固く握りしめている。彼女の強《こわ》ばった肩を見ているうちに、突然、思いついて訊いた。

「まさか……。暴力？　別れたご主人から暴力を受けたことがあるの？」

ありさはうつむいて答えない。

だからなのか。だから怯《おび》えているのか。

「心配かけて申し訳ありません。私、辞めた方がいいんじゃないかと思って」ありさが言う。

「何も辞めろって言いにきたわけじゃないのよ。あなたには長く続けてもらいたいと思っているの。心配しているのよ」

「長く続ける？」

「そうよ。派遣スタッフの仕事も、長く続けていれば立派なキャリアになるわ。次の派遣先に移るとき、自分を高く売り込める。付加価値がつくの。ＭＩＳＡＫＩ商事さんでの仕事は、あなたにとって将来の礎《いしずえ》になるものなのよ」

ありさが驚いた目で由希子を見る。

「今回のトラブルは、あなただって被害者だとも言える。ね？　きちんと優也さんと話し合ってみて」

ありさはうつむいて唇を噛《か》みしめていた。

「申し訳ございませんでした」

由希子は深々と頭を下げた。嶺岡も同様である。

「いやいや」

ＭＩＳＡＫＩ商事の人事担当課長は、手振りで頭を上げるように示した。

仕事に戻っていいわよ、とありさを業務部に戻してから、由希子は嶺岡とともに人事部を訪ねたのである。

「昨日、私は外出していたもので、受付の人間からさっき聞いてびっくりしたんですよ。夕方、男がやってきて、一階のロビーで槙さんという派遣スタッフと会っていたそうなんですが、突然、お金なんかない、やめて、帰って、という槙さんの声が聞こえてきたとかで。それが次第に大きくなって、そのうち泣き出してしまったそうなんですよ。ロビーを出ようとする槙さんを、男は力ずくで引き戻そうとしていたらしい。受付にいた女の子達はどうしたものか分からず、警備員を呼んだそうです。警備員がやってきても、男の方はまるで罪悪感がないというか、彼女と話がしたいだけなんだと言い張る。うちの社から追い出すのも、大変だったようです。幸い、警察沙汰《ざた》にはなりませんでしたが」

「ご迷惑をおかけしました。申し訳ございません。私どもの責任です。スタッフの身元や前歴については承知しているつもりなのですが、離婚した相手との関係についてまでは把握しておりませんでした」

「それは仕方のないことですよ。我々のような人事部の人間であっても、社員の個人的な事柄となると、知り得る情報が意外に少ない。おたくさんの場合は、社員ではなく、登録した派遣スタッフなんですから、もっと情報は少なくなるでしょう。自己申告に基づく情報のみですからな」

「おっしゃる通りです。それでも、できる限りスタッフについて詳しく把握しておこうと努力しておりますが、やはり限界がございまして」由希子が言った。

「しかし、あれでしょう。派遣スタッフの場合、離婚歴のある女性も多いんでしょうね」

　人事課長の目に好奇の光が宿ったような気がした。派遣スタッフに対する差別や不当な扱いの根は、こんなところに潜んでいる。由希子は不快になるが、もちろんそんなことは露ほども見せない。

「一般的に言って、離婚した女性が、とりあえず収入を得ようとした場合、人材派遣という働き方を選ぶことも多いとは思います」一般論で応じるに留《とど》めておいた。

「なるほどねえ。そうなると、派遣スタッフを雇う場合、今回のようなトラブルも覚悟しておかなければならないわけですねえ」

　申し訳ございません、とまた由希子は頭を下げた。

「こういったことは、二度とないように致しますので」

「しかしですねえ、昨日の様子から推すと、その男は簡単に諦《あきら》めるとは思えないんですよ。またやって来るんじゃないんですか」

「職場に個人的なトラブルは一切持ち込まないようにと、槙によく言っておきましたので。万が一、別れた相手が納得しないようでしたら、私が直接会って話してみるつもりです」

「ほう」人事課長が驚いた顔をする。「紀ノ川さんは、派遣スタッフのためにそこまでなさるんですか」

けませんので」

「必要とあらば」

「必要とあらば、ですか」

「MISAKI商事さんは、私どもの大切なお得意様です。今後とも末永くお付き合いさせていただきたいと思っております。今回の件で、その点に差し障りが出てはいけませんので」

「槙さんを切って、別のスタッフを派遣する、というお考えは？」

「もちろん、そういう選択肢もございます。ただ、できることなら、槙にはもう一度チャンスをやりたいのです。彼女にしても、MISAKI商事さんで仕事を続けたいと思っているはずです。そのために、こうしてお願いに伺いました」

「まあねえ。今回の件は、槙さん自身の落ち度だと決めつけてしまうのは、少々気の毒だという気もしますからね。別れた旦那につきまとわれているというのも、まあ、そんな男と結婚したあんたが悪いのよ、と言ってしまえばおしまいですが、それではあんまり冷たいように思えます。それに業務部の担当者の話では、槙さんは真面目《まじめ》によくやってくれているということでした。最初はキーボードを打つのも遅いし、どうなることかと思ったと言いますが、物静かで真面目というのは、それだけで貴重な資質らしい。担当部署の男性社員は、槙さんの味方をしていますよ」

人事課長の言葉に、由希子は内心でほっと息をつく。これで大丈夫だ。ありさにはセカンドチャンスがある。そして、おそらくミネルバの心証もよくなったはずだ。

ミネルバのスタッフがトラブルの元を作ったというのは頂けないが、経営者が自らやってきて頭を下げたこと、スタッフのことを心から考えているということ、それがきちんと伝わっていれば大丈夫だ。今回のトラブルもマイナスになるどころか、わずかにプラスという採点になる。

「それでは、きょうはこれで」

腰を上げながら、久原は社内にいるのだろうか、と考える。顔だけでも見ていきたいところだが、職場で顔を合わせるのを彼はきっといやがるだろう。夜まで待てば会える。今は我慢しておこう。

そう決めたとき、会議室のドアがせわしなくノックされた。

課長が、どうぞ、と言うか言わないかのタイミングで、女性がドアを開けて入ってきた。

「課長」と高い声を上げる。

「なんだ、どうした」

「今、受付から連絡があって。昨日の男性がまたやって来たそうです。ミネルバさんのスタッフの知り合いだとかいう」

由希子はさっと立ち上がり、失礼します、と言いおいて一階に向かった。嶺岡も追ってくる。エレベーターを待つのももどかしい。階段を使う。人事部のある四階から一階まで駆け下りる。ヒールの音が響いた。廊下を走り、ロビーに駆け込む。甘えた口調で懇願する、男の声が聞こえてきた。

「昨日、頼んでおいたじゃないか。金を用意しておいてって」

ありさは黙って首を横に振るだけだ。

「持ってる分だけでもいいから、貸してくれよ。頼むよ、ありさ。こんな大きな会社で仕事してるんなら、給料いっぱいもらってるんだろう」

ロビーの中央にジーンズ姿の細身の男がいた。男はありさの腕に手を置いている。強く摑《つか》まれているわけではないのに、ありさはもうそれだけで身動き一つできなくなったかのようだ。受付の女性が二人を遠巻きにして立ちすくんでいる。ロビーにいる他の者は、呆気《あっけ》にとられた顔で二人を眺めている。

「やめなさい」由希子は叫んだ。

男がぱっと振り返る。その瞬間、由希子は息を呑《の》んだ。きれい、という形容詞がぴったりくる容貌《ようぼう》。すっと通った鼻筋。完璧《かんぺき》な左右対称形を描いている唇。そして何よりも瞳《ひとみ》。くっきりとした二重瞼《ふたえまぶた》で、愛くるしいと言ってもいいほどの邪気のなさ。すべてに透明感を感じさせる。

由希子は一瞬、男に見とれそうになり、そんな自分にあわてた。

「社長」

ありさが泣き出しそうな顔で由希子を見た。

「社長？　この人が社長さんなの？」

「あなた、優也さんね？　槙さんの別れたご主人の」

「そうです、ありさがお世話になります」優也がにっこりと笑った。

美しい歯並び。稚気を帯びた目の表情。

これが、ありさの別れた夫なのか。

ありさが、私だめかも、と弱気だったのが今ならうなずける。むしろ、よくぞ思い切って離婚したと誉《ほ》めてやりたいくらいだ。こんなにきれいで、かわいい男を手に入れて、よく手放す気になった。

それにしても、この男がありさに暴力をふるうのか。

優しい口調で喋《しゃべ》る、きれいな男が。ほっそりと美しい腕を持つ男が。何かの拍子にキレると、歯止めが利かなくなるというのだろうか。

「手をどけなさい」努めて冷静に由希子は言った。

「え？」

優也は驚いたような顔をした。それから素直に手を下ろす。ありさの肩から力が抜ける。

「あなたたちは、もう夫婦ではないはずよ。離婚した妻にお金をたかるなんて、みっともないでしょう」

「他に頼める相手がいないんだもん。それとも、社長さんがありさの代わりに貸してくれるのかな」

言いながら優也は由希子に歩み寄ってきた。上目遣いに由希子を見る。甘えた表情。彼の瞳に映る自分の姿。目眩《めまい》がしそうだった。由希子は必死の思いで、その場を動かずにいた。

「優也、やめて」ありさが走り寄って、優也の右腕にしがみついた。「ね、お願いだから。お金のことは私がなんとかするから。きょうは帰って、ね？」

「槙さん、そんな約束をしてはだめよ」由希子が言う。

ありさは力無く首を振り、いいんです、と言った。そしてまた優也に向き直って言葉を継ぐ。

「あとで電話する。必ず電話するから、待ってて。だから今はお願い」

優也はじっとありさを見つめていたが、ふいに表情を緩めた。柔らかく微笑《ほほえ》んだのだ。

なんというきれいな笑顔。

なんという優しげな瞳。

由希子は呆然《ぼうぜん》と、陶然と、優也を見た。

「ありさがそう言うんなら、しょうがないね」

優也は言い、ありさの肩を柔らかく抱いた。ありさはされるがままになっている。

「ありさに、お願いって言われると弱いんだ。分かったよ。じゃ、電話待ってるからね」

そう言い残し、ロビーを出ていった。

優也の後ろ姿が視界から消えた途端、その場にいた誰もが大きく息をついた。由希子はへなへなとしゃがみ込んでしまいたい気分だった。それをしなかったのは、もちろん自分の置かれた立場というものもあったが、もっと切羽詰まった事情があった。ありさが泣き出したからだ。

「すみませんでした」と言うなり、ありさは嗚咽《おえつ》をもらした。

「ちょっと、槙さん。落ち着いて」

ありさの肩に手を置き、座るようにと促した。ふと視線を感じて振り返ると、人事課長と目が合った。彼もロビーに降りてきて、一部始終を見ていたらしい。大袈裟《おおげさ》に肩で息をつくと、由希子に向かって人差し指を天井に向けて見せた。四階で待っていますよ、という意味らしい。由希子は、すぐに参ります、と答えて頭を下げた。

由希子と嶺岡はミネルバのオフィスに戻り、善後策を相談していた。

ＭＩＳＡＫＩ商事での騒ぎの後、ありさには帰るように言ってあった。人事課長の了解のもと、そうしたのである。これからのことは追って連絡すると伝えてある。今頃、彼女は嶺岡からの電話を待っているはずだ。できることなら、ＭＩＳＡＫＩ商事での仕事を続けさせてやりたいと由希子は思っていた。それがだめなら、別の派遣先を探してやろうと。

ところが、嶺岡の言葉は、そんな由希子の気持ちを裏切るものだった。

「彼女、これ以上、迷惑をかけるのは申し訳ないから辞めさせて頂きますって言うんです。次の派遣先も探さなくていいですって」

「え？」

「社長が人事部にいらしていた間、彼女と話したんですけどね、決意は固いみたいで。彼女、ミネルバを辞めるつもりなんですよ」

ありさはＭＩＳＡＫＩ商事の仕事だけでなく、ミネルバに派遣スタッフとして登録すること自体をやめると言うのだ。

「槙さんには、お子さんもいるんでしょ？」

「はい」

「簡単に仕事を諦めちゃって大丈夫なのかしら」

確かに、ありさのようにプライヴェートな問題を抱えたスタッフを企業に派遣するのには、不安が残る。望ましいスタッフだとは思えない。が、これほど簡単に派遣登録をとりやめてしまうのは、あまりに弱気で、あっさりし過ぎているように思われた。こんなことで、この先、子供と二人、暮らしていけるのかと他人事《ひとごと》ながら心配になる。

私だったら、と由希子は考える。もしも幼い子供と二人で生きていくとしたら、手に入れた仕事を簡単に諦めたりしない。どんな思いをしても、しがみつく。子供のためだったら、きっと何だってする。

もしかしたらそれは、子供を持たずに今まで生きてきた女の母性信仰なのかもしれない。けれど、考えずにはいられない。

久原との間に、子供がいたら……。

シングルマザーという言葉が、由希子にはとても尊いものに思えるのだ。

「私から槙さんに話をしてみるわ」

由希子は早速、受話器を取り上げた。嶺岡が手帳を繰って槙ありさの携帯電話の番号を読み上げた。番号をプッシュすると、すぐに相手が出た。

「ミネルバの紀ノ川ですが」

名乗った瞬間、短く息を呑む気配がした。

「槙さんですね？」

「はい。あの……すみませんでした」

「MISAKI商事さんに、もう一度頼んでみるつもりよ。なんとかなるかもしれない。あまり、悲観的にならないで」

「でも……私、辞めようと思っているんです」

「もしかしたら、MISAKI商事さんよりも別の派遣先の方がいいの？　派遣先を変われば、あなたがどこにいるか、前のご主人には分からないでしょう？」

「ダメですよ。あの人、必ず私の居場所を見つけるの」

「でも、どうやって」

「あとをつけているのかもしれない」

「そんな……。警察に言えば？　ストーキング行為に当たるはずよ」

「まともに取り合ってくれるわけがありません。離婚したとは言っても、ストーカーは前の夫なんですから」

それはそうかもしれない。痴話喧嘩《ちわげんか》の延長だと思われるのがオチだ。

「いいんです。自分でなんとかします」ありさがつぶやく。

「仕事はどうするつもり？」

「辞めます。MISAKI商事さんはもちろんですけど、ミネルバの登録も削除しちゃってください」

「登録を消してしまったら、別の派遣先を紹介できなくなるわよ」

「いいです。別のところを紹介していただかなくても」

ありさの声にかぶって、ママ、ママ、と呼ぶ高い声が聞こえた。

「お嬢さんと一緒なのね？」

「ええ。今、保育園に来ていて」

「槙さん、あなたにはお子さんもいるんだから、仕事をしないといけないでしょう。派遣で働くつもりなら、うちで紹介してあげるから。前のご主人ときちんと話し合って、大丈夫だと思ったら連絡してちょうだい。登録を削除する必要はないでしょう」

「これ以上、迷惑をかけられませんから」

またママ、ママ、と呼ぶ。ちょっと待っててって言ってるでしょ、とありさが尖《とが》った声を出す。

ありさの精神状態が心配だった。不安でならないだろう。これから先、幼い娘と二人で生きていかなければならない。力になってくれてもいいはずの前夫は、金の無心をし、結果として、ありさの仕事まで奪ってしまう。

「どうもすみませんでした」ありさがぼそりと言った。

「槙さん」

あわてて呼びかけたが無駄だった。ありさは電話を切ってしまっていた。

こちらの思いが届かないもどかしさに襲われながら、由希子は受話器を元に戻す。

「だめでしたか」嶺岡が訊く。

「迷惑をかけるのが申し訳ないって、その一点張り」

「そうなんですよ。僕にもそうでした。もしかすると、彼女の以前の夫って、実は相当にマズイ人物なのかもしれませんよ。関わると、本当にひどい迷惑をかけられる恐れがあるとか。それで、槙さんがあんなに心配しているのかも」

嶺岡の言う通りなのかもしれない。ありさ本人がミネルバへの登録を削除してくれと言ってきているのだから、ここはさっぱり切ってしまえばいいだけの話だ。けれど、気になる。ママ、ママという、あの高くかわいらしい声を聞いてしまったからよけいに。


「なんとかしてやりたいのは山々だけどね、しかし、肝心の槙というスタッフが辞めると言っているのなら、どうしようもないじゃないか」久原は言った。

彼は今、バスローブを羽織り、ボトルに残っていた赤ワインをグラスに空けていた。

「啓治さんの会社が派遣先だったっていうのも、何かの縁でしょ。力になってあげて欲しいのよ」由希子はベッドに腹這《はらば》いになったままで言う。

「母子家庭で苦労があるというのも分かる。前の旦那のことも同情に値する。だけどね、本人がこれ以上迷惑をかけたくないから辞めると言っているんだろう。なのに、もう少しうちで働いてみる気はないかって勧めるのは、どう考えてもおかしいよ」

「それはそうなんだけど」

「要は本人のやる気次第。それがないんじゃ、僕にはどうしようもないね。これは派遣先企業の人間がどうこう言う問題じゃない。ミネルバとミネルバに登録しているスタッフの問題だよ。そのぐらい、きみだって分かっているだろう？」

「それは分かっているの。ただ放っておけない気がして。啓治さんなら、助けてくれるんじゃないかと思ったの」

呆《あき》れた、という目で、久原は由希子を見る。由希子は久原の手からグラスを取り上げて、一口飲んだ。

久原が持ってきてくれたワインだ。由希子のマンションを訪れるとき、久原は何かしら飲み物を持参する。ワインの場合がもっとも多いが、バーボンやモルト、紹興《しょうこう》酒《しゅ》や焼酎《しょうちゅう》のこともある。由希子は久原のことをふざけて、「飲み物係」と呼んでいる。飲み物係さんが来てくれないから、わが家のワインセラーが寂しくて、などと言って、会いにきて欲しいと誘うのだ。

これまで久原からたくさんの飲み物をもらったが、それ以外のものをプレゼントされたことは一度もない。それが自分と久原の関係なのだと由希子は思っている。久原にしてみれば、由希子は高価なジュエリーやバッグなどを贈る対象ではなく、かといって、ケーキやチョコレートも似つかわしくない。さまざまな種類のアルコール。それが一番贈るのにふさわしい、と思っているのだろう。

「その女性を下手《へた》に引き留めるのはどうかと思うな。大変な思いをするのはきみだよ」久原が言った。

由希子が黙っていると、久原が続けた。

「得難い人材っていうわけでもないんだろう？」

「一般的な意味では、稹ありさはAランクの人材とは言えないわ。専門学校卒で、これと言って技能もない。まともに企業に勤めた経験もないから、誇れるキャリアもない。だけど、真面目で控えめな感じが好印象のようなのよね。あなたの会社でも気に入られていたみたいだし、評価も悪くなかったの」

「別れた旦那が現れるまでは、だね？」

「それはそうだけど。でもあれは彼女にとっても不意打ちみたいなものよ」

「結婚した相手が悪かったのは、若気の至りっていうやつかもしれない。彼女を責めるのはかわいそうだと個人的には思うよ。しかし、ビジネスとして見るとね、抱えておきたいスタッフじゃないな」

由希子は答えずに、ワインを飲む。

久原の言うことはもっともだった。ミネルバに槙ありさは必要ない。由希子にもそれぐらいのことは分かっている。ありさの方から登録を消してくれと言ってきたのは、好都合なのだ。なのに由希子はさっぱりと割り切ってしまうことができずにいる。

「槙ありさのことは、もう忘れた方がいいよ」

久原の言葉を冷淡だと思いつつ、その冷静さこそが企業人としては必要な資質なのだと好ましくも思う。そして、久原がそばにいてくれることを、今さらながらありがたく思う。

由希子は自分自身の欠点をよく分かっていた。ミネルバの経営者として必要な責任感や判断力、タフさはある程度持ち合わせていると自負しているが、反面、情に流されやすいし、個人的に相談されたり頼まれたりすると、いやとは言えないところがある。それがプラスとして出ればいいが、マイナスになってしまうこともある。

だいぶ前になるが、派遣先となる企業から、できるだけいい人材を安く派遣してもらいたいなどと都合のいいことを言われて、すぐれた人材にはそれに見合う給料が必要です、と一度は突っぱねたものの、企業側から窮状をさまざまに訴えられて、結果的に不利な条件での契約を呑んでしまった。そのときも、わりを食うのは社員やスタッフなんだぞ、と久原に叱られて反省したものである。さすがに最近はそういったことはなくなったが、今回の槙ありさのように、登録スタッフの個人的な事情を聞いて、ついつい同情してしまうのは、どうにもならない。

あともう一踏ん張りすれば何とかなる、あともう一歩進めば道が拓《ひら》ける、常にそう自分に言い聞かせて由希子は生きてきた。そして実際、その通りになった。ありさだって同じだと思う。ここで諦めてしまっては何も変わらない。それを分かって欲しい。

「槙ありささんの前のご主人、ものすごくきれいな顔をしているの。アイドルタレント顔負け」

へえ、とたいして興味もなさそうに久原は応じる。

「さっき若気の至りって、あなたも言ったけど、若い槙さんがくらくらっときて、結婚してしまったのも分からないではないのよね。男性なのに、きれい、っていう形容詞がぴったりくるような容姿をしているんだもの。その上、甘え上手って感じもしたし」

「それでくらっとくるって言うの？　思慮深く、判断力に富む女性経営者の意見とは思えないな」

「思慮深く判断力に富む？　私が？」

「違う？」

「どうかしら。仕事のことなら、大抵のことは乗り切る自信があるけど、恋愛となると全然よ。何にも決められない。占いを頼りたくなっちゃうくらいよ。それでも思慮深くて、判断力に富むと言えるのかしら」

久原が軽く笑って言う。

「何にも決められないって、何か判断を迫られる状況にあるの？」

こういう関係そのものが判断を迫ってくるのだと言ってやりたい気がした。常に気持ちが揺れている。久原を必要だと思い、支えられていることに感謝する。その度に、彼を失ったときの自分を思って恐怖する。そして、別れるのなら早い方がいいのではないかと考えるが、次の瞬間には、別れることなどとてもできないと思い直す。

「さてと」久原が立ち上がる。「シャワーを使うよ」

「私も一緒に浴びようかな」

久原が少し驚いた日をする。

「冗談よ」

由希子はすぐに笑いに紛らわせる。

久原が一人でシャワーを使いたいと思っているのは分かっている。バスルームに入り、湯滴で由希子の香りを洗い流すときから、彼は由希子のもとを離れている。彼の気持ちはすでに由希子にはなく、かといって、家庭にあるわけではないのかもしれないが、久原はどこにも属さない彼自身になる。

そして、久原はシャワーを使った後の久原は、手早く身支度を整えて部屋を出て行くのだ。

じゃあ、と彼は言い、由希子の頰《ほお》に唇を押し当てる。またね、と由希子は応じる。彼はうなずき、背を向ける。

帰りたくないな。

由希子が欲しいのは、その一言。けれど、願いは叶《かな》わない。

久原が帰ると、由希子は携帯電話を取り出した。登録してある番号にかけ、相手が出るとすぐ、これから来て、と言った。

「いいよ。すぐ行く」

「待ってるわ」

携帯電話を置き、白い革張りのソファに深く座って煙草《タバコ》を吸った。

あと三十分もすればテルがやってくる。テルは二十九歳。ありさの別れた夫、優也とは全く違うタイプの若くてきれいな男だ。切れ長の目が印象的だが、冷たい感じではなく、清潔で知的な雰囲気がある。それに、テルの場合はきれいなだけではない。女性を喜ばせるこつを心得ている。由希子が望むように振る舞ってくれる。荒々しく扱って欲しいときも、静かに寄り添っていてもらいたいときも、優しく包み込んで欲しいときも、親友のようにただ一緒に酒を飲んでいたいときも、由希子がそうしたいと言えば、すべて叶えてくれる。

久原との逢瀬《おうせ》の後、由希子はいつもテルを呼ぶ。そうせずにはいられない。久原と会えば会うほど飢えていく。胸の奥の方にある隙間《すきま》が、どんどん広がっていくような気がするのだ。それならばいっそ会うのをやめればいいと思う。けれど、やめられない。だから、テルに頼る。

槙ありさというスタッフを思う。おとなしやかな雰囲気の控えめな女性だった。彼女はあの優也という、きれいな男と結婚し、娘をもうけ、そして離婚した。そして離婚した後も、優也につきまとわれている。

もしかしたら、泥沼というやつなのかもしれない。抜け出したいとあがいても、抜けられない。逃げても逃げても捕まってしまう。新しい人生を切り開こうとしても、優也にまとわりつかれてままならない。身動きのとれないこの状態は、ありさにとっては、まさに泥沼。けれど、たとえそうだとしても、ねじり合わさった紐《ひも》のような、それも決して切れることのない強い紐のような、ありさと優也の関係が、今の由希子には羨《うらや》ましかった。

月に二度、あるいは三度、会いにきては、さっとシャワーを浴びて帰っていく恋人。男との間に希薄な関係しか築けない自分が、どうにもやりきれなくなる。

あともう一踏ん張り、あともう一歩と自分に言い聞かせて、その結果、成功と呼ばれるものを摑んだとしても、それでもなお手に入らない何かがある。

煙草を灰皿に押しつけて消し、由希子は立ち上がる。まず、ワイングラスを片付けた。代わりにロックグラスを二つ出してテーブルに置く。

二十畳余りあるリビングルームは、このマンションを購入する際の決め手の一つになった。ちょっとしたホームパーティに良さそう、などと思ったのだが、パーティらしきものを開いたのは二回だけ。今ではもっぱら、ホームシアターとして使っている。一方の壁に据え付けにしてあるスクリーンでヒーリング映像を流したり、ときにはテルと映画を見る。

リビングルームを横切って洗面所に行き、化粧を直し、髪を整える。そのついでに、バスルームを簡単に掃除する。

音楽を低く流し、もう一度ソファに座る。しばらくすると、インターフォンが鳴った。モニターで確認するとテルの笑顔が見えた。深紅のバラを抱えている。

「どうぞ、入って」オートロックを解除する。

玄関のドアを開ける。待つほどもなく、テルがエレベーターを降り、外廊下を歩いてきた。引き締まった肉体。彼がバラの花束を抱いていると、そこだけが赤く燃え立つ炎のようだ。

「はい、これ」と言ってテルが花束を差し出した。

「ありがとう」

「全部、蕾《つぼみ》だよ」

「ほんとね。とてもきれい」

受け取って、洗面所のシンクに置いた。栓をして水を溜《た》める。

「手が洗えないよ」テルが文句を言う。

「外から帰ったときは手洗いとうがい。いい習慣ね」

「ママに厳しく言われてたからね」と言ってテルは笑う。「困ったな」

花束が洗面所を占領しているのを見て、本当に困惑した顔をしている。

「どけるわね」

由希子は花束を抱え、バスルームに持っていった。バリツに水を溜めて浸《つ》りる。

「最初からそうすればいいのに」

「ほんとね」

「何やってるんだか」

笑いながらテルは由希子の腰を抱く。

「手洗いとうがいは？」

「するけどさ、その前に」

テルは正面から由希子を見る。

「由希子さん、疲れてる？」

「あなたが来てくれたから、疲れは吹っ飛んだわ」

「ならいいけどね」

テルは由希子の背中に腕を回し、引き寄せた。テルは由希子よりも頭一つ分、背が高い。こうして抱き寄せられると、由希子の額はテルの胸に押し当てられることになる。

テルが耳元に囁《ささや》いた。

「会いたかったよ」

「私もよ」

応じながら、由希子は深く息を吸い込む。テルの上着からバラの甘い香りがした。なんていい香り。

由希子は幸福感に包まれて目を瞑《つぶ》る。

人材派遣会社を経営する人間が、派遣ホストを呼ぶというのは、なんだか皮肉で滑《こっ》稽《けい》だが、由希子は気に入っている。派遣というシステムが、きっと自分には合っているのだ、などと一人で考え、一人で笑う。

「由希子さん、何飲む？」手洗いとうがいを済ませたらしいテルが訊いてくる。

「何でもいいわよ。好きなの選んで」

テルはサイドボードに真剣に見入る。

「由希子さんのところは、いい酒が揃ってて目移りするなあ」

「うちには専用の飲み物係がいるから」

「何それ」

笑いながらテルは、ボウモアのボトルを手に取った。以前、久原が持ってきてくれたシングルモルト。ピートの香りに、微《かす》かに海のにおいが混じっている。

第2章

ありさという名前は母がつけてくれた。『まりあ』にしようか、『ありさ』にしようかと迷ってありさにしたのだという。英語圏でも通用する名前を娘につけたかったと母は言っていたが、今のところ、ありさには海外で生活する夢も見通しもない。

とはいえ、ありさは自分の名前がとても気に入っている。母方の姓の槙と併《あわ》せると、まるで芸名のようだとよく言われた。

結婚していた頃は、優也の姓が金子だったので、金子ありさになったが、離婚してまた大好きな名前に戻ることができた。

それにしても、母は何を期待していたんだろう、とありさは考える。英語圏でも通用する名前なんて。

語学を勉強して、海外と日本とを頻繁に行き来するビジネスウーマンになると思っていたのか。

それとも、海外勤務を命ぜられた夫についていくとでも？

母にはきっと理想があったに違いない。娘に対しても、夫に対しても、こうあって欲しいという確固たる理想が。それが叶《かな》わないから、いつもあんなふうにいらいらしていたのだ。

ありさの記憶の中の母は常に眉根《まゆね》を寄せて、文句ばかり言っていた。父はそんな母を避けて家によりつかなかった。たまに両親が揃《そろ》って家にいると、決まっていがみ合いになる。それも、ほとんどがお金に関する問題で。ごく普通の会社員だった父は、収入もある程度はあったはずだが、母にとっては十分な額ではなかったのだ。もっと、もっと、と母は望み、父はいい加減にしてくれ、と怒鳴った。

母は洋服を買うのが何より好きで、毎日、どこかに出かけては何かしら買ってきた。一枚一枚はそれほど高価なものではなかったようだが、とにかくたくさん欲しがった。一度着ただけで二度と手を通さない服が山を成していた。

やがて父の不在は長期にわたるようになり、母は苛立《いらだ》ちを募らせていった。たまに父が家に帰ってくると、母は離婚という言葉を口に出すようになった。こんな生活を続けても無意味だからと言い、慰謝料と養育費を一括して払ってくれと父に迫るのである。母が口にする金額を聞いて父は苦笑を浮かべ、また家を出ていってしまうのだった。

幼い頃は大人の事情が分からず、両親が喧嘩《けんか》をすると怯《おび》えて泣いてばかりいたが、次第に、父と母が何を言い争っているのか察しがつくようになった。お金に執着し、服を買うことしか頭にない母も、母から逃げてばかりいる父も、どちらも嫌でたまらなかった。

高校生になったありさは、家出を繰り返した。友達の家を泊まり歩いたり、繁華街で遊んだりして何日も過ごした。男に声をかけられてついていったことも数え切れないほどあるが、運がよかったのか、見る目があったのか、それともありさが従順だったのが幸いしたのか、男には優しくしてもらい、嫌な思いをさせられたことはない。ときには、補導員に見つかって、警察から母に連絡がいくこともあった。その度、母は、どうしてお母さんに恥ずかしい思いをさせるのよ、と詰《なじ》り、小言を繰り返したが、ありさはあらぬ方に目をやったままやり過ごした。

たまたま両親が家に揃っていたとき、高校を卒業したら東京の専門学校に行きたい、とありさは宣言した。東京の学校になんか行かれたら、仕送りしなくちゃならないじゃないの、と母は血相を変えた。

「そんな余裕は家にはないわよ。あなたにお金を送るくらいならお母さんが新しい服の一枚でも買いたいね」

いい加減にしろ、と父が母の言葉を遮った。

「ありさの仕送りくらい、俺《おれ》がなんとかする。ただし、俺がしてやれるのは、それだけだ」

その言葉通り、父は学費と生活費を仕送りしてくれた。そして、母と離婚した。

母は今、知り合いが経営するカラオケスナックで働いている。離れて暮らしているせいもあって疎遠にしていたが、ときどきかかってくる電話で母の様子はだいたい分かる。買い物好きは相変わらずだが、お客さんに紫色が似合うって誉《ほ》められた、などといって一枚のニットを大事にしていたりする。以前のように文句ばかり言うことはなくなった。今の勤めが性に合ったのか、羽振りのいい客にときどき奢《おご》ってもらったり、プレゼントをもらったりしながら楽しくやっているようだ。

優也との間に子供ができて籍を入れたときに連絡をしたら、あら、よかったじゃないの、おめでとう、と母は言った。常識的な祝福の言葉を聞いて、ありさは意外な気がした。もしかしたら、母も普通のおばあちゃんになってくれるのかもしれないと思った。けれど母は、その後すぐに付け加えたのである。

「だけど、子供って金食い虫だからね。私には、たからないでよ」

「こんにちは」

保育園の先生が、ありさに気付いて声をかけてきた。ありさは軽く頭を下げて、それに応《こた》える。

千希《ちき》ちゃん、と先生が呼ぶ。軽やかな足音が響き、千希が仲良しの男の子と一緒に顔を覗《のぞ》かせた。

「あっ、ママだ！」驚いた声を上げる。

「よかったわねえ。きょうは、ママが早くお迎えにきてくれて」

先生の言葉に、うん、と千希がうなずく。

「千希、お帰りの支度をしていらっしゃい」背中を押して促した。

もう一度、千希はうなずいて部屋に戻る。待っていると、先生が話しかけてきた。

「お仕事が早く終わったんですか」

ええ、とうなずいてから、ありさは小さく息をついた。

「実は、派遣の仕事、ダメになっちゃって」

「え？　どうして」

「前の夫が職場に現れたんです。そこで一騒ぎあって」

「まあ。慣れてきたところだったんでしょう。残念ですね」

ええ、と応じようとしたができなかった。千希が体当たりしてきたのだ。ありさが大げさによろけてみせると、千希が楽しそうに笑った。

「それじゃ、きょうはこれで」

「気を落とさないで、頑張ってくださいね」

励ます声を背中で受けた。

「ママ、何を頑張るの？」千希が訊《き》く。

「いいの、いいの。なんでもない」

言いながら保育園の門を出たとき、携帯電話が鳴った。ありさが登録している人材派遣会社『ミネルバ』からである。

「ミネルバの紀ノ川ですが。槙さんですね？」

紀ノ川由希子はミネルバの社長である。

由希子はありさの今後を心配して、電話をかけてきてくれたようである。

電話の途中で、千希が、ママ、ママ、と呼んだ。保育園で描いてきた絵を広げている。誉めてくれと言いたいらしい。

千希の声が由希子の耳にも届いたようで、お子さんもいるんだから、仕事をしないといけないでしょうと言う。しかし、ありさは辞める意志が固いことを由希子に伝えた。

槙さん、と呼ぶ由希子の声が聞こえたが、構わずに電話を切ってバッグにしまう。

「これはねえ、ママのお顔なの。真ん中が千希。これはパパ」絵を見せながら、千希は母親の注意を引こうと必死である。

「はいはい、上手に描けたわね」

ありさが誉めると、得意げに口の端をぴくぴくさせた。と思ったら、くしゅん、とくしゃみをする。

「大丈夫？」

「だいじょぶ、だいじょぶ」

鼻をぐずぐずさせながらも、千希は微笑《ほほえ》んでみせる。黒目がちの大きな目が、きらきら光る。その笑顔は優也にとてもよく似ている。


ありさと千希が暮らしているのは、墨田区にある都営アパートである。２Ｋの間取りは決して広いとは言えないが、娘と二人なら暮らせないことはない。

離婚を機に、ここに引っ越してきた。家具も電化製品も簡素なものばかりである。エアコンは前の住人が取り付けたものをそのまま使っている。かなり古いタイプで、なんとか動いているといった代物だが、あるだけ幸運だった。新たに購入するのは、許可されないかもしれない。生活費も住居費も、すべて生活保護に頼っているのだから。

半年前、ろくな蓄えもないままに離婚をした。別れた夫からの慰謝料も養育費も期待できず、幼い子供を抱えていたため職を探そうにも探せなかった。母子家庭に給付される児童扶養手当だけでは、とてもではないが生活していけなかった。

千希を連れて福祉事務所に相談にいくと、まずは子供を預かってくれる保育園を探すことだとアドバイスされた。それもしないで、何をやってるんだと言わんばかりの語調で。

母子家庭であれば待機児童リストの優先順位は上がるはずだが、それでもすぐに保育園が見つかるとは限らない。さしあたっての生活のために生活保護申請をしたいと申し出た。

最初に相談に乗ってくれたケースワーカーは若い男性職員で、ありさに探るような目を当て、動産、不動産、預貯金の有無について細かく質問してきた。

「車やブランド品、何か持ってるんじゃないんですか？　そういうものはすぐに売却してくださいよ。で、それを生活資金に充《あ》てる」

売却できる資産がないことを伝え、預金通帳を職員の日の前で開いてみせた。

「資産がないにしても、別れたご主人や親兄弟に援助してもらえるんじゃないんですか？」

頼れる相手はいないと言っても、「孫のためならひと肌脱ごうって、おじいちゃんおばあちゃんは思うものですよ。ね？　お嬢ちゃん」と千希に話しかけるのだった。

無理です、というありさの言葉は、取り合ってもらえなかった。

とにかくもう一度、誠心誠意頼んでみることですね、と言って、その日は帰されてしまった。申請用紙をもらうこともできなかった。

　後日、もう一度事務所を訪れ、生活保護の申請をしたいのだと伝えた。職員は、そのときも申請用紙を渡すのを渋った。

「援助してもらえるあてがないんです。両親は離婚して、それぞれ自分の生活で精一杯だし、別れた夫とは、もう会いたくないんです。怖いんです」ありさは涙ながらに訴えた。

「怖い、というと……。以前に暴力を受けたことでも？」

　ありさはうつむいた。

「ご主人から暴力を受けた際の診断書はありますか」

「ありません。お医者さんには行きませんでした。自分で湿布をしたり、消毒をしたりして済ませました。人に知られるのが、恥ずかしかったんです」

「診断書はなくても、ご主人の暴力が離婚の引き金になったのは間違いないんですね？」

「はい。私だけならまだしも、この先もしかしたら娘にもって、そう思ったときに離婚しようと決めました」

　職員は腕組みをして考え込んでいた。

「娘には人並みの生活をさせてやりたいんです」ありさは言葉を重ねた。

その段になってようやく職員は立ち上がり、上司と相談を始めた。しばらくすると、ありさの前に戻ってきて、はい、これ、と言って申請用紙を差し出した。

「これに記入して出してください。ただね、申請したからといって、生活保護が適用されるとは限りませんから」と釘《くぎ》を刺すのを忘れなかった。

その後、母に扶養照会がいったらしい。娘を援助する意思と能力があるのかどうかという問い合わせである。自分には娘を援助することはできない、と母は回答した。父にも同じく照会がいくのは分かっていた。父は再婚し、再婚相手との間に幼い子供がいる。援助を期待してはいけないとありさは思った。最終的にありさと千希を援助してくれるのは、公的資金しかないのが明らかになった。

保育園が見つかったのは、生活保護が適用になった後だった。千希を保育園に預けて求職活動を開始したが、企業で働いた経験も、特別な技能もない上に、子供がいるので残業はできない、けれどある程度の給料は欲しいのだと言うと、面接官はつまらない冗談を聞かされたような顔をした。

「やる気のある人募集って、書いてあったでしょ。あなた、やる気ってなんだか分かってる？」と就職雑誌をありさの目の前に突きつける面接官もいた。

「あなたは若くてきれいだから、うちみたいなところより、もっと時給のいい仕事が見つかるでしょ。そっちに当たったら」と夜の仕事をほのめかされたこともある。

結局、ありさを正社員として雇ってくれるところは見つからず、娘と二人で暮らしていくのに十分な収入を得られる見通しが立たなかった。

その後、福祉事務所のケースワーカーのアドバイスもあって、正社員になるのを諦《あきら》め、人材派遣会社に登録し、幸い、すぐに派遣先企業が決まった。不慣れなパソコン操作を必死で覚えようと頑張っていたときに、優也が現れたのだ。

「きょうパパは帰ってくる？」千希が無邪気に問いかける。

「お仕事だから、帰ってこないわよ」

三歳の千希には、まだ離婚というものが理解できない。だから、優也は仕事で家にいないのだと言ってある。

くしゅん、と千希がくしゃみをした。

「大変。風邪《かぜ》ひいちゃったのかな。きょうはお風呂《ふろ》は入らなくていいから、ご飯を食べて、すぐに寝なさい」

千希は素直にうなずく。

総菜屋で買ってきた、コロッケとおにぎりをテーブルに広げる。

「さ、早く食べて」

千希はあまりお腹《なか》がすいていないのか、ぐずぐずしている。

「食べないの？」

ありさが訊いても返事をしない。

「どうしたのよ。返事くらいしなさい」ありさの口調がきつくなる。

「あのね、あのね、オシッコ」と言ったときには、漏らしていた。

「何やってるのよ」ありさはあわてて雑巾《ぞうきん》を取りに走る。「まったく、もう」

「ごめんねえ、ごめんねえ」千希がべそをかく。

「いいから、早くお風呂場に行って」

「ママも一緒に来て」

「すぐ行くから」と言って追い立てた。

千希が甘えられる相手は私だけなんだからと自分に言い聞かせる。それでも、今のようなときは、うっとうしいという気持ちが先に立つ。母のように、子供は金食い虫だなどとは思わないものの、やたらにこちらの手をわずらわせる小さな虫には違いない。


「それは、困りましたねえ」福祉事務所の小部屋で、ケースワーカーの佐倉《さくら》は腕組みをして考え込んだ。

五十代後半だろうか。頰《ほお》にまんべんなくシミが浮いている。飾り気のない無地のシャツに、紺色のパンツ。世話好きのおばさんという雰囲気で、相談しやすい。

地区担当のケースワーカーが、最初に面接を担当した若い男性職員ではなく、佐倉だったことを、ありさは幸運に思った。

きょう、ありさは派遣先を辞めてまた無職になってしまったことを報告するために、事務所を訪れている。佐倉は心配顔だ。

「別れたご主人と、もう一度きちんと話し合って頂くのが一番なんですけど、それは無理なのかしら」

「話し合えるかどうか」ありさはうつむき加減に答える。

優也と話し合えと誰かから言われる度、うつむくしかなくなってしまうのだ。

佐倉は書類に目を落としながら、「ご主人から暴力を受けたんでしたね。それが離婚原因だったんですよね。そうなると、ご主人と話し合うように、というアドバイスもしにくいわねえ」

「すみません」

「謝ることはないんですよ。どうしたらいいかを考えていけばいいんですから」

「はい」

「ご主人には借金があるのね？　あなたの職場に現れて、金を貸してくれと言ったのは、そのためなんでしょ」

「みたいです」

「養育費を払ってもらうどころじゃないか」

「それは期待できません」

ありさが長く息を漏らすと、「弱気にならないで、しっかりしないと。お子さんもいるんだから」佐倉が励ました。

「分かってます。でも……」

そこから先が言葉にならず、ありさは唇を嚙《か》む。

「派遣会社には、まだ登録してあるんでしょう？」佐倉が訊く。

「多分」

「多分ってどういうこと？」

「迷惑をかけたくなかったので、登録を消しちゃってくださいって言ったんです。でも、そこの会社の社長さんが親切な人で、まだ残してくれているかもしれないんです」

「社長さんが親切な人なら、よかったじゃないの。いろいろ相談してみたら？　力になってくれるかもしれないですよ」

「そうですね」

頑張って、と言って佐倉が微笑む。ありさは小さくうなずいた。

「ところで、前のご主人のことだけど？」

「はい」

「職場に現れた以外に、嫌がらせをしてきたりすることはない？　身の危険を感じるようなことは？」

「今のところはありません」

「なら、いいんだけど。もし必要だったら、シェルターっていうのがあるのよ。暴力をふるうご主人や恋人から、一時的に身を隠しておく場所。槙さんの場合、離婚の理由が理由だから気がかりなの」

　ありさは目を伏せる。

「何かあってからじゃ遅いから」

「分かりました。危ないと思ったら、シェルターに行くことも考えます。でも、できれば、娘のためにも普通に暮らしていたいんです。今のアパート、娘も気に入っているみたいだし。保育園にも近いし」

「そうね。なかなか住みやすそうなところだものね」

　佐倉は何度かありさのアパートを訪れている。生活保護を受けている間は、ケースワーカーが定期的に家庭訪問をするのである。

「また何かあったら相談してね。あとは、できるだけ早く仕事に就くことよ。そして安定した収入を得る。それが自立に繋《つな》がるんだから」

「そうですね」

「槙さんは若いんだから、きっといい仕事が見つかる。まだまだこれからよ」

「はい」

「じゃ、きょうはこれで」

「ありがとうございました」

ありさは深々と頭を下げた。

福祉事務所を出て、駅への道をゆっくり歩く。

自立。

何て嫌な言葉だろう。その言葉を聞いただけで、肩がずっしり重くなり、胃が痛くなる。

とてもじゃないけど無理、と突っぱねたくなる。

けれど、皆が言うのだ。

千希ちゃんのために頑張って。

あなたは若いんだから大丈夫。仕事はいくらだってあるはずよ。

ありさの足どりが重くなっていく。

時計に目をやる。四時半。早めに保育園に迎えにいってやれば、千希は喜ぶに決まっている。けれど、夕食までまだ間があるから、一緒に遊ぼうと千希はありさを誘うだろう。やりたくもないお母さんごっこに延々と付き合わされるのだ。考えただけでげんなりする。今は一人になりたかった。

　携帯電話を取り出し、保育園に電話をかける。

「槙千希の母親です」と名乗ると、保育園の先生が、どうも、と応じた。

「これから、もう一件、就職の面接が入ってしまったんです。延長保育をお願いできませんか」

「あら」と先生が言う。「きょうは延長はなしのつもりでいたんですけど。でも、面接じゃあねえ」

「すみません」

「お迎えは何時になりますか」

「七時までには行けると思います」

「分かりました。面接、頑張ってください」

「ありがとうございます」

　礼を言って電話を切り、ありさは大通りを駅とは反対方向に歩く。きらきらと楽しげな光が瞬《またた》いている。パチンコ屋である。

　ちょっとだけ、とありさは思った。今からなら、二時間ほど遊べる。

　パチンコにしろ、携帯電話を持っていることにしろ、もしかしたら生活保護を受けている身には、ふさわしくないのかもしれない。けれど、どちらもありさには必要だ。なしでは生きていけない。

自動ドアを入ると、煙草《タバコ》のにおいが鼻をつく。喧噪《けんそう》に包まれる。重苦しかった胸の内が、すっと軽くなる。

ありさは迷わず階段を上がった。二階に海の絵柄の台がずらりと並んでいる。ざっと見回し、良さそうなところに座る。財布から一万円札を出し、スリットに差し込む。玉が入るとフグやタコやサメが目の前を元気よく泳ぎ始める。画面が止まり、同じ種類の魚が三匹揃ったら当たりである。

色とりどりの魚を見つめながら、玉を打つ。同じ魚が二匹揃う。あぶくが溢《あふ》れ、リーチ、リーチと大騒ぎである。

なんというにぎやかな海。そしてにぎやかな海の前で過ごす、これ以上ないほど穏やかな時間。

ありさは満ち足りた気分で、玉を打ち続ける。

優也と知り合ったのも、パチンコ屋だった。

その頃、ありさはコンビニやファミリーレストランでアルバイトをしては、合間にパチンコ屋を訪れていた。勝つことも、すってしまうこともあったが、あまり気にしなかった。

あの頃も、よく海の台の前に座った。ユーモラスな魚の顔を見ていると、気持ちが和む。時間が瞬く間に過ぎていき、一人でいても一人の気がしなかった。

「調子良さそうだね」ありさが勝っているのを見て、隣の台の男が話しかけてきた。

ありさは台から目を離さずに、まあね、と答えた。

人魚が微笑んでいる。こういうときは当たりが続くのだ。

「まあね、か。余裕だなあ」男が低く笑う。

「別に余裕じゃないけど」と言いながら、ちらっと振り向いたありさは、思わず息を呑《の》んだ。

信じられないほどきれいな顔をした男が、ありさの台を覗き込んでいた。男の瞳《ひとみ》の色は、吸い込まれそうなほどに深い。その目が楽しそうにきらめいている。それが優也だった。

あまりに驚いたせいで、ありさの手元がぶれた。

「ほらほら、しっかり」

もう一度前を向き、玉を打つことに集中しようと思ったが、だめだった。

「リーチだよ」

タコが二匹揃っていた。あと一匹、タコがくれば大当たり。

「タコ来い。タコ来い」歌うように優也が言った。

きたのはタコではなく、カニ。

すっかり調子が狂ってしまった。こうなったらもうだめだ。一度失った運は戻ってこない。ありさはゲームをやめた。

「行くの？」

優也が訊き、ありさは、うん、と答えた。ケースに溜《た》まった玉を計量するために立ち上がる。その後、店の裏手にある交換所で現金に換え、出てきたところで優也と一緒になった。

「声をかけて悪かったかな。ごめんね」優也が言った。

「ううん。少しは勝ったからいい」

「いくら勝った？」

「二万とちょっと」

「すごいね。声をかけなかったら、倍はいってたかもね」

「そちらは？」

ありさが訊くと、きょうはさっぱりだね、と言って笑った。

「なんか食べに行かない？」

優也が誘い、ありさはうなずいた。

居酒屋に行き、食べたいものを片っ端から注文した。テーブルに載りきらないほどの料理を前にして、ありさと優也はけたけた笑った。

優也がポケットから何か取り出し、テーブルに置いた。パチンコ玉。ころころと転がる度に、光を反射する。

「きれい」ありさが言った。

優也はパチンコ玉をチューハイのグラスに入れた。

「ほら、ラムネみたいだよ」言いながら、グラスを傾ける。「おっと危ない。玉を飲み込みそうになっちゃった」

ありさは、ただ優也を見つめていた。光を反射するパチンコ玉よりも、ずっと複雑な光を放つ彼の瞳。

なんてきれいな顔をしているのだろう。

なんて涼しげな笑顔だろう。

「なに？」と優也が訊いた。

なんでもない、と首を横に振り、またありさは彼を見つめた。

あの日以来、ありさと優也は頻繁に会うようになり、気が付いたときにはお腹の中に赤ん坊がいた。優也に知らせたら、うひゃあ、とおかしな声を上げたが、嬉《うれ》しそうだった。

「籍入れようよ」と彼は言った。

優也はアルバイトを転々としており、定収入はなかったが、実家の親が甘いのか、かなりの額の仕送りをもらっていた。だから、子供が生まれてもなんとかなるだろうとありさは思った。

子供ができれば絆《きずな》は強くなる。優也とこの先ずっと一緒にいられる。そう思っただけで、ありさは有頂天になった。

どれだけ一緒にいても、飽きるということがなかった。この人となら、どこまでだって行ける。なんだってできる。そう思った。

なのに今では、ケースワーカーから、シェルターを紹介されたりしている。

千希が風邪をひき、ありさもその風邪をもらってしまい、結局、一週間あまりは家にいて、仕事を探すこともできなかった。その間、ミネルバの嶺岡から二度ほど電話をもらった。登録は残してあるから、という連絡と、パソコン操作に慣れておくと何かと有利なので研修を受けたらどうかという勧めだった。いずれの電話にも、今は体調が悪くて考えられないので、また後日、と答えておいた。

なかなか動き出す気になれない。けれど、いつまでもぐずぐずしているわけにもいかなかった。

翌週になると風邪も抜けて、だいぶ体調も良くなったので、ミネルバに行くことにした。千希は保育園に預けてある。朝、連れていったら、千希ちゃん、一緒に遊ぼう、とすぐに友達から声をかけられ、千希も嬉しそうについていった。

ミネルバのオフィスは原宿にある。ファッションビルがひしめき合う表通りから一本裏に入る。

和菓子屋の前で、ありさは立ち止まった。後ろを振り返る。誰かに見られているような気がした。

視線を左右に動かす。

スーツ姿の男性、若い男女、裕福そうな中年女性。知り合いはいないし、ありさを見ている者もいない。

気のせいかな。

また歩き始める。

ビルの受付で登録証を見せ、エレベーターで七階に上がった。嶺岡は席にいて、ありさに気付くと立ち上がった。

「槙さん、風邪はもういいの？」

「はい。大丈夫です。ご心配をおかけしてすみません」

「こっちで話そう」

ミーティングスペースと呼ばれる椅子《いす》とテーブルのある一角に案内し、座って、座って、と椅子を勧める。ありさは腰を下ろした。

「この間も電話で言ったけど、槙さんの登録は残っているから。だから、これからも新しい派遣先を紹介できるよ」

「ありがとうございます。でも……」

「前のご主人のことが心配？」

ありさはうなずいた。

「確かになあ。この間みたいに派遣先にやって来られたら、まいっちゃうよね」

あのとき、嶺岡も居合わせたのだ。優也が金を貸してくれとありさに迫るのを目にしていた。

「ご主人に会いたくない気持ちは分かるけど、迷惑をかけないで欲しいってことをちゃんと伝えないと先に進まないよ。ご主人と話し合うのは無理？」

「無理だと思います。私、あの人の顔を見ると何も言えなくなっちゃうし」

そうかあ、と言って嶺岡は腕を組む。

「しばらく様子を見る？　新しい派遣先を紹介したとしても、そこにまた前のご主人が現れたりしたら、槙さん、今度こそ本当に立ち直れなくなっちゃいそうだもんな」

「すみません」ありさの声はどんどん小さくなる。

「謝ることないよ。当面は、うちの会社で開いている研修コースに参加して、技能を身につけたらいい。この先、派遣社員として働くのに、きっと役に立つよ」

「研修ですか」

「そう。槙さん、まだ全然受けてないよね。普通はミネルバに登録したらすぐにビジネスマナーの研修を受けてもらうんだけど、槙さんはスケジュールが合わなかったんだっけ？」

「娘が熱を出したりして、時間がとれなかったんです」

「じゃ、いい機会じゃない」

嶺岡がパンフレットを差し出した。ミネルバで提供している研修コースが一覧になっている。ビジネスマナー一般、ビジネス文書の書き方、パソコン操作の初級、中級、上級、英会話などなど。コースによって料金が少しずつ違う。

「有料なんですか」

「うん。お金を払った方が、みんな真剣に学ぶからね、それで有料にしているだけで、研修で儲《もう》けるつもりはないから、良心的な価格設定だよ」

「でも……」

「どうかした？」

ありさは少し迷ってから答えた。

「私、生活保護を受けて暮らしているんです。ですから、余分なお金がなくて」

「え？」嶺岡が虚を衝《つ》かれた顔になる。「そうかあ。でもなあ、それだったらよけいに早く仕事を見つけないといけないわけだよね。それも時給の高い仕事の方がいい。研修を受けると、役に立つと思うんだけどな。ちょっと待ってて」

嶺岡が立ち上がり、ミーティングスペースを出ていった。残されたありさは、パンフレットに目を通す。パンフレットに載っている写真では、スーツ姿のきりりとした女性が、パソコンに向かっている。デスクに置いてあるのは英字新聞。

ビジネスマナーやパソコン操作に関する研修を受けて、より良い仕事を手に入れる。それは遠く霞《かす》む夢のように思える。とてもではないが、自分と重ねられない。

「槙さん、槙さん」

嶺岡が戻ってきた。ありさが顔を上げると、笑いかけてくる。

「ちょうどきょう、ビジネスマナー研修があるんだ。一人分キャンセルになって空きがあるから、それに出てみない？」

「でも……」

「きょうの分は無料でいいよ。今、社長に相談してきて了解をもらったんだ。キャンセルになった分を、代わりに受けてもらうってことでね。他のコースについては、ご相談になると思うけど」

「分かりました。ありがとうございます」

「研修は十時からだから、もう始まってるよ。五階の研修室。ほら、急いで」

その言葉に背を押され、ありさはあわててエレベーターホールに向かった。

押上駅《おしあげ》で地下鉄を降りたありさは、首をぐるりと回した。

研修を受けている間は緊張していたので気付かなかったが、今になって猛烈な疲労に襲われる。お辞儀の仕方や電話の受け答え、電話メモの書き方、来客があったときの応対、敬語の使い方。繰り返し練習させられた。体が凝り固まっている。

もう一度、ぐるりと首を回す。その瞬間、視線を感じた。振り返ってみるが、ありさを見ている者はいない。

またた。

ありさは眉を寄せる。

地下鉄の中でも、誰かに見られているような気がしたのだ。頰の辺りに視線を感じて周囲を見回したが、乗客はそれぞれ携帯電話をいじったり、中吊《なかづ》り広告に目をやったり、連れの人間と喋《しゃべ》ったりしているだけ。その後も同じような感覚につきまとわれて、何度か車内を見渡した。けれど、ありさに目を向けている人物はいなかった。

そして、押上駅の改札を抜けた今、またも視線を感じた。

それに朝、ミネルバに向かう途中でも、誰かに見られているような気がした。尾けられている？

思ったそばから、まさか、と打ち消す。

気のせいだ、気のせい。いったい誰に尾けられるというのか。

時計に目をやる。六時五分。急いで向かえば、保育園の六時十五分のお迎えに間に合うだろう。

ありさは歩き出した。駅前の商店街を抜ける。後ろが気になった。見られているのではないかと思うと、うなじの辺りがちりちりする。

信号が赤になって立ち止まったとき、思い切って振り返ってみた。目に飛び込んできたのは、子供を連れた主婦と学生風のカップルだった。ありさのことなど少しも気にしていない様子である。

やっぱり、思い過ごしだったんだ。

ほっとして、足どりが軽くなる。そのせいか、保育園には思ったよりも早く着いた。

「ママ」

千希が飛び出してきた。

「お砂場で泥遊びをたくさんして。ざっと水洗いしておきましたが」先生が言う。

「そうですか、どうも」

言いながら、汚れ物の入った袋を受け取る。ずっしりと重い。

「お団子屋さんしたの」千希が言う。

「よかったね」

帰り支度をして門を出た。

「パパは？」千希が訊く。

ありさはゆるゆると首を横に振る。

「パパはお仕事よ。まだ帰ってこない」

「つまんない」千希が口を尖《とが》らせる。

こういうとき、ありさは何と言えばいいのか分からなくなる。仕方がないので黙っている。そうすると、千希の方から話題を変えてくれる。

「千希はお姫さまなの」

「お団子屋さんじゃないの？」

「お団子屋さんだけど、お姫さまなの」

ふうん、とありさが応じたとき、携帯電話が鳴った。出ると、女性の声が、槙さんね？　と言った。はい、と答える。

「ミネルバの紀ノ川です。きょうはお疲れさま。研修はいかがでした？」

社長の紀ノ川由希子から直接電話をもらうのは二度目だったが、少しも慣れることができない。緊張して、話し方もぎこちなくなってしまう。

「ええっと、とても勉強になりました」

由希子はちょっと笑い、「なら、よかったわ」と言った。「嶺岡から聞きました。生活保護を受けているそうね。槙さんの今の状況を知らせてくれてよかったわ。それでね、研修の費用については、仕事に就くために必要なものとして、別途支給されるんじゃないかと思うのよ。ケースワーカーに相談してみたらいいわ」

「そうします」

「何より、槙さんが早く仕事に就くことよね」

「ええ、でも……」

「ご主人のことが心配なのは分かるわ。だけど、この間のＭＩＳＡＫＩ商事の件から、そろそろ二週間経《た》つのよ。槙さんだって、ずっとこのままでいるわけにはいかないでしょう。何か力になれるといいんだけど。それもあって、きょう研修が終わったら槙さんと少し話したいと思っていたのよ。嶺岡に頼んでおいたんだけど伝わってなかった？」

「すみません。保育園のお迎えの時間があったので」

「ああ、そうよね。なら、仕方がないわ。今度、ミネルバに来たら、一度、社長室に顔を出してくださいね」

「はい」

由希子が電話を切ろうとしたが、ありさは、あの、と言って引き留めた。

「どうして私のことを気にかけてくださるんですか」

由希子が一瞬、黙る。それから、どうしてかしら、と低くつぶやいた。

「気になるのよ。なぜだか知らないけど、気になるの」

じゃあね、と言って由希子は電話を切った。

親切な人だと思う。社長という立場であれば、たくさんの仕事を抱え、多忙であるはずだ。そんな中でありさのことを気にかけ、電話をくれる。

もしかしたら、同情なのかもしれない。

最初は、ありさが幼い子供を抱えたシングルマザーだと知って。

今は、生活保護を受けていると知って。

おそらく由希子は、恵まれているのだろう。精神的にも経済的にも余裕があるのだ。だから、ありさのような立場の人間に温かい目を向ける。何かしてあげたいの、と手を差し伸べようとする。

ケースワーカーの佐倉にしろ、由希子にしろ、嶺岡にしろ、保育園の先生にしろ、今、ありさの周りにいる人たちはみんなとても親切だ。力になってくれようとする。

フグやサメやカニやタコが、青い海を気ままに泳いでいくように、いろいろな人がありさの前を過ぎていく。励ましの言葉や、心のこもった眼差しを残して。

有り難いとは思う。なのに、こんなにも重苦しい気分になってしまう。

深い疲労を覚えて、ありさはまた肩を回した。

千希の歩調に合わせて歩いていく。すでに辺りは暗く、ひんやりとした風が吹いていた。

角を曲がってしばらくいった先に都営住宅がある。四階建ての四角い建物が五棟。元は白かったであろう薄茶色の壁に亀裂が入っている。建物は古いが、敷地には余裕があって、たくさんの樹木が植えられ、棟と棟の間は植え込みで仕切られていて、玄関前にも花壇がある。

ありさと千希が暮らしているのは、Ｂ棟の三階である。Ａ棟を過ぎ、Ｂ棟にさしかかった。

また視線を感じた。今度は視線だけではない。足音も。

ありさの肩が強《こわ》ばる。

同じアパートの住人だろうか。たまたま帰りが一緒になっただけ？

ありさは立ち止まった。足音も止まる。

ごくりと唾液《だえき》を飲み下す。

やっぱり、尾けられている。

「なに？　どしたの、ママ」千希が戸惑った目を向ける。

それには構わずに、もう一度、歩き出す。足音も続く。立ち止まる。足音も止まった。思い切ってありさは振り返った。人影がさっと動いて、植え込みの後ろに消えた。黒い影のように見えるこんもりとした植え込み。その後ろに誰かがいる。ありさのところからは分からないが、二つの目がこちらを見ているのは間違いない。

ありさの両腕が粟立《あわだ》つ。あわてて千希を抱き寄せた。

最初は朝、次は地下鉄の車内と押上駅、そして今、このアパートの前。

もう疑う余地はない。誰かがありさを尾けている。

「ママ？」

千希が不安そうに見上げる。答えることもできずに、千希の体に回した腕に力を入れた。

「行くわよ」

千希を抱いて走り出した。恐怖に駆られ、ありさの足はどんどん速くなる。腕の中で千希の体が上下に揺れる。鼓動が激しく、膝《ひざ》ががくがくしてへたり込みそうになったが、ありさは必死の思いで足を動かした。大通りに出て、さらに進む。交番に飛び込んだ。

「どうしました」警察官がすぐに訊いた。

「誰かに尾けられたんです。アパートの近くまで、ずっと」喉《のど》がぜいぜいと鳴る。

「こちらに入ってください」警察官が促した。

交番の奥にある椅子に座る。千希を膝に抱いた。

「大丈夫ですか」

警察官の問いかけに、ありさはやっとのことでうなずいた。

「ここに来るまでも尾けられましたか」

「分かりません」

「その人物の特徴は？」

「はっきり見ていないんです。視線を感じて、足音が聞こえて、振り返ったら、誰かがさっと木の陰に隠れたんです」声が震える。

千希はありさにしがみついて、べそをかいている。

「お名前と住所を」と訊かれて答えた。

警察官がメモをとる。

「尾けられていると思ったのはいつ？」

朝から誰かに見られているような気がしたこと、帰りの地下鉄や押上駅でも視線を感じ、アパートの近くで後ろに足音が聞こえたこと、それで恐ろしくなって交番に飛び込んだのだと伝えた。

警察官はメモを取りながら、ありさの話を聞いた。

「ご主人は何時頃、帰ってきますか」

警察官に問われて、離婚して千希と二人暮らしであることを伝えた。だから、よけいに心配なのだと。

警察官が考える顔になり、「尾けてきた人物が、ご主人である可能性は？」と訊いた。

「え？」

「考えられませんか」

ありさは黙っていた。

「ご主人かもしれないんですね？」

曖昧《あいまい》にうなずいた。

「ご主人が、別れた奥さんやお子さんに未練があるのは、当然でしょうからね」

「未練？」

「違いますかね？　別れた妻子の様子をそっと陰から窺《うかが》っていただけなんじゃありませんか。だとしたら、それほど神経質にならなくてもいいように思えますがね」

「でも、私、怖いんです」

「怖いというのは？」

ありさは答えない。

「立ち入った質問ですが、別れたご主人があなたやお嬢ちゃんに、乱暴をはたらく恐れがあるのでしょうか」

膝の上で握り合わせた両手をじっと見つめて、今度もありさは黙っていた。

「分かりました。とにかく、ご自宅まで送りましょう。お嬢ちゃん、おじさんが一緒に行ってもいいかな」警察官は千希に訊いた。

千希はまだありさにしがみついていたが、おまわりさんに話しかけられて、ちょっと嬉しそうだった。

「いいよ」と千希が言う。

「じゃ、行きましょう。もしも途中で、怪しい人物を見かけたらすぐに知らせてください」

ありさはうなずいた。

家への道を辿《たど》りながらも、不安でたまらない。きょろきょろ辺りを見回す。千希は暢気《のんき》に、「犬のおまわりさん」を歌っていた。

「あそこの都営住宅です」

角を曲がったとき、ありさは白っぽく浮かび上がる建物を指差した。

「B棟の308号室でしたね」と警察官が確認する。

「そうです。さっきは、B棟の近くで足音に気付いたんです」

「ちょっと見てきましょう」

警察官が先にB棟に向かった。郵便受けのある入り口付近を見て回ると、ひょいと花壇を飛び越えて戻ってきた。

「誰もいないようですが、部屋まで一緒に行きます」

階段を上り、外廊下を行く。308号室の前で立ち止まり、鍵《かぎ》を開けた。

「中を見てきてください。自分はここにいますから」

ドアを開けたままにして、ありさは玄関を上がる。

「千希はそこで待っていて」言いおいて、部屋の中を見て回る。

広くはないアパートであっても、浴室やトイレ、クロゼット、ベランダと隠れられる場所はいくつかある。一つ一つ見て回った。鼓動が激しく、背中に冷たい汗が浮いた。ベランダを確認しようとして窓を開けると、風にカーテンが舞った。それだけでありさは恐ろしさに震える。どこかに人影が見えるような気がしてしまう。

ようやくの思いで、すべての場所を確認し終えた。

「部屋の中は大丈夫です」玄関に戻って言った。

千希がありさに抱きついてくる。

「戸締まりをしっかりして。何かあったらすぐに連絡してください。パトロールを強化しますので」

本当は警察官を引き留めたかったが、そういうわけにはいかない。はい、と答えるしかなかった。

「じゃ」警察官が帰っていく。

「バイバーイ」千希が手を振った。

静かなのがいやでテレビをつけた。お笑いタレントの早口と、けたたましい笑い声が部屋の中にうそ寒く響く。

「ご飯食べなくちゃね」千希にとも自分自身にともなく言った。

「クリームパン」

千希は自分でキッチンからクリームパンを取ってきた。朝食の残りである。

「牛乳と一緒に食べれば」

紙パックに入った牛乳を手渡してやる。

千希は黙々とクリームパンを食べる。ありさはぼんやりと千希の口元を見つめる。小さな口がパンを咀嚼《そしゃく》し、呑み込む。クリームが口の端についていた。無心にパンを食べていた千希が、突然耳を澄ますしぐさをする。

「どうしたの」

「なんか音がする」

ありさも耳を澄ませる。低くくぐもった音が聞こえる。

「上のお部屋の人が、お風呂に入ってるのよ」

「ふうん」

千希は簡単に納得するが、ありさの方が気になってしまう。

さっきの人影が近くにいるのではないか。ありさと千希をどこかから見ているのではないか。

立ち上がり、もう一度戸締まりを確認した。

なぜこんな目に遭わなければならないのか。

穏やかに過ごす日々。ありさが欲しいのは、それだけなのに。

パンを食べ終わった千希は畳に寝転がってテレビを見ていたが、やがて寝息を立て始めた。布団を敷いて寝かせてやらなければと思うのだが、体が動かない。ありさも千希の隣に横になった。頭の芯《しん》は冴《さ》えているのに、体はひどく疲れている。

玄関で微《かす》かな音がした。ありさはびくりとして起き上がる。耳を澄ます。また音がした。誰かがドアを叩《たた》いている。

誰？　誰なの？

ごくりと唾液を飲み下す。足音を立てないように玄関まで行く。伸び上がってドアスコープから外を覗いた。男が立っていた。

きらきらと楽しげに輝く瞳。形の良い唇。柔らかそうな髪。

ドアの向こうにいるのは、優也だった。

海、とありさは思う。軽快な音楽とともに、青い海を気ままに泳ぐ魚たち。三匹揃うといいな。頭にある思いはそれだけ。そんな穏やかな時間は、いつになったら訪れるのだろう。

第3章

皆さん、お元気ですか。

僕は至って元気。秋晴れの気持ちのいい日が続いていますからね。

常にTシャツの似合う男でいたいと思い、ここのところ、スポーツクラブ通いを日課にしています。

僕の朝は皆さんより遅いのですが（笑）、ゆっくり起きて、トーストとヨーグルト、コーヒーで朝食を済ませると、近所のスポーツクラブへ。トレーナーの方たちとはもう顔馴染《かおなじ》みです。マシンやウエイトトレーニングで思いっきり汗を流した後は、かるーくスイム。気持ちいいですよ。皆さんもご一緒にいかがですか。

たとえば、こんなデートも楽しいんじゃないでしょうか。

都内のホテルには、大抵、トレーニングジムとスパがあります。普通のスポーツクラブよりも断然すいているし、優雅な気分に浸れること間違いなしです。トレーニングウエアやシューズは貸してくれますし、ホテルによっては、水着だってレンタル可能ですよ。でも、水着はお気に入りのものを持っていった方がいいかな。

二人でお揃《そろ》いのトレーニングウエアを着て、マシンでエクササイズ。マシントレーニングに慣れていない方もご心配なく。僕が教えて差し上げます。その後は水着に着替えて、プールへ。それほど混んでいない時間帯に行けば、運良くあなたと僕だけの貸し切りになるかもしれませんよ。そんな贅沢《ぜいたく》、一度味わってみたいものですね。

さてさて、泳いだあとは、それぞれスパルームに。サウナにゆっくり入って汗を流し、シャワーを浴びてさっぱりしましょう。その後のビールは最高ですよ。ゆったりできて、楽しくて、おまけにシェイプアップもできる。僕とそんなデートをしてみませんか。

もちろん、食事や映画といったオーソドックスなデートも大歓迎。はたまた、トーク、トーク、トークのお喋《しゃべ》り三昧《ざんまい》デートも得意中の得意。誰かとお喋りしたくなったとき、気分転換したくなったとき、ほっと一息つきたくなったとき、いつでもテルを呼んでください。

どんなときでも、僕があなたを最高のヒロインにして差し上げます。

丁寧に読み返してから、よし、とつぶやき、パソコンのキーボードを操作して『テルの部屋』にアップした。

このブログを読んだ客のうち何人かは、テルが提案した通りのデートをリクエストしてくるだろう。ホテルでトレーニングとスパを楽しむとなれば、大抵は泊まりになる。効率的に稼げるおいしい仕事。とはいえ、多少の危惧《きぐ》はある。体を動かすのが好きなテルにとって、ジムとプールのデートはウエルカムだが、それも程度問題だ。立て続けだと疲れるだろうな。エクササイズのあとは、オプションサービスにも応じなければならないだろうし。

弱気になりそうになるのを立て直し、「ま、その辺は適当にやるさ」と自分に言う。もしも本当に疲れていたら、馴染み客には、きょうはまったり過ごしたいんだと甘えればいい。派遣ホストとしてベテランの部類に入るテルにとって、そのくらいはお手の物だった。

派遣ホストクラブ『エタニティ』のホームページには、スタッフ紹介のコーナーがあり、それぞれのスタッフの写真やプロフィールの他、ブログが公開されている。内容は自由。趣味についてでもいいし、この間、お客様とどこそこに行ったという話でもいい、自分の日常生活をちらりと明かしてみせるのもいい。このホストを指名してみたいな、という気にさせる手助けとなれば何でもいいのである。

ブログは最低でも月一回は更新するように、とオーナーから指示が出されているのだが、文章を書くのが苦手なスタッフは、放っておくと、半年でも一年でも更新しないままにしてしまう。そういうときは、オーナー補佐でもあるテルが各スタッフにブログの更新を促し、ときには手取り足取り書き方を教えてやるのだった。

テルはもともと文章を書くのが好きである。シナリオライターになりたいと思い詰めた時期もあった。時間に自由の利く派遣ホストの仕事を始めたのも、シナリオライターの勉強と両立できると踏んだからだった。

シナリオコンテストには何度も応募したが、結果は惨敗。一次予選も通らなかった。シナリオライターになる夢は断念せざるを得なくなったが、小遣い稼ぎにと始めた派遣ホスト業の方は順調で、固定客がしっかりついた。オーナーの信頼をかち得ることができ、今ではオーナー補佐としてスタッフを管理する役割も担っている。

テルにとって、ブログにのせる文章を書くことなどわけない。毎日だって新しいものをアップしたいくらいだが、それではさすがにやり過ぎなので、他のスタッフの手本となるべく、週に一度、更新することにしている。

右手を伸ばして、煙草《タバコ》の箱を引き寄せた。一本抜き取りくわえる。客からプレゼントされたライターで火をつける。深く吸って、吐き出す。

「うーん」思わず唸《うな》る。

こうして一人で気楽にのむ煙草のうまいこと。

仕事中、テルは基本的には煙草を吸わない。客が、一緒に煙草を楽しみましょうよ、とでも誘ってくれない限りは、においがしみつくものは御法度《ごはっと》だ。ライターを贈ってくれた客は、相当な煙草のみだ。煙草のにおいのしない男は落ち着かない、と言う。だから、彼女から指名があったときは、テルも煙草を吸う。けれど、こうして一人で味わうときとは違う。客の前では、節度ある美しい吸い方を心がけている。

今、テルは短パンにランニング姿で、パソコンの前の椅子《いす》に座っている。誰に気を遣うこともないから、椅子の上で胡坐《あぐら》をかくというおかしな格好で、背中をぼりぼり搔《か》いたりしながらくわえ煙草である。

ずっとこうしていたいなあ、などと考える。が、そうも言っていられない。

きょうは、ランチタイムから夕方にかけての仕事が入っている。

三十二歳の主婦。これまで三回会った。都内のマンションで、夫と小学生の子供の三人暮らし。

満ち足りた主婦という外見だが、テルに会っている間は、寂しい、寂しい、とやたらに口走る。おそらくきょうもそうだろう。

大きく伸びをして、テルは立ち上がった。

仕事着が入っているクロゼットを開けて、着ていく服を選び出す。シンプルなスーツに、鮮やかなブルーのシャツ。仕立てのいい上質なものだ。

客と会っているときは生活感を出さないようにするために、洋服も靴も髪型もコロンも、ハンカチさえもいつもとは違うものを身につける。

洋服をベッドの上に並べ、テルはシャワールームに向かった。時間をかけて熱いシャワーを浴びる。その間に、少しずつ気持ちを高めていく。


待ち合わせは、お台場のホテル日航東京だった。テルは約束の二十分前に着いた。ロビーのソファに座って客を待つ。

遅めのランチ、その後、部屋でゆったり過ごす、というのがきょうのプラン。一流ホテルがサービス価格で提供する、平日のランチ&ルームプランというのを利用する。客の希望に添ってテルがアレンジした。

約束の時間の五分前。自動ドアが開いて、薄いピンク色のスーツを着た女性が入ってきた。ぽっちゃりとした体型がピンク色のスーツのせいでよけいに膨張して見えるが、いかにも主婦のお出かけスタイルといった装いは彼女に似合っていなくもない。

テルに気付いて、頬《ほお》が紅潮する。

彼女はジュンと名乗っている。本名かどうかは分からないが、メールのアドレスもジュンだし、テルにもジュンと呼んでくれと言う。

「ジュンさん、お久しぶりです」テルは立ち上がって迎えた。

「お元気でした？」ジュンが訊《き》く。

「見ての通り、元気、元気。ジュンさんは？」

「まあまあ、かしら」と言う表情は、あまり元気には見えない。

「まずは、おいしいものを食べましょうか」

テルはそっとジュンの腰に手を回した。ジュンの体が緊張する。いつもそうだ。彼女の場合、リラックスするまでには、少し時間がかかる。

何を食べるか相談し、ローストビーフランチに決めた。サラダビュフェと、さまざまなソースで楽しめるローストビーフが組み合わされたものだ。

「たまにはお肉もいいわね」とジュンが言う。

そう言えば、これまで三回、ジュンと食事をしたが、寿司《すし》や懐石料理といった野菜や魚中心の料理ばかりだった。ジュンはあまり肉料理が好きではないのだろうと思っていたのだが、それが早とちりだったというのは、食事を始めてみるとすぐに分かった。肉が嫌いなのではない。大好きらしい。

「おいしそうに食べるね」

テルが言うと、ジュンは恥ずかしそうに笑った。

「主人がいやがるの」

「何を？」

「肉料理」

「ああ、そうなんだ」

肉嫌いの夫について訊いてみようかと思うが、やめる。ジュンは夫について、あまり話したがらない。もしかしたら、ジュンの夫は年寄りなのかもしれない。肉嫌いというのも、それなら納得できる。

「テルさんは？」

「僕はなんでも好きだよ。魚も肉も野菜も。特に、おいしそうに食事をしている女の人と一緒にいるのは、大好きだね」

あら、と言って、ジュンがくすくす笑う。

「ここのホテル、来たことあった？」ジュンが訊く。

仕事で何度も来ている。別の女性と。女性たちの好む場所は、だいたい決まっているのだ。お台場、六本木、青山、横浜、ＴＤＬにＴＤＳ。けれど、テルは言った。

「実は初めて。来たいと思っていたけど、意外に機会がなくて」

「そうなの？」

「うん。ジュンさんは？」

「私も初めて。主婦には縁遠い場所よ」

テルは正面からジュンの顔を見た。

「ジュンさんはえらいなあ。ちゃんと主婦業と母親業をやっていて。なのに、いつもきれいにしている。なかなかできないよね」

「そんなことないわ。私なんて」

「その、私なんて、っていうの、やめた方がいいよ。ジュンさんはえらいよ。僕がそういうんだから、そうなの！」

睨《にら》む真似《まね》をすると、彼女は素直にうなずいた。テルは笑って、テーブルの上で軽くジュンの手を握った。

海からの風を感じながら、ゆっくり時間をかけて食事をし、その後、部屋に向かった。

派遣ホストの仕事は、最低が四時間からである。長くなると連泊で一緒に旅行するといったケースもあるが、ジュンの依頼はいつも四時間だけ。四時間で基本料金六万円。その他に、食事代や交通費などのデート代は女性持ちである。

当初の依頼は四時間であっても、延長してもらえるようにもっていくのがテルたちホストの腕の見せどころなのだが、ジュンに対してテルは無理をしない。家庭の主婦であるジュンにとっては夕方まで家を空けるのだって一苦労のはず。無理をさせて、二度と依頼がこなくなっては元も子もない。一、二時間の延長より、継続的に依頼してくれることの方が大事だと思っている。何も焦ることはない。いずれジュンだって、もっと長い時間を一緒に過ごしたいと思うに決まっている。

　そして、もう一つ。ジュンの依頼には、オプションが含まれていない。ホテルでのデートの場合、客の女性は大抵オプションを希望するものなのだが。

　オプションというのは、つまり寝ること、セックスである。料金は二万八十円。ベッドで囁《ささや》かれる女性からの数々の要求を考えると、もう少し価格設定を高くしてもらいたいところだが、女性にとってオプションを頼むのはそれだけで高いハードルなの、この金額がぎりぎりよ、とオーナーが言うので、そういうものかと思っている。ただし、テルがきっちり主張した点もある。オプションについての注意事項。『一回のデートでオプションの依頼は一回だけ』。以前、客から何度も何度もせがまれて閉口したことがあるのだ。

　それはともかく、ジュンはこれまでオプションを依頼したことがない。ホテルの部屋をとっていて、これはないのではないかと最初は思った。が、今ではそういうものと割り切っている。

　部屋に入って二人きりになると、ジュンの言うことは決まっている。きょうも言った。

「ぎゅっと抱きしめて」

テルはその通りにする。

両腕の中にすっぽりとジュンの体を包み込み、抱きしめる。ただ抱きしめる。

テルの胸に額を押し当てているジュンの背中が震え始める。泣いているのだ。テルはさらに腕に力を込める。どうしたの？　とも訊かなければ、泣かないで、とも言わない。いつも黙って彼女の体を引き寄せる。

「寂しいの」ジュンが言う。

テルは黙ってうなずく。

「寂しい」

抱きしめて、泣かせてやること。それが自分の仕事なのだと思う。ただそれだけのために、ジュンは決して安くはない金を支払い、時間の都合をつけてテルに会いにくる。


ジュンとはゆりかもめの駅で別れ、テルは事務所に向かった。

エタニティでは、デート先からの直帰を基本的には禁じている。客と別れた後は事務所に寄って、その日の報告をしなければならない。客とどこに行き、どんな会話を交わしたのか、次回の約束は取り付けたのかどうかを報告する。それに対して、オーナーがアドバイスをする。

「ジュンさんは定期的に指名を入れてくれるし、悪いお客様じゃないのよね。本当は、そろそろ泊まりの依頼が入ると有り難いけど、専業主婦だから難しいわね。オプションもずっとなしだけど、ま、そういうのもありかな。実入りは少なくても堅い仕事ってのは、大事だし。テルは彼女といい関係を築いているわよね」オーナーの滕巻《ふじまき》百合《ゆり》が言う。

百合はこれまでさんざんホストクラブ通いをして、店で大枚を使ったのはもちろんのこと、目当てのホストにさまざまなプレゼントをした。それでも、百合よりもさらなる上客が店に現れれば、ホストはそちらの相手をしにいってしまう。せめて金を払っている間だけでも、お気に入りの男の子を独占したい、他の女の人たちだってそう思っているはず、と気付いて、派遣ホストクラブを立ち上げたのだという。

今も、百合のホスト遊びは続いている。自分のところのスタッフには手をつけないのが私の自慢だ、などと言っているわりに、テルはこれまで何回か相手をしてくれと頼まれた。

「テルは特別。ただのスタッフじゃないもんね」と言っていたものだが、最近はお呼びがかからない。

オーナーとオーナー補佐という立場をきちんとわきまえようとしてのことかもしれないし、百合の目が他の若いのにいっているせいかもしれない。テルにしてみれば、気楽なような、不満なようなところである。

「テル、時間があるんなら、真之介《しんのすけ》の報告を聞いてあげてよ」

テルはオーナーの代わりに、スタッフからの報告を受けることも多い。真之介というのは新人である。昨夜、初めての泊まりデートをこなしてきた。相手は五十代の実業家の女性。

疲れた顔をしている真之介を見ると、話の内容はなんとなく想像がつく。相手の女性に振り回されたのだろう。振り回されるような振りをしながら、こちらのペースに持っていく。それができるようになるまでには、かなり時間がかかる。

長くなりそうな真之介の話を聞く前に、携帯電話のメールを確認した。先ほど別れたばかりのジュンからメールが届いている。

テルさん、ありがとう、という短いものだ。テルも短く返信しておく。こちらこそ、ありがとう、と。

もう一通あった。馴染み客の紀ノ川由希子からである。突然、会いたいから来て、と言ってくることもあるので、もしかしたらきょうもまたそれかと思ったのだが違った。


先日の件ですが、先方も会うことを承知してくれました。

詳しくお話ししたいので、連絡ください。

堅い文面である。おそらく仕事中にメールを打ったのだろう。テルと二人でいるときの由希子とは、別人のようだ。

もう一度、文面を目で追ってから、返信した。

由希子さん、指名してくださいよ。俺《おれ》も会いたいから。

これで近いうちに由希子からの指名が入るだろう。

「さてと」携帯電話をしまい、テルは立ち上がる。「真之介。来いよ」

呼ぶと、真之介がやってきた。

「疲れてるみたいだな。大丈夫か」と訊くと、はっ、と返事なのか溜息《ためいき》なのか分からない応じ方をする。

テルは苦笑し、「じゃ、一通り話してよ」と促した。

翌日、テルは一日、ジムでトレーニングに励んだ。ブログではホテルのジムで一緒に汗を流そうと提案した手前、鍛えておかないことには洒落《しゃれ》にならない。自宅に戻ったのは夕方である。

まずは煙草に火をつけ、パソコンを立ち上げた。自称『案ずる男』からのメールが届いている。

ありささん、
あなたのことが心配だよ。前のご主人が何か言ってきたとしても、相手にしてはだめだよ。無視するのが一番だ。そうでないと、またつけ込まれるよ。
メールの文面から推測すると、ありささんは気の弱いところがあるようだね。もちろん、それが優しさでもあるのだろうが。しかし、ときには断固とした態度をとることも必要だよ。
何でも相談して欲しい。力になるから。

案ずる男

テルは煙草を灰皿に押しつけて消し、冷蔵庫からアイスレモンティーのボトルを取ってきた。

アイスレモンティー。

この奇妙な飲み物。酸っぱいんだか甘いんだか分からない。テルの好みからは程遠いが、こっちの仕事をするときは、必ずこの飲み物を口にする。気分が切り替わって、どういうわけかすらすらと文章が浮かんでくるのだ。雰囲気作りというのは、どんな場合も大事なのだと改めて思う。

もう一度、『案ずる男』のメールを読み直し、返信を打つ。

優しいメールをありがとう。ありさ、すっごく嬉《うれ》しかった。励まされちゃった。力になるからって言葉にもぐっときちゃった。ありさが生活保護を受けてるなんて打ち明けたから、心配させちゃったんだよね。だけど、ごめんなさい。まだ会えません。怒らないで聞いてね。ありさの本当の気持ちを言います。あのね……、怖いの。男の人のことが信じられないの。ありさのこと、本当に大事にしてくれるのかどうか分からないって、思っちゃうの。別れた夫とあなたは違うのにね。それにね、私、一度、男の人を好きになっちゃうと、とことんのめり込んじゃうの。前の夫のときもそうだった。大好きだった。彼のためなら何でもするって思った。だけど、そういう女って、重たすぎるでしょ。うっとうしいよね。だから、夫は私を殴ったのかな。

なので、ありさは今、性格改造中です。重たくなくて、うっとうしくなくて、それでいてかわいい女になりたいと思います。

ありさは二十五歳。夫の借金と暴力が原因で離婚。三歳の娘と都営住宅で二人暮らし。派遣社員として仕事を始めるがうまくいかず、現在は生活保護を受けて暮らしている。

この気の毒な女が、今やサイトでは大人気である。アクセス数がそれをはっきり示している。

〈困ったことがあったら、いつでも相談に乗るよ。〉

〈いくら援助すればいい？　正直に言ってごらん。〉

〈とにかく会いたい。話はそれからだよ。〉

〈優しくするから、大丈夫。安心して。〉

ソフトな表現で綴《つづ》られた、実のところ、やる気満々な、男たちからのメールが毎日届く。

それら一つ一つにテルは丁寧に返事を記す。

〈ごめんなさい。今はだめ。〉

〈もう少し待って。〉

〈私に会ったら、きっとがっかりするわ。〉

〈あなたが優しすぎるから、不安になるの。〉

などなど。

要は、会いたくないという意味なのだが、ありさは本当は会いたくて仕方がないのに、過去のつらい経験に邪魔をされ、臆病《おくびょう》になっているのだと男たちは受け取る。

おめでたい。実に、おめでたい。

が、究極のおめでたさと言えば、ありさの名前でメールを書いているのが、性別＝男のテルだというのを知らずにいることだろう。

同性として、メール相手の男たちに対して、少々申し訳なく思うこともある。が、これも仕事なのだから、仕方がない。

テルがやっているのは、いわばサクラ。男が女のふりをしてネット上でメールを綴ることから、ネカマと呼ばれることもある。サイト上にサクラがいるというのは利用者たちも承知の上だろうが、そこをバレないようにするのがテクニックである。

「さすがテル。ありさちゃん、好評だよ。この調子でやってよね」

サイトの運営をしている友人の小磯《こいそ》は、手放しでテルを誉《ほ》める。

小磯とは、シナリオライター養成スクール時代に知り合った。お互い夢は断念したが、俺たち、シナリオスクールで学んだことを生かしているよなあ、などと言い合っている。シナリオを書くのも、サイトを運営していくのも、仮想世界を作り出すことには変わりがない。

この友人が運営するサイトは、出会い系の一種。サイトの掲示板には、女性たちからの自己紹介文や相談事などがアップされており、気に入った女性がいたら、男性はサイトを介してその女性にメールを送ることができる。女性が文章を載せるのは無料だが、男性がメールを送る場合にはそれなりに課金される。

サイトを運営する側にとって肝心なのは、とにかく遊びにきた男を引っ張って、引っ張って、引っ張りまくること。できるだけ長期間にわたって、サイトにアクセスさせ続けることなのだ。

こちらの仕事はテルにとってはアルバイトだが、大いに楽しいアルバイトだった。文章を使って男を惹《ひ》きつけるというのが、まず楽しい。女の気持ちになって、文章を綴るのも、これまた非常に楽しい。

派遣ホストとして多くの女性に会い、夫との不和、子供への期待と不安、友人関係の軋轢《あつれき》、単調な毎日が続く虚《むな》しさなど、いろいろな話を聞く機会がある。だからこそ、サイトで女性になりすまし、その日常生活をリアリティを持って綴ることができる。

きょうはこのくらいにしておくか。

ネット上のありさにしつこく迫ってくる、『案ずる男』へメールを送り、テルは席を立つ。

そろそろ準備をしなければ。

由希子から指名が入っている。夜十一時に自宅に来て欲しいというのだ。「お土産《みやげ》は甘いもの」というリクエスト付で。

こういうときテルは、少し外すことにしている。甘いものをと言われて、素直に甘いものを持っていったのではつまらない。最近、流行《はや》っているらしい塩を使ったデザートを買いに出かけた。多分、由希子の気に入るだろう。


約束の時間ちょうどに部屋に行くと、由希子はバスローブ姿で待っていた。胸元がほんのり赤く染まっている。飲んでいたらしい。

「はい」とお土産を手渡す。「ソルティ・ジェラート。塩のアイスだよ」

あら、と言って喜んでいる。

テルが由希子の部屋に呼ばれるのは、いつも夜十一時過ぎである。部屋の中は乱れてはいないが、片付いてもいない。室内の空気は湿り気を帯びている。それは、由希子がシャワーを使ったせいだろう。

「きょうも彼と会ってたんだ？」

テルが言うと、由希子は一瞬、困惑したように眉《まゆ》を寄せる。

「俺に気を遣う必要はないんだよ」

由希子には愛人がいる。家庭のある相手だ。その男は十一時前に帰っていくらしい。男がいなくなった後、由希子はテルと会う。

由希子はそれなりに常識も、思いやりもある。テルと会う前に別の男と一緒だったということを、ずっと隠そうと努めていた。けれど、誰かがいた気配は部屋に残っているものだし、おまけに一度、サイズの大きなスリッパが玄関に出しっ放しになっていたことがあったのだ。スエードのとても柔らかそうなスリッパ。由希子が履いているものと色違い。

普通だったら、客のプライヴァシーには触れずにおく。けれど、由希子とは二年越しの付き合いだったし、純粋に彼女のことを知りたいとも思った。それでテルは訊いたのだ。

「由希子さん、付き合っている男いるの？」

「いないわよ」由希子はしらばっくれようとした。

「そのスリッパは？」

男物のスリッパを目で示すと、由希子があわてた顔になった。そして言ったのだ。

ごめん、と。

「なんで謝るの？」

「だって、テルに会う前に他の人と一緒にいたから」

「俺はホストだよ」

「分かってる。それでもきっといやだろうなって思ったのよ」

「由希子さんの恋人って、どんな人？」

由希子は黙り込んだが、一度、深く呼吸すると、すらすらと語り始めた。

家庭のある男で、終電前には帰っていくこと。彼と別れた後、無性に寂しくなってテルを呼んでしまうのだということ。

話し終えたとき、由希子はどこかほっとした表情をしていた。隠しておくよりは、話してしまいたかったのだろう。

あのときテルは思ったのだ。由希子に一歩近付いたな、と。

「ブログ見たわよ」由希子が言った。

「それはどうも」

「ホテルのジムとスパ。なかなかいいアイデアじゃないの」

「由希子さん好みじゃないでしょ」

由希子はちょっと首をひねって考える。

「そうね。私はテルとここでゆっくりするのが好きだから」

「俺もだよ」

「ほんと？」

「うん」

腕を回して抱きしめようとすると、由希子が体をよじってテルの手をかわした。

「話が先よ」

「そうだった」

ソファに座る。白い革張り。この部屋にあるものは、ほとんどが白っぽいものばかりだ。白い壁、毛足の長いラグマットはオフホワイト。カーテンもミルク色。大理石のテーブルも、やはり白。雪原にでもいるみたいだ、と前にテルが言ったら、由希子は嬉しそうに笑って、まさにそういうイメージなのよ、と言った。若い頃よくスキーに出かけた雪山の美しさ、無条件に落ち着くの、と。

由希子はゆったりとソファに座って脚を組む。

「槙ありささんの別れた夫のことだけど」と切り出した。

「うん」

「了解を取り付けたわ。いつでも連絡していいそうよ。名前は金子優也。これが携帯の番号」

「ありがとう」

由希子が差し出したメモを受け取る。

「優也が仕事についてくれれば助かるわ」つぶやく由希子は心配そうな顔だ。

「まるで由希子さんの弟かなんかみたいだね。その優也ってやつ」

由希子はくすっと笑って言う。

「あんな弟がいたら、たまったもんじゃないわね。だけど、私が心配しているのは、優也じゃないのよ。ありささんの方。優也がきちんと働いてくれないと、そのとばっちりをこうむるのは彼女なんだから。離婚した後まで、お金をせびられるなんて耐え難いことでしょう」

「槙ありさか……。気の毒にね」

言いながら、テルはネット上のありさについて考える。ありさはテルの創作ではない。実在する人物である。由希子から聞いた話をもとに、脚色を加えてネット上のヒロインとした。が、加えた脚色はわずかなものである。何もしなくても、ありさはヒロインとしての要素を備えていた。悲劇のヒロインとしての。

ありさは、由希子が経営する人材派遣会社『ミネルバ』に登録し、派遣社員として仕事をしていた。派遣先での評判はよかったが、職場に別れた夫が現れ、金をせびったことで状況が変わった。派遣先企業から苦情が寄せられる前に、ミネルバ社長として由希子も対応せざるをえなくなった。これ以上迷惑をかけたくないと言って、ありさは派遣社員として働くことにも消極的になってしまった。

ありさの境遇に同情し、心配した由希子は、あれこれと世話を焼いているらしい。

「優也っていうんだけど、困った男なのよ、ほんとに。顔が飛び抜けていいから、よけいにね」と由希子は言った。

「飛び抜けて顔がいい？」テルは訊き返した。

「そうなの。すごくきれいな顔。それも、妙に母性本能をくすぐるっていうか、かわいいの」

「へええ」

由希子が『かわいい』と評した男に興味を引かれた。そう言ったときの由希子が、唾棄《だき》すべき輩《やから》について語っているというより、どこかうっとりした顔をしていたから、よけいに。

正直に言えば、テルは嫉妬《しっと》した。これまで由希子の気持ちを惹き付けるために、かなりの努力をしてきたつもりだ。それも、二年余りの長い期間にわたって。なのに、優也という男は、ほんの一瞬で由希子を魅了した。

いったいどんな男なのか。

湧《わ》き上がる嫉妬を抑え込み、クラブのオーナー補佐としての立場から考えてみる。

依存的でわがまま。由希子の話から分かるのはそれだけだったが、十年近くこの仕事を続けてきたテルが、どれほど経験にものを言わせたところでかなわない何かを、優也は持っているに違いない。でなければ、由希子があんな顔で優也の話をするはずがない。

由希子は話を続けた。

ありさは優也の借金と暴力が理由で離婚し、生活保護を受けて暮らしているという。

「暴力？　かわいい男が暴力をふるうの？」

「らしいのよ。キレるっていうやつなのかな。見たところ、そんなふうじゃないから、ちょっとね」

ちょっとね、というのは何なのだろう。ちょっと意外、ちょっと困る、ちょっとそそられる？

「あの男が定職につくことが必要よ」由希子が断言した。

「だったら、スカウトしてみようか」

テルが言うと、由希子が驚いた顔で見返した。

「ルックスが図抜けていいんでしょ。この仕事、いい客がつけば、まあまあ収入もいいから、別れた女にたかりにいかなくなるかもしれない」

「大丈夫かしら。妻に暴力をふるった前科があるのよ」

「妻と客の女性の違いくらいは分かるんじゃない」

「それはそうでしょうけど。でも、どうかなあ。ホストって見た目だけじゃないでしょ。お客さんをどれだけいい気分にしてあげられるかってことでしょ。ほら、テルがよく言ってるじゃない」

「最高のヒロインにして差し上げます？」

「そうよ。それができないと、だめでしょ。優也にできるかしら」

「そこはお任せください。私が責任を持って教育します」

テルがふざけて言うと、由希子は渋い顔をした。

「大丈夫？」

「会って話してみないと分からないけどね、やる気さえあればなんとかなると思う。それにお客さんの要望もいろいろでね。依存的で甘ったれた、かわいい坊やの方が好まれることもあるんだよ」

「そうなの？」

「うん。とにかく会ってみてからだな。優也ってやつの連絡先を教えて」

「今度、槙さんに事情を話して、聞いておくわ」と由希子は請け合ったのだった。

「ありさには何て言ったの？」テルが訊く。

「別れたご主人に、就職先を紹介できるかもしれないからって」

「そしたら？」

「彼女、最初はすごく恐縮しちゃって、そこまでしてもらうのは申し訳ないです、またご迷惑をおかけするだけだと思うし、とかなんとか。あんまり恐縮されても困るから、紹介するのは、水商売みたいなものよって言ったの。さすがに別れたとはいえ、前の奥さんに向かって、優也さんに派遣ホストの仕事を紹介する、とは言いにくかったのでね」

「で、一応の了解を取り付けて、連絡先を聞いたってこと？」

「そう」

由希子からもらったメモにちらりと目をやり、

「楽しみだな」とテルは言った。「優也に会うのが楽しみだよ」

「会ったら失望するかもよ」

テルは首を横に振った。

「多分、それはないよ」

「だといいけど。テルに迷惑をかけるようだったら、すぐに言ってね」

不安げに寄せられた眉。

人材派遣会社を経営し、順調に利益を上げ、おそらくはかなりの資産を有し、雑誌に『成功した女性起業家』として取り上げられることもある由希子なのに、こうしていると、寂しいと言ってテルの腕の中で泣きじゃくる客と大差ない。誰かに寄り掛かってほっと息をつきたいだけの女。由希子もそれだった。

「由希子さん、そんなに心配しなくても大丈夫だよ。優也に会ってみて、こいつはダメだと思ったら、本人にダメだという。それだけだから」

「そうね」

「それより、何か飲もうよ。何がいい？」

なんでもいいわ、と由希子が答えたので、テルはサイドボードからシングルモルトのボトルを取り出した。

「あの子、いいじゃなーい」

百合が舌なめずりしそうな顔で擦り寄ってきた。視線は会議室に向けられている。そこには優也がいる。テルを訪ねてきたのである。

飲み物を取りにきたテルを百合はめざとく見つけて、近付いてきたのだ。

「ちらっと見ただけだけど、かわいい！　あのルックスは売りになるわよ」

「そう言うと思いましたよ」

「今までいなかったタイプ。少年っぽいって言うのかな。守ってあげたくなっちゃう。うちのニューフェースとしては新鮮。さすがテル。どこで見つけてきたの」

「紀ノ川さんの紹介です」

「へええ。そうなの。紀ノ川さん、顔が広いわねえ。それにテル、あなたも大したものよ。お客さんからニューフェースを紹介してもらえるなんて。それだけ、信頼関係ができてる証拠」

「ありがとうございます」

頭を下げながら、テルはほくそえむ。

この評価が欲しかったのだ。百合から、さすがはテル、と言われたかった。

テルのような立場になると、無難に派遣ホスト業をこなしているだけでは、十分ではなくなる。もっとエタニティの経営に直接からむ部分での仕事をしなければ、オーナーから評価されない。もっとも直接的で有効なのが、有望なニューフェースを連れてくること。これが簡単そうで難しい。

友人知人のつてを当たって、有望な男を探し続けてきた。が、なかなかいないのだ。逆援助交際を希望して、派遣ホストになりたいと願う若い男は多い。自分から進んで面接にやってくるのは、ほとんどがそういった輩である。そこそこの外見をしていて、愛想がいい。が、それだけでは派遣ホストとしてはやっていけない。ことに、エタニティにおいては。

エタニティは知る人ぞ知るといった高級派遣ホストクラブである。宣伝もしないし、テレビや雑誌の取材には一切応じない。公開しているホームページは会員専用のもの。会員からの口コミだけで顧客の幅を広げてきた。たとえば、由希子も古株の会員である六十代の女性企業経営者からの紹介で、エタニティの会員になった。他の派遣ホストクラブと比較すれば料金は割高だが、安心を買っているのだと思えば安いものだろう。そういったクラブだからこそ、ホストの質が重要になる。

エタニティのスタッフとなるために必要なのは、良くも悪くも他のホストと差別化できる何か。

たとえば、テルの場合は客の女性の話を丁寧に聞き、気持ちを添わせることを第一に考え、実践している。テルくんに会って、悩みを全部吐き出すとほっとする、というのが客の女性たちの感想である。また、話術がたくみでひたすら笑わせるのを得意とする男や、レーサーになる夢を持ち、客にも一緒に夢を見させてやる男、あるいは、普通だったら言いにくいこと、たとえば客の欠点をずばりと指摘することで支持を得ている男など、エタニティで仕事を続けているスタッフはさまざまである。共通するのは、皆、他の者とは違う何かを持っているということ。その何かを持った男を見つけるのが一苦労なのだ。

その点、優也は……。

事務所にやってきた優也は、どこか気弱に見える微笑《ほほえ》みを浮かべて、こんにちは、と言った。こいつか、とテルは思った。由希子に、うっとりとした表情で『かわいい』と言わせ、生活保護に頼って暮らす前の妻に金をせびり続け、おまけに暴力までふるった男。

なのに、優也を見て最初に連想したのは水だった。川のせせらぎ。さらさらと流れる澄んだ水。日の光を浴びてきらめく水。

そんなものを連想してしまった自分に苦笑しつつ、これは……とテルは思った。これはおもしろい。非常におもしろい。

「これから、彼と少し話をしようと思うんですけど、オーナーも同席なさいますか」

テルが百合に訊いた。

「やめておく。テルに任せる。楽しみに待ってるわよ。あの子がデビューするのを」

「少し研修に時間がかかるかもしれませんけどね。ホストがサービス業だってことさえ分かってるかどうかも怪しいんで」

百合が激しく顔の前で手を振る。

「だめだめ。下手《へた》に研修して、あの子の個性を殺しちゃったらだめよ。あの子は、今のままでいて欲しいなあ」

「お客様に失礼があっては、まずいじゃないですか」

「それはそうだけど。最低限守るべきマナーだけを教えて、あとはあの子の自由にやらせてみたら？　私もフォローに回るから」

「分かりました」

　二人分のコーヒーを手にして、テルは会議室に戻る。奥の椅子に、優也が座っている。コーヒーを目の前に置くと、どうも、と頭を下げた。

「で、どう？　やる気ある？　派遣ホストの仕事」テルは訊いた。

「女の人と会って、ご飯を食べて、お金がもらえるなんて信じられないなあ」

「お客様をいい気分にしてあげるのが仕事だけどね」

「いい気分？　どんなふうに？」

「肉体的にだけじゃない。精神的な意味でもだよ。親身になって相談に乗ったり、楽しませてあげなければならない。こちらにデートのプランニングが任されることもあるから、お客様の要望に添って、どこで食事をし、どこで買い物をし、どこで酒を飲んで、どこで別れるっていうのを考える必要もある」

　嚙《か》んで含めるようにテルが言うのを、優也は真剣な顔で聞き、「女の人とどこに行くか考えるくらいは、できると思うけど」と言った。

「会話も重要だよ。聞き上手になるのが、まずは第一」

「それも大丈夫だと思う」

「あとは、ホストとしての自己アピールも重要になる。これを見てくれるかな」

ラップトップ型のパソコンを引き寄せ、エタニティのホームページを表示させる。スタッフの顔写真、プロフィール。

「お客様が会員登録をしたあと、どのホストを指名するかを考える際の資料になる。だから、写真撮影も念を入れてやるし、あとはこのブログ」

言いながら、『テルの部屋』というブログを開いた。

「一カ月に一回以上、更新することになっている。ここで、自分の日常だの、お薦めデートなどを提案して客の気を引く」

「そうなんだ」言いながら覗《のぞ》き込む。「僕があなたを最高のヒロインにして差し上げます？　こんなこと書けないよ。ちょっと恥ずかしい気がする」

「それぞれの個性が出ればそれでいいんだ。きみはきみらしいものを書いてくれればそれでいい。ネットにアップした写真とブログ。その二つの出来不出来で、指名がくるかどうか決まるんだから、頑張って。初回のブログは、自己紹介だな」

「自己紹介か。何を書こう？」

「なんでもいいよ。趣味とか、好きな食べ物とか。そんな感じで。きみ、確か離婚歴があるんだったね」

「うん」

「それは伏せた方がいいな」

「どうして」

「その方が無難だからだ。立ち入ったことだけど、離婚の理由は？」由希子からあらかじめ聞いて知ってはいたが確認する。

「ええと、性格の不一致」

「正直に言ってくれるかな」

優也はあらぬ方に視線を泳がせ、答えない。

「浮気と借金？」テルの方から言ってみた。

困惑した笑みを浮かべ、「そんなとこかな」と言う。

「もしかして、暴力も？」

「まさか」

「本当か」

「本当だよ」

「おい」

テルが身を乗り出した。

「真面目《まじめ》に聞けよ。いいか。暴力は絶対にだめだ。どんなことがあっても、客に暴力はだめだ」テルが低く言う。

「そんなの、分かってるよ」

「本当だろうな」

「本当だってば」

安心はできなかった。危険はある。もしも優也が客に何かしたら……。そう思いはするが、しかし、既にこの男に強烈に惹きつけられてもいた。

贅肉のない細身の体。端整なのに親しみやすさのある容貌《ようぼう》。輝きのある瞳《ひとみ》。そこにいるだけで、周囲の空気が変わっていくような独特の存在感。甘えた口調は少しじれったくなるが、柔らかな声音は耳に心地よく、ついつい聞き入ってしまう。気付いたら、こちらの懐に入り込んでぬくぬくと温まっていそうな図々しさも、エタニティの会員になっている女性たちの目には、かわいくてたまらないものとして映るだろう。

オーナーの百合が舌なめずりしたくなるのも無理はない。

うまくいけば、かなりの客がつく。それればかりか、エタニティに新しい風が吹く。危険はあるが、危険を冒す価値はもっとある。

「写真撮影の日程を決めよう」

テルは手帳を取り出した。


正直に言うとね、ありさは、まだ別れたダンナのことを引きずってるの。忘れられないの。

バカみたいだよね。

あんなにひどいことをいろいろされたのに。殴られたり、借金で苦労させられたり。毎日、地獄だった。なのに、いまだにあの人のことを思い出しちゃうの。

すごくね、かっこいい人だったんだ。ていうか、きれい？　男の人にきれいって変かな。一緒に歩いていると、すれ違った女の人はたいてい振り返る。彼のことを見て、それからありさのことを見る。あんないい男に、なんでこんな女がくっついてるの？　って言いたそうな目だった。

でも、そう思われても仕方ないなって思ってた。だって、ありさは顔も体も平凡だもん。こんな平凡な女に、どうしてこんなにすてきな人が一緒にいてくれるんだろう、って思って、最初は嬉しくてしょうがなかった。はじめのうちは、あの人も優しかったし。いろんなところに連れていってくれた。でも、だんだん変わっちゃったの。ありさ、金がないよー、なんて甘えた声を出すから、仕事すればいいじゃんって言ったら殴られた。それからは、何かあるたびに殴られたり、蹴《け》られたり。

別れられてほっとしたんだよね。なのに、まだ引きずってる。

どうしてなんだろう。

どうしたらいいんだろう。
どうしたら、あの人のことを忘れて、新しいありさになれるんだろう。
誰かおしえてください。

ごくりとアイスレモンティーを飲み、なかなかいいな、とテルは評価する。優也に会ったことで、具体的なイメージが付加された。

これを読んだ男たちが、またやいのやいのとメールを送ってくるに違いない。別れた旦那《だんな》のことなら、俺が忘れさせてあげるよ、とかなんとか。

お笑い種《ぐさ》だ。だが、哀れでもある。

ありさに同情し、欲情する男たちは、自分たちこそが惨めな存在だと気付いていない。その自覚のなさが哀れだった。

優也のように、女に依存し、甘え、当然のような顔で利用する男。おそらく、心の底では優也のように振る舞いたいと願いながらも叶《かな》わないと分かっているから、女に対して下手に出ながら様子を窺《うかが》い、金を積んでなんとか自由にしようとする男たち。

女がどちらのタイプの男に惹かれるかと言ったら、決まっている。優也だ。つらい思いをさせられると分かっていても、一緒にいたくなるのは優也のような男なのだ。ありさもそのクチだったに違いない。

本名は、金子優也。エタニティでの名前は、カタカナでユウヤとした。Tシャツにジーンズという普段着での写真撮影。撮影場所は、都内の公園。他のスタッフだったら、そんな場所で撮影は絶対にしない。アクの強い彼らの容貌は、明るい自然の中では浮きまくるからだ。しかし、優也には公園の緑や明るい日差し、噴水の水しぶきがよく似合う。

その写真をネットにアップした翌日には、優也への指名が入った。四十代半ばの常連客である。テルも何度か指名を受けたことがある。遊び慣れた客で、金離れがいい。おもしろいところへ連れていって、というのが彼女のお決まりのリクエストで、テルの場合は、水族館だの、遊園地だの、彼女が普段行きそうもない場所を選んだ。

今回も、デートプランを優也に任せると言ってきている。彼はどんなプランを考えてくるのか。

優也は今までにないタイプのホストだ。ひょっとしたら、ひょっとするかもしれない。

自ら派遣ホストでもあるテルにしてみれば、他のスタッフが売れていくのは脅威でもあるはずだが、今はそんなふうには思わない。自分が引っ張ってきた新人だからというのもあるが、それ以上に、これからのテルにとって優也が大事な持ち駒《ごま》になるかもしれないからだ。

テルは今、三十四歳である。ホームページのスタッフ紹介では、二十九歳となっているし、客に対してもそれで通している。由希子のような常連客にさえ、実年齢は伝えていない。エタニティのホストの平均年齢は二十七歳。派遣ホスト業界全体では、もっと若いかもしれない。熟年ホストというのもいないわけではないが、少数である。現役としてやっていけるのは、あと数年と思ったほうがいいだろう。そろそろ派遣ホスト業よりも、クラブ経営の方に機軸を移したいと思っている。

オーナーの百合に認められれば、この先、支店を出すことになったときに、任せてもらえる可能性もあるが、そんなみみっちいことを言わずに、この際、自分の店を持つことを考えるべきかもしれないとも思う。

将来を見通せる仕事が欲しい。絶対に手に入れる。そのためには、新しいスタッフを育てる術《すべ》を覚えること、自分の持ち駒を増やしていくことだ。やがて独立したときに、役に立つだろう。

メールの着信音が響いた。携帯を手に取り開いてみると、優也からだった。デートプランというタイトルである。決まったら知らせろ、と言ってあった。

行き先、決めたんだけど。パチンコ屋。どうかな？

テルは思わず笑いそうになる。上司に当たるテルに対しても、友達口調のメールを送ってくること、そしてその内容。

パチンコ屋か。

考えてみたこともない場所だった。テルに限らず、普通、ホストはパチンコ屋に女性を連れていこうとは考えない。煙草の煙が立ちこめた、品がいいとは言えない場所。周囲の喧噪《けんそう》にかき消されて、まともに話をすることもできない。

だが、おもしろいかもしれない。

はずす可能性もないではないが、新鮮なプランであるのは間違いない。

女性は最初あまり乗り気ではないだろう。えー、パチンコ？　もっと別な場所にしましょうよ、と言い出すことも考えられる。けれど、優也が笑顔で、行こうよ、と誘いさえすれば、女性はついていく。おそらく優也にとっては馴染み深い場所なのだろうし、腕もいいのだろう。どこを狙《ねら》ってどう打てばいいか、優也は優しく教えてやるのではないか。そのうちに女性も楽しみ始める。

優也は派遣ホストとして有望だ。

確信すると同時に、ありさが優也と離婚した原因が透けて見えた。

優也はパチンコに金をつぎ込み、おそらくは借金を重ねた。生活に困ったありさは優也にパチンコをやめてくれるよう頼んだのだろうが、彼は聞く耳を持たなかった。

果てには、ありさがうるさく思えて、暴力をふるった。そんなところではないのか。

妻の立場であれば、そうだろう、夫がパチンコに浪費するのを止める。が、派遣ホストを頼む女性であれば……。

そう。相手がヒロインたちであれば、何も問題ない。

優也は彼女たちの金を使って大いに楽しめばいいし、彼女たちも、優也のようなかわいい男の隣に座って玉を打つ、その非日常に浸ればいい。

パチンコ屋、いいと思うよ。

テルも軽い調子で優也に返信した。

第4章

　適量のナッツは体にいいと言うが、食べ過ぎは絶対によくない。吹き出物ができる。肌の荒れた四十女ほど、惨めくさくみっともないものはない。分かっているのに、紀ノ川由希子の手は、ナッツの載った小皿に伸びる。

「心配なんだよ」と久原啓治は言った。

　由希子はひとつつまみのナッツを取った。掌《てのひら》を皿代わりにして、立て続けに食べる。

「僕はおかしいかな」

　おかしいに決まってる。

　由希子は心の中で大きくうなずくのだが、実際は、ほんの少し首を傾《かし》げてみせただけだった。

　それでも久原は傷ついた顔をして、「そうか、やっぱりおかしいと思うんだね」と言うのだった。

「だって、啓治さんらしくないもの」と由希子は言った。「どうして、槙さんのことをそんなに気にするの？」

久原は黙り込んでしまう。

陰鬱《いんうつ》な沈黙。

先ほどからこの繰り返しだった。由希子はいい加減うんざりして、こっそり溜息《ためいき》をつく。

久しぶりに久原から外で会おうと誘われて、喜んで出てきたのに……。

銀座七丁目にある久原の行きつけのバーは、おいしい酒を飲ませてくれるばかりでなく、本格的なピザやパスタも出し、これが絶品である。カウンターの隅の席は適度に狭く、肩を寄せて親密な話をするのにぴったりだ。仕事について、久原に話したいことがあった。だから、そのバーで待ち合わせようと言われたときは、とても嬉《うれ》しかったのだ。

なのに、楽しかったのは最初の一杯だけ。二杯目を頼むと、久原は早速、槙ありさを話題にしたのである。

「その後、槙ありさっていう女性はどうしてるの？　きみがいろいろと面倒をみてやっていただろう？」と言って。

「ええ。でも、面倒をみるって言っても、限界があるのよね」

由希子が答えると、久原は眉根《まゆね》を寄せた。

「ミネルバのスタッフ登録はそのままになってるんだろう？　仕事を紹介してやればいいじゃないか」

「本人が乗り気じゃないんだもの。迷惑をかけたら申し訳ないって言って、彼女、派遣スタッフとして仕事をすることに対して腰がひけてるの」

「社長のきみが勧めてもだめなの？」

「社長の私が言うから、よけいに萎縮《いしゅく》しちゃうのかもしれないわね」

以前、ありさのこれからを心配した由希子があれこれと世話を焼いたとき、久原は、きみも甘いな、というような顔をして、槙ありさのことはもう忘れた方がいい、などと言っていたのだった。

その彼が、今はありさのことをしきりに心配している。もっと言えば、ありさのことで頭がいっぱいになっている。

きっかけは、ネットの掲示板でありさの名前を目にしたことだという。久原の言うネットとは、出会い系サイトだ。久原は、派遣で来てた女の子が掲示板に書いてるんですよ、と会社の若いのに教えられたのだと言うのだが、どこまで信じていいのか分からない。由希子は不愉快だった。

「ネットに出ていたありさという女性が、うちのスタッフの槙ありささんだとは限らないでしょう。そんなところに、本名で載せる方がどうかしている。たまたま、ありさって名前を使ったただけかもしれないわ」由希子は言った。

それに対する久原の答えは、きみも一度、見てみれば分かるよ、というものだった。そんなサイトを覗《のぞ》きたくもないし、久原にも見てほしくないと由希子は思った。

溜息の気配を押し殺して、由希子はまたナッツに手を伸ばす。そうでもしないと、苛立《いらだ》ちを久原にぶつけてしまいそうだった。

「彼女が助けを求めているのは確かなんだ。しかし、こちらが救いの手を差し伸べようとすると引いてしまう」

「ちょっと待って。救いの手を差し伸べようとすると、っていうのはどういう意味？」

「どういう意味って、言葉通りだよ」

「あなたはネットのありさに、援助すると申し出たの？」

「力になるから何でも相談して欲しいと伝えたよ。案ずる男としては、そう言う以外ないからね」

「案ずる男？　何それ」

久原は答えなかった。

「それで？」由希子が促す。

「彼女は、男が怖いんだと言っていた。男を信じられないんだとね。だからまだ会えないという返事だった」

　まだ会えないですって？　由希子は心の中で金切り声を上げる。それはつまり、今は会えないけれど、いつかは会えるかもしれない、ということではないか。

「男に対する不信感があるんだろうな。臆病《おくびょう》になるのも、これまでのことを考えれば当たり前だよ」由希子の思いに気付かずに久原が続ける。「前の旦那《だんな》がかなり質《たち》の悪い男だったようだからな。いまだにつきまとわれているようだし。彼女、思い切って、引っ越すなりなんなりした方がいいんだよ。金はかかるかもしれないけど、身の安全には代えられない」

「啓治さん」たまりかねて言った。「はっきり言わせてもらうと、その人にあなたは入れ込みすぎているわ。それは危険なことだと思うし、愚かに思える」

　久原が低く唸《うな》る。

「そういうのって、私の理解を超えているのよ。ネットで若い女の子とメールのやりとりをして、援助してあげたいと申し出るのがどういう意味か分からないわけじゃないんでしょ」

「きみは誤解している。そんなつもりじゃないんだ」

「じゃあ、どういうつもり？」

テーブルの上で組み合わせた両手を久原はじっと見る。つらそうな表情だった。

不毛だ、と由希子は思った。これ以上、言い合ったところで意味があるとは思えない。気まずい沈黙ももういやだ。

そのとき久原がつぶやいた。

「娘とダブるんだ」

「え？」

久原の顔を見る。

「娘とダブると言ったんだよ。僕の娘は結婚に失敗して、家に戻ってきている」

久原の家庭について、由希子は最低限のことしか知らない。妻と娘がいて、その娘はとっくに成人しているということだけ。それ以上のことを知ろうとも思わなかったし、知りたくもなかった。久原も、自分の家族を話題にすることはほとんどなかった。

「年齢も二十五歳で同じ。夫の暴力に悩まされて離婚したというのも同じなんだ」

何と応じればいいのか分からなかった。

「もっと早く、娘を救い出してやらなければならなかった。なのに、僕はそれをしなかった。娘が自分一人で抱えていて相談してこなかったというのもある。娘にしてみれば、親に心配をかけたくなかったんだろうね。それでも、おかしいと思う兆候はあったんだ。正月に娘が戻ってきたとき、足を引きずっていた。階段から落ちたと言っていたんだけどね。笑いながら、私ってばかね、と言う娘はひどく痩《や》せて顔色が悪かった。家内もずいぶん娘のことを心配していた。旦那とうまくいっていないんじゃないかと言い出して、男同士で話をしてみてよ、と何度か僕に話を持ってきた。だけど、僕は夫婦のことに口出しするもんじゃないと言って、まともにとりあわなかったんだ。あのとき家内の言う通り、娘の夫と話していればと思うよ。そうすれば、もっと早くなんとかできたはずなんだ」

「でも、お嬢さんは自分の判断で離婚することに決めて、ご実家に戻ってきているわけでしょう。だったら、そんなふうにあなたが自分自身を責めなくてもいいんじゃないの？」

うん、と言って、久原がうなだれる。

歯切れの悪い口調、覇気のない表情、何の結論も出ないまま、ぐずぐずといつまでも同じ話題の周りをうろうろしていること。すべて、由希子の知っている久原とは違っていた。

ああ、じれったい。

グラスの酒を啜《すす》る久原の横顔をちらりと見る。

いったい、この人はどうしてしまったのだろう。

一緒にいても楽しくないどころか苦痛に近い。好きな男が、他の女のことで心を痛めている。おまけに娘の話まで出てきてしまった。こういうとき、由希子のような立場にいる者は何を言えばいいのか。

きょう、久原とはもっと違うことを話したかった。

『ミネルバ』の今後の事業展開に関して考えていることがあった。エステティックサロンやデイスパ、フットマッサージなど、いわゆる『癒《いや》し系』産業への人材派遣である。エステティシャン、マッサージ師、ネイリストなどの人材を募り、派遣する。普通、優良サロンといわれるところは社員にきちんとした教育をしていることを誇りにし、売りにもしている。それぞれのサロン固有のノウハウもある。派遣スタッフの入り込む余地を見つけるのは難しい。けれど、難しいからこそ、そういったサロンを新規派遣先として開拓できればミネルバとして新しい展望が開ける。

久原に話して、おもしろそうじゃないか、と言ってもらいたかった。由希子は仕事に関して決断力のあるほうだと自負しているが、久原に賛成してもらうと気持ちがよりしっかりと定まる。きみならできるよ、という彼の言葉で、ぐっと芯《しん》が入る感じだ。

しかし、今の彼にそれを望むのは無理だろう。

由希子は黙って酒を飲んだ。

娘はね、と言った久原の声は、何口も口をきかなかった人のように掠《かす》れて弱々しかった。

久原は一つ咳払《せきばら》いをしてから続ける。

「娘は、網膜剥離《もうまくはくり》で左目の視力がほとんどないんだ」

「まさか……」

「前の亭主に殴られたんだ。そのとき受けた衝撃のせいでね」

「ひどい」

「ああ、まったく、ひどいとしか言いようがないよ」

久原はグラスの酒を呷《あお》った。

「その後、ドメスティックヴァイオレンスについていろいろ調べてみて知ったんだけど、娘のような立場にいる女性というのは、心理的に囚《とら》われの身になっているというか、たとえ逃げ出せる状態にあったとしても、逃げ出せないものなんだそうだ。だからこそ、身内が気付いてやらなければいけないし、助けてやらなければいけない。それを僕は怠った」

久原は拳《こぶし》を握りしめた。血管が青く浮き上がる。

「だからだと言いたいのね？」

本当だったら、慰めの、あるいは励ましの言葉を口にしなければいけない場面だと分かっているのに、詰め寄るような言い方になってしまう。

「だから、ネットのありさまのことが気になってたまらない、力になりたいんだって言うのね？」

「そうだよ。僕は、娘と同じ境遇にいる女性の力になってやりたいだけなんだ。その女性が、うちの社で働いていたことがあるのなら、なおさらね」

久原の気持ちは分かる。優しい人だと思いもする。けれど、やはり間違っていると感じた。

久原の娘は心の奥底で、父親に助けを求めていただろう。口では、何でもない、と言いながらも、一方では救い出して欲しいと願っていたに違いない。けれど、ネット上のありさまが、久原の娘と同じような気持ちで助けを求めているとは思えない。

だいたいネットに書き込みをした内容が、事実なのかどうかも分からなければ、ネット上のありさまが、本当はどんな人物なのかを知るすべもない。男か女かも分からないではないか。やろうと思えば、誰だって別の誰かになりすますことができる。久原は、ミネルバに登録している槇ありさと同一人物と決めてかかっているが、根拠はどこにもないのだ。

「啓治さん、槇さんのことは、私に任せてもらえない？　状況を確認して、可能であれば派遣の仕事を紹介するわ。彼女には、お子さんと二人で安定した生活を送ってもらいたいものね」

「さっき、社長のきみが乗り出すと、向こうが萎縮するって言ってたじゃないか」

「それは事実よ。だけど、あなたがあれこれ頭を悩ますよりはましでしょう。私からアプローチしてみるわ」

久原は曖昧《あいまい》にうなずいた。

それにね、と由希子はつけ加える。

「槙さんの別れたご主人、最近、何か仕事を始めたようなのよ」

久原の表情がようやく明るんだ。

「どんな仕事を？」と訊《き》く。

「詳しくは分からないけど、水商売の関係かな。ウエイターとか呼び込みとかそんな感じかもね」

「夜の仕事かな」

「かもね」

「ともかく、働き始めたのは何よりだな」

「その通りよ。だから、少しは安心していいんじゃないかしら。といっても、これはうちのスタッフの槙ありささんに関してのことだけど。ネットのありさが同一人物かどうかは分からないし」

「どう考えても同一人物だよ。派遣スタッフとして仕事をしていたところに、別れた夫が金の無心に現れたということも書いてあった。三歳の娘と都営住宅で二人暮らし、生活保護に頼っている、すべてあてはまるからね」

「それをそのまま信じていいかどうかは疑問だけど」

「まだそんなことを言ってるのか」

だって、と由希子が言いかけるのを遮るように、久原がウエイターに向かってさっと右手を挙げた。そうしながら由希子に言う。

「もういいよ。きみにはいくら話しても無駄らしい」

はい、と店員が近付いてきて、久原はチェックを済ませた。

「もう帰るの？　まだ八時よ」

「悪いね。用事を思い出したんだ」

「嘘《うそ》ばっかり」

「嘘じゃないよ」

「ちょっと待って。あなた、おかしいわ。槙さんのことになるとむきになって。人が変わってしまう。そんなの、まるで……まるで……」

「まるで、何？」

由希子が言葉に詰まっていると、久原が鋭い視線を当ててきた。由希子は唇を噛《か》みしめ、何でもないと首を横に振る。久原は由希子に背を向けると、大股《おおまた》で出口に向かった。

彼の後ろ姿を見つめながら、由希子は考える。

いくらなんでも言えるわけがない。

まるでストーカーみたいだ、なんて。


気分がくさくさするというのは、こういうことを言うのだろう。

由希子はバーでの会話を悲しく思い返す。

久原はどうかしてしまった。

冷静で理性的な人だとばかり思っていたのに、思わぬところで、感情的な久原を目にすることになった。それも、久原が感情を動かされているのは、由希子に対してではなく、ありさに対してなのだ。気にくわなかった。どんな事情があるにせよ、他の女のことばかり気にかけていたら、由希子がいやな気持ちになることくらい分かりそうなものなのに、それを少しも考えようとしない久原には、本当にがっかりさせられた。


いい加減にしてよ。私といるときは、私のことだけを考えて!

久原に向かって投げつけたかった言葉はそれだった。けれど、実際には言えやしない。どんな場面でも、由希子は久原に弱い。心の底にある子供じみた本音を吐露することはできない。久原が離れていってしまうことを考えると、恐怖に襲われる。

不安なときに不安だと言える、逃げ出したいときに逃げ出したいと言える、得意になっているときに得意だと言える。由希子にとって久原はそういう存在だった。

企業を経営する立場上、できるだけ冷静で落ち着いた態度を取るよう心がけ、それがほとんど習い性になっている由希子にとって、唯一、本当の自分自身をさらけ出し、甘えられる相手だった。元気を出して、大丈夫だよ、少し休んだら？　頑張った甲斐《かい》があったね。久原はごく当たり前の言葉を、これ以上ないほど温かな表情で言ってくれる。それだけで由希子は満たされた。独身のやり手経営者などと言われることもあるが、私はそれだけではないのだと思えた。愛する男に支えられているのだと。

けれど、改めて考えてみると、久原にさらけ出してきたのは、いずれも仕事に関することばかり。仕事にかこつけて、由希子は本当の自分を投げ出していたつもりだったが、彼に伝わっていたのかどうか。

足を止めて、道行く人に目をやる。銀座の路地を行き交う人々は、男も女も皆、機嫌が良く幸せそうに見える。特に若い女性は、たいして着飾っているわけでもないのにとてもきれいだ。つるりとした膝小僧《ひざこぞう》が清潔だったり、笑顔がかわいらしかったりする。

いいな。

小さくつぶやく。

みんな、いいな。

これまで久原とは、『大人の関係』という名目の下で付き合ってきた。久原に家庭があるのは承知の上、それについてとやかく言わないのは暗黙の了解で、久原も由希子のプライヴェートな部分について詮索《せんさく》しないし、差し出がましいことは言わない。すべて納得した上で、穏やかに付き合っていく。四十代の女と五十代の男の付き合いなのだから、これが当たり前だろう。

どんなに欲しいと願っても手に入らないものがあることを、由希子は知っている。だから口に出して言ったりしない。けれど、心の中ではいつも叫んでいる。

そばにいて欲しい。

わたしだけを見つめて欲しい。

気分を変えようと、頭を大きく振って髪を揺する。それから携帯電話を取り出した。

「由希子さん、どうしたの？」電話をかけると、テルはすぐに出た。

「これから会える？」

「こんな時間に珍しいね」

「会えるの？　会えないの？」

「もちろん会えるよ。時間がたっぷりあって、嬉しいよ」

由希子が派遣ホストのテルを呼ぶのは、いつも夜の十一時過ぎ。テルが、珍しいね、と言うわけだ。他の客にテルが摑《つか》まっていなかった幸運に感謝した。

「テル」

「何？」テルが訊く。

「いいの。何でもない」

「なんだよ。気になるじゃない」

由希子は少し考えてから言う。

「あなたがいてくれてよかった、と思ったの」

「何かあったの？」

「いろいろとね」

「そっか」

しつこく訊いてこないのは、彼のいいところだ。ホストは皆、そのように教育されているだけなのかもしれないが。

「部屋に行けばいい？」テルが訊く。

「ええ。私、まだ銀座にいるの。だから急がなくていいけど、何時くらいになりそう？」

「一時間以内には行けるよ」

「分かったわ」

「何か欲しいものは？　花？　甘い物？」テルが訊く。

「何もいらない」

「ますます珍しいね」

「珍しくないわ。いつだって、本当は、テルさえ来てくれればそれでいいと思ってるのよ」

テルはちょっと笑って、へえ、そうなんだ、と言った。まるで本気にしていなさそうな口振りだった。

由希子がマンションに戻って着替えと洗顔を済ませたところで、インターフォンが鳴った。

バスローブ姿で迎えに出ると、テルはコンビニの袋を由希子に押しつけた。

「きょうは時間がなかったから、コンビニの菓子で我慢して」

見ると、シュークリームとモンブランが二個ずつ入っていた。

「おいしそう」由希子が言う。

「ほんと？　由希子さん、こういうの食べるの？」

「結構好き。テルは？」

「実は俺《おれ》も好き。高級店の洋菓子より好きかも」

由希子は笑いながらテルを部屋に招き入れた。

「せっかくだから食べましょうか。私、なんだかお腹《なか》すいちゃった」

「夕飯、食べてないの？」

「うーん、頭にきて食べ損なった」

「へえ、そうなんだ。かわいそうに。飲み物をいれるよ。コーヒーにする？　それとも酒？」

「お酒。強いのがいいわ」

テルが慣れた動作で酒の用意をする。由希子は皿とフォークをテーブルに出した。

こうしていると普通の恋人同士のようだと思う。息も合っているし、よけいな気を遣うこともない。

テルは、たとえばテーブルの上にアイスペールを置いたり、グラスをクロスで拭《ふ》いたりする仕草が、なんとも自然で美しい。次に何をすればいいかをきちんと心得た、危なげない滑らかな動き。

こんな恋人がいたらいいだろうな、と思う。そんな気持ちにさせるからこそ、テルはプロなのだとも思う。

「座って。あとは俺がやるから」

由希子はソファに腰を下ろす。バカラのカットグラスに照明が反射している。

「ねえ、なんでそんなに頭にきたのかおしえてよ」

ケーキを皿に取り分けながらテルが言った。

「槙ありささんのせいなの」と言って、由希子はモンブランを一口食べる。

「また槙ありさ？　由希子さん、なんだか彼女にたたられてるね」

テルに会うたび、職場であったあれこれを話していた。その中には、槙ありさのことも含まれていた。聞き上手なのも彼のいいところだ。

「ほんとよね。槙さんのためにと思って、いろいろやってあげてるのになあ。そのせいで久原と気まずくなっちゃうんじゃ、割に合わないわ」

「久原？　それが由希子さんの恋人の名前？　でもなんで由希子さんの恋人が槙ありさと関係してくるの？」テルが膝を乗り出して訊く。

それはね、と言ってから、由希子は久原と槙ありさの関係についてかいつまんで説明した。テルは真剣な表情で聞き入っていたが、ネットの掲示板にありさと名乗る女が書き込みをしていたのだと話したときは、えっ、と驚いた声を上げた。

「それが、槙さんと同じ境遇なのよ。男性の同情というか関心を引こうとしているのが見え見え。久原はまんまとそれに引っかかったってわけ」

「そうなんだ。久原氏はネット上のありさに入れ上げてる？」

「力になるから何でも相談して欲しい、とかメールに書いたみたい。案ずる男としては、そうするよりないだろう、なんて言ってた」

ぷっとテルが噴き出した。

「ほんと、笑っちゃうわよね。それに対する、ありさからの返事がまたふるってるの。男の人が怖いから今はまだ会えない、ですって」

「久原氏はそれを信じてるの？」

「そうみたい。そんな子供だましに引っかかるなんて、どうかしてるわよね。うまいこと言って、男からお金をせしめようという魂胆に決まってるのに。だけど、そういうメール、槙さん本人が書いているとは思えないんだけどなあ。確かに、槙さんもお金に困ってるかもしれないけどね。でも、彼女、控えめな感じで、そんなことをするようには思えなかった。それに、槙さんのことを知っている人間なら、ネット上で彼女になりすますのはそんなに難しいことじゃないもの。誰にだってできる。たとえば……」

「たとえば？」

由希子はくすっと笑って答える。

「たとえば……、私にだってできる」

テルが乾いた笑い声を上げた。

「やめてくれよ、由希子さんがそんなことをするわけないのに」

「あら、分からないわよ」

「いや、分かる。由希子さんに、そういうせこい真似《まね》は似合わない。由希子さんはいつだって、まっすぐ堂々としているからね」

由希子はつい目を伏せた。テルのこういう言葉は営業用のものなのだろうと思う反面、そのうちの半分くらいは本気なのではないかと考えてしまう。そんな気にさせられるくらい、テルは真剣な表情で、ためらいもなく口にするのだ。

「もうちょっと飲もうよ」

テルが酒のお代わりを作ってくれる。

「ところで、優也はどう？」

ああ、と言って、テルはにやっと笑う。

「あいつはいいね」

槙ありさの別れた夫、優也を派遣ホストとしてスカウトするというのは、テルの提案だった。その後、テルが優也に会い、彼は正式に派遣ホストとして採用になった。

優也を思い浮かべる。テルとは違った意味で、とても整った容貌《ようぼう》の持ち主だった。きらきらと輝く瞳《ひとみ》を持ち、邪気のない笑顔を見せる。その一方で、離婚の理由の一つに彼の暴力がある。かわいい男の子にしか見えないのに、キレると危険。由希子の中で彼の印象は鮮やかだった。

「彼、派遣ホストとしてやっていけそう？」

「変わったキャラが入ったっていうんで人気だよ。かわいがられてる。優也の予約を取るのは数週間待ち。あいつ、お客さんをパチンコ屋に連れていったりするんだ」

「へえぇ」

由希子は笑いながら感心する。派遣ホストと一緒にパチンコというのも楽しそうだな、と思った。

「このまま問題を起こさずに、うまくやってくれるといいけど」テルが生真面目《きまじめ》な表情になって言う。

こういう顔を見ると、テルが派遣ホストクラブでオーナー補佐というポジションにいるというのもうなずける。

「ほんとね。そう願うわ。槙さんの別れた夫が仕事に就いたらしいって言ったら、久原も安心したようだったから」

「なら、よかったね」

グラスを揺らして、テルは酒を飲む。琥珀色《こはくいろ》の液体をぼんやりと見つめながら由希子は考える。

確かに久原は、優也が仕事に就いたことを知らせたとき、安心した顔をしたのだ。なのに、その後すぐに店を出ていってしまった。用事を思い出したと言って。

あのときは久原が腹を立てたのだとばかり思っていたが、もしかしたら本当に用事を思い出したのかもしれない。

バーを出ていったときの久原の後ろ姿を思い浮かべる。広い肩幅。少ししわの寄ったスーツの上衣《うわぎ》。じゃあね、と言って由希子の部屋から帰るときと同じようでいて違う。愛人と過ごしたあとの気怠《けだる》さの代わりに、意気込みのようなものが漂っていた。

意気込み……。

いったい何に対する意気込みだったのか。

久原は、急いでどこかに向かったのではなかったか。

あのとき由希子は一つの言葉を呑《の》み込んでいた。まるで、ストーカーみたい、という言葉を。

久原は槙ありさに会いにいった……？

ことんと音を立ててグラスを置くと、由希子はバッグから携帯電話を取り出した。

「どうしたの」テルが驚いた目をする。

「ちょっと気になって」

「久原氏のこと？」

答えずに、由希子は電話をかける。呼び出し音が数回鳴って、留守番電話サービスに繫《つな》がった。メッセージは吹き込まずに電話を切る。

「出ないの？」

由希子はうなずく。

「由希子さんと喧嘩《けんか》をしたから、久原氏は電話に出ないんじゃないい」

まさか。そこまで子供じみた男ではない。

由希子は時計に目をやる。もうすぐ十時になる。

もう一度かけてみたが留守番電話サービスになってしまうので、今度は、連絡して欲しいとメッセージを残して電話を切った。同じ内容を記してメールも送っておいた。

「あんまりうるさくすると、久原氏に嫌われるよ」

ベッドルームに移動しながらテルが言うが、その言葉は由希子の耳を素通りしていく。久原が槙ありさに会いにいったような気がしてならなかった。

今度は、槙ありさの携帯電話にかけてみる。電源が切られているか、電波の届かないところにいるというアナウンス。

やはり、二人は会っているのだ。だから、私からの電話に出ないのだ。

その思いが確信となって胸に広がっていく。

「由希子さーん」テルが呼ぶ。

ごめんね、と言って、由希子はリビングルームの一角に置いてあるパソコンに向かった。システムを立ち上げ、ネットワークに接続する。ユーザーＩＤとパスワードを入力してログインし、さらに何回かパスワードを打ち込んでミネルバの人材データにアクセスする。

　槙ありさのデータはすぐに見つかった。住所の欄を確認し、メモを取る。接続を切って、由希子は立ち上がった。クロゼットからジーンズとカットソーを出して素早く身につける。

「出かけてくるわ。テルはここにいて、好きなことをしてていいから」

「出かけるってどこに？」テルがベッドから立ち上がる。

「久原を探しに行くの」

「やめた方がいいと思うけどな」

「気になるのよ」

　束《つか》の間、由希子とテルは見つめ合う。

「いやな思いをするのは、由希子さんのような気がする」

「心配してくれてありがとう。でも、大丈夫よ」

「ほんとに大丈夫？」

「ええ」

　テルは心配そうに由希子を見て、早く帰っておいでよね、と言った。

「分かった」

　由希子はスニーカーを履いた。テルが後ろから由希子を抱きしめる。

「テル、ごめんね」

「なんで謝るの？」

「せっかく来てもらったのに」

「いいよ」

テルは由希子の頬《ほお》に軽くキスをした。


マンションを出ると、由希子はタクシーを拾った。槙ありさの住まいは墨田区にある。住所だけで行き着けるかどうか不安だったが、タクシー運転手は、大丈夫ですよ、と請け合ってくれた。

もう一度、久原と槙ありさの携帯に電話をかけてみたが、どちらも出なかった。シートに背を預け、由希子は目を瞑《つぶ》った。目を瞑っていても、瞼《まぶた》の裏で光が弾《はじ》けている。目を閉じたせいで聴覚が鋭敏になったのか、救急車のサイレンが頭の芯に突き刺さるように響いてくる。目頭を指で揉《も》んだ。掌に顔を埋《うず》めてぼんやりする。

「この辺りですね」という運転手の声で目を開けた。「マンション名は分かりますか」

「都営住宅なんですが」

「ああ、だったらさっき通り過ぎたあれかな。すみません。ちょっと戻りますよ」

運転手は左折を二度繰り返し、もと来た方向に車を走らせた。

「ここですね」

窓越しに見ると、こんもりとした植え込みが濃い闇《やみ》のように見えた。その向こうに、白っぽい建物が並んでいる。

料金を支払い、車を降りた。

薄手のカットソーを着てきたけれど、風が出てきたせいか肌寒い。由希子は腕をさすった。わずかに鳥肌だっていた。

植え込みの先が、小さな公園になっている。都営住宅の住民のためのものらしい。街灯に照らされた小さな四角形の中に、象の形をした滑り台と高さの違う鉄棒が二つある。ありさの子供もここで遊ぶのかもしれない。

建物に近付いてみると、かなり古びていることが分かる。壁に亀裂がいくつも入っているが、修繕されたあとはない。遠目にも分かるような大きな字でA棟、B棟と書かれている。いずれも四階建てだ。ありさが住んでいるのは、B棟の三階である。

入り口を入り、由希子は静かに階段を上る。

ありさが娘と二人だけで部屋にいたとしたら、何て言おう。

衝《つ》き動かされるようにここまでやって来て、今になってそんなことを考える。

すでに夜の十一時近い。こんな時間に派遣会社の社長が派遣スタッフの自宅を訪れる正当な理由など、とてもではないが思いつかなかった。何を言ったところで、ありさが不審がるのは目に見えている。

そのときはそのとき。

由希子は半ば捨て鉢になって思う。

場合によっては、本当のことを打ち明けたっていい。愛人が、ネット上のありさとあなたを混同してしまっている。彼の思い入れがあまりにも激しく、勢い余ってあなたに会いに来ているんじゃないかと心配になったと言えば、ありさは呆《あき》れるだろうが、怒ったりはしないだろう。由希子のことを嫉妬《しっと》で頭のおかしくなった中年女だと思うだけだ。それでも構わない。久原がありさと一緒にいないと分かれば、それでいい。

三階まで階段を上り、部屋番号を確かめてからドアフォンを押した。最初は遠慮がちに。反応がなかったので、二度目はしっかりと押した。返事はない。何度も押す。同じである。

今度はドアを叩《たた》いて、槙さん、槙さん、と呼んでみた。眠っているのか、居留守を使っているのか、それとも本当に不在なのか。でも幼い娘がいるのだから、こんな時間に外出するとは思えない。

「槙さん、ミネルバの紀ノ川です」

もう一度、呼びかけたが返事はない。

携帯電話にかけてみたが、こちらも繋がらない。

もしかしたら、久原と槙ありさはここではない別の場所で会っているのかもしれない。幼い娘も一緒に連れて行ける場所。

たとえば、ホテル。

思ったそばから打ち消す。

そんなことは絶対にあってはならない。

その思いを指先に込めて、由希子はドアフォンを押し続ける。部屋の中で、ピンポン、ピンポンと鳴っているのが、ドアの外まで聞こえてくる。

「槙さん、槙さん」ドアフォンを押しながら呼ぶ。

「おい」

ありさの部屋の向かい側のドアが開いて、寝巻姿の老人が顔を出した。

「うるさいんだよ」

「すみません」

あわてて由希子は頭を下げた。

老人は由希子を睨《にら》み付け、「何時だと思ってやがるんだ！」と怒鳴った。

由希子はひたすら頭を下げる。

老人は、馬鹿野郎、と言い捨てると、ドアを乱暴に閉めて姿を消した。

そのドアを見つめているうち、涙が溢《あふ》れそうになった。

本当に、馬鹿野郎だと思った。私は馬鹿野郎だ。久原も、槙ありさも、みんな馬鹿野郎だ。帰ろう。

こうしていても無駄だ。

由希子は体を引き剝《は》がすようにして、ドアの前を離れた。

「意外に早かったね」玄関で由希子を迎えながらテルが言った。

「そうね」

「車で行ったの？」

「ええ」

「タクシー？」

「そうよ」

「道は混んでなかった？」

「すいてたわ」

「それはよかった」

テルはどうでもいいことを訊いてくる。本当は一言も口をききたくない気分だったが、由希子は仕方なく一つ一つ返事をする。不思議なことに、口を開くたびに少しずつだが胸のつかえが下りていくような気がした。

リビングルームに入ると、スクリーンに古めかしい飛行機が映し出されていた。レオナルド・ディカプリオが操縦桿《そうじゅうかん》を握っている。DVDを見ていたらしい。テルはリモコンを操作して音量を下げた。

「どうだった?」テルが訊く。

「久原にも槙さんにも会えなかった」

テルはそっと由希子を抱き寄せた。

「心配することないよ。明日になればきっと連絡がつくよ」

「そうかしら」

「そうさ。久原氏はちょっと臍《へそ》を曲げて由希子さんからの電話に出ないだけだよ。それか自宅に帰っていて、奥さんの目があるから電話に出られないとか」

「メールくらいできると思うけど」

「分からないよ。それぞれ事情っていうのがあるからね」

「じゃ、槙さんは? 彼女のアパートに行ったのよ。いなかったわ」

「出かけてるんだよ。子供を連れて実家に帰ったのかもね。でもって、寝るときは携帯の電源を切ることにしてるんじゃないの」

そうかもしれない。ただそれだけのことなのかも。

くれた。

「なんだか疲れちゃった」

テルの腕の中にいると、体の力が抜けていく。テルは静かに由希子の背中を撫《な》でてくれた。

気持ちがいい。ずっとこうしていたい。

金で雇った相手は、こんなに優しく寄り添ってくれる。なのに、愛情で繋がっていると思っていた久原は、どこにいるのかも分からず、何を考えているのかも摑めない。

「シャワーを浴びたら？　さっぱりするよ」テルが言った。

そうね、と答えて、由希子はテルの腕から離れた。

バスルームに向かう途中で立ち止まった。振り返ると、玄関に放り出したままのバッグが目に入った。由希子は走って玄関に戻る。バッグを拾い上げ、玄関マットの上にしゃがみ込んで、携帯電話を引っぱり出した。今なら、久原に繋がるかもしれない。その一心だった。電話をかけようとしたそのとき、テルの手が伸びてきて、電話を奪い取った。

「何やってるの？」テルが訊く。

「返して。もう一度だけ電話してみるんだから」

「だめだよ。今夜はもう何もしない方がいい」

テルは由希子の携帯電話を背中に隠してしまった。

「由希子さん、少し冷静になった方がいい。こんな時間に電話をされたって、家庭持ちの男だったらきっと困るよ」

「じゃあ、メールにするから」

「それもやめておきなよ」

「どうして」

「どうしても。今、由希子さんに必要なのはゆっくり休むこと」

由希子を見おろしているテルの目は、心配そうだった。

「分かったわ」

ようやく由希子は立ち上がった。テルが由希子を抱きしめる。しばらくそのままでいた。

「テル」

「何？」

「あなたがいてくれてよかった」

「今夜、そのセリフを聞くの二度目だよ」


ベッドに入ったが、なかなか眠れない。久原のことを考える。彼には娘が一人いて、おそらくその娘を誰よりも大切に思っているだろうことは知っていた。

幸せな結婚をしたとばかり思っていた娘が、身も心も傷ついて実家に戻ってきたとしたら、父親はどれほどの後悔と自責の念に駆られることだろう。娘の別れた夫に対して、どれほどの憎しみを抱《いだ》くことだろう。

久原は槙ありさに娘がダブるのだと言った。だから、気になって仕方がないのだと。

娘。

いくつになっても、庇護《ひご》してやりたい存在。

全身全霊で守るべき者。

久原は本当に、槙ありさのことを、娘を心配するような気持ちで案じているのだろうか。その思いが高じて、女として意識することはないのだろうか。

分からなかった。久原がどんな気持ちでいるのか、知りようもない。

ただ一つ由希子に分かるのは、久原が由希子に対してそんな思いを抱いたことは一度もないということだけだった。由希子のことを庇護してやりたいと思ったことは、一度もないはずだった。

寝返りを打つ。テルの左手が優しく由希子を抱き寄せた。

枕《まくら》の下で携帯電話が振動した。由希子は跳ね起きて電話をひっ摑む。

まだ夜中かと思ったら、もう朝の九時である。浅い眠りを繰り返すうちに、いつの間にか熟睡していたらしい。隣でテルも眠っている。

携帯電話の小さな画面には、見慣れた番号と久原という名前が表示されていた。安堵《あんど》が胸を浸す。テルの言うとおりだった。昨夜、あんなに躍起になって電話をしなくても、朝になればこうやって久原の方から電話をくれる。

「もしもし」由希子の声は、自然に弾んだものになる。

「失礼ですが、そちらさんは？」男が言う。

煙草《タバコ》の吸いすぎでしわがれたような声。久原ではない。

由希子が黙り込んでしまうと、男は、もしもし、もしもし、と繰り返した。

「あのう、どちら様でしょうか。久原さんの携帯電話からかけてらっしゃいますよね？」

「はい。久原啓治さんの携帯電話からかけております。昨夜、おたくさんは何度か久原さんに電話をしておられますね？　着信履歴には、イニシャルだけが出ているもんで、お名前が分からないのですが」

誰かに見られたときのことを意識したのだろう。久原は、由希子のイニシャルを携帯電話に登録していたらしい。

「警察の者です。久原さんの交友関係を調べているところです」男が淡々と言う。

え？

由希子は思わず息を呑む。

嫌な予感にこめかみがどくどくと脈打った。

「あの……それはどういう？」ようやくのことで訊いた。

「久原さんは、昨夜、亡くなられました」

電話を取り落としそうになって、あわてて握り直した。

久原が死んだ？

あまりの突拍子のなさに由希子は笑いそうになった。

何を言っているのだ、この男は。

次に由希子が考えたのは、これは質の悪いいたずらだ、ということだった。最近、頻発している警察の名前を騙《かた》る詐欺事件。身内の者が事故を起こしただの、事件に巻き込まれただのと畳み掛け、動転した相手に金を振り込ませるというあれだ。

こういうときは、冷静に対処することだと自分に言い聞かせた。

落ち着かなくては……。

それにしても、どうしてこの男は久原の携帯電話を持っているのだろう。

「もしもし」男が言った。

「久原さんを出してください」由希子はきっぱりと言った。

「ですから、久原さんは……」

「そんな言葉には騙《だま》されませんよ。久原さんが亡くなっただなんて。まず、あなたの名前と身分を名乗ってください。警察に問い合わせますから」

オフィスにいるときのようなきびきびとした口調になって由希子は言う。

「分かりました。結構ですよ。確認して下さい」

男はすらすらと名前と所属を告げた。由希子はメモ用紙を取ってきて書き付ける。

「どうしたの？」テルが訊いた。

「詐欺よ。久原さんの携帯電話からかけてきたの」

「ちょっと貸して」

テルは由希子の手から電話機を取ると、もしもし、と言った。ええ、はい、そうですか、といったやりとりが続くのを、由希子はいらいらしながら待つ。そんなあやしげな電話をかけてくる男を、まともに相手にしたところで意味がないのに。まずやるべきなのは、警察に電話をかけて問い合わせること。

「ねえ、テル。そんな電話、早く切っちゃって」

「ちょっとテル！」

テルは由希子に向かって首を横に振り、男との会話を続ける。

「由希子さん」テルが言う。「詐欺じゃなさそうだよ」

「え？」

「念のために確かめるのは構わないけど、まず間違いない。警察だよ」

「でも、どうして」

「昨夜《ゆうべ》、久原さんは槙ありさに突き落とされたらしい」

久原が槙ありさに突き落とされた？

テルはまだ電話中だ。相変わらず、はい、だの、ええ、だの言っている。その声が次第に遠のいていく。

第5章

病院で久原が息を引き取ったことを聞いた瞬間、槙ありさはぎゅっと目を瞑《つぶ》った。

死んだ。あの男が死んだ。そして、彼を死なせたのは私。

ありさの全身が小刻みに震えた。両腕を自分の体に回して抱きしめるようにしても、容易には治まらなかった。

槙さん、と呼ばれてゆっくりと目を開く。小田原《おだわら》という名前の中年の刑事がありさを見ていた。いつの間にか、その隣には女性刑事の姿もある。

女性刑事に気が付いた途端、

「千希は？　千希はどうしてるんですか」とありさは身を乗り出して訊《き》いた。

その女性刑事が千希に付き添ってくれているとばかり思っていたからだ。

「お嬢さんは大丈夫ですよ。先ほどご実家のお母さんがみえて、連れて帰ってくれました」女性刑事が言った。

「母が……」

「そうですよ。ですから、心配ありません。お嬢さん、少し疲れた顔をしていましたけど、発熱したとか、そういったことはありませんでしたから」

「でも、あの子、昨夜《ゆうべ》私と一緒にいたから」

そうですね、と女性刑事は短く受け、小田原の方は、いや、そりゃあ、まあショックは受けているだろうがね、と淡々とした口調で言った。

ありさはハンカチを口元に押し当てた。

千希は本当に大丈夫だろうか。あの子はどこまで分かっているのだろう、昨夜の出来事について。

それがありさにとって一番の気がかりだった。

たった三歳。けれど、親が思っている以上にいろいろなことを理解している。昨夜の記憶が、千希の心の傷となって残らなければいいのだけれど。

千希のことを考えると、ありさは心配でたまらなくなる。

さてと、と言いながら小田原はありさの前の椅子《いす》に腰を下ろした。

「昨夜も訊いたがね、一晩明けて少しは気持ちも落ち着いただろうから、もう一度、最初から話してもらえるかね」

ありさはティッシュペーパーを引き抜き、何度もハナをかむ。落ち着こうと思う。けれど、心が、体が、どうにもならないほど震えてしまう。

あれから一晩経ったのだから、少しは順序立てて話さなければいけないと分かっている。

ありさはお茶を一口飲んで、上唇と下唇を擦り合わせた。かさかさに乾いていた唇が、ほんのわずかだが潤う。そうしてから深呼吸を繰り返した。

「いいかな」小田原がありさの顔を覗《のぞ》き込んだ。

はい、と消え入りそうな声で返事をする。

「じゃ、お子さんを保育園に迎えに行ったところから」

ありさはもう一度、深く呼吸をした。小田原も女性刑事も黙ってありさが話し出すのを待っている。

「午後六時十五分に迎えに行きました。千希がお腹《なか》がすいたって言うし、家に帰ってから食事の支度をするのも面倒だったので、駅前のファミリーレストランで夕食をとっていくことにしたんです。あの子、ドリアが好きだから喜んでました。ご飯を食べ終わったら、今度はあの子、眠いって言い出しました。私はまだ食べ終わってなかったので、ごろんして待っててと言って、ソファ席に横にならせたんです。そしたら、本当に眠っちゃって。起こすと機嫌が悪くなるからいやだなあ、って思いました。それで、しばらく眠らせておきました」

そこまで話したところで、ありさは瞬《まばた》きを繰り返した。

「ファミレスを出たのは？」

「八時半過ぎだったと思います。千希を起こしたら、やっぱりぐずぐず言って。抱っこ、抱っこってせがまれたんですけど、ずっと千希を抱っこして帰るのはきついから、歩きなさいって言いました。千希は眠ってるんだか起きてるんだか分からない感じで、ふらふらしてました。でも、一応は歩いてくれたから助かったんですけど。私も千希に合わせてゆっくり歩いていたので、家に着いたのは、九時近かったんじゃないかと思います。ていうか、本当は家には着いてないんですけど。手前で引き返しましたから」

「引き返したときのことを詳しく話して」小田原が言う。

ありさは両手を握り合わせる。

昨夜のことを思い出す。少し風があって、木々の枝が揺れていた。ファミリーレストランでうたた寝をしたせいで、千希は少し寝汗をかいていた。風邪《かぜ》をひいたら困るなあ、と思いながら歩いていたのだ。

「都営住宅の敷地の中に、小さい公園があるんです。その公園を突っ切って行くと近道だから、昨夜もそうしました。象の形をした滑り台があって、千希はそれが大好きなんです。昨夜も、それまでは半分眠ってたみたいだったくせに、その滑り台を見るなり、象さん、象さん、って言い出しました。滑りたいってことなんです。でも夜だし、少し寒くなってきていたし、それに私も疲れてて早く帰りたかったし、ダメって言ったんです。だけどあの子、一度言い出したらきかないんです。それまでよりも、もっと大きい声で、象さん！　って言いました。怒鳴ったって感じかな。そのときでした。アパートの入り口で何か動いたんです。千希の大声に反応したみたいでした。何だろうと思って目をやると、男の人がいました。玄関灯に照らされていたので、はっきり姿が見えました。背の高い、五十代くらいの人。あっと思いました」

「あっと思ったというのは？」

「あの男だったんです」

「あなたはその男性を知っていたんだね？　久原啓治さんのことを」

「名前は知りませんでした。でも、見たことがありました」

「いつ、どこで」

「あれは、あれは……」

鼓動が激しくなる。ありさは胸に手を当てた。

「ゆっくりでいいですからね」女性刑事がありさを安心させるように言った。

ありさはうなずき、そのままうつむいた。なかなか言葉が出てこない。

刑事たちは辛抱強く待っていた。急《せ》かすことはしない。ときどき気遣わしげにありさを見るだけだ。

「あの人……」ありさは掠《かす》れる声で言った。

小田原と女性刑事が揃《そろ》ってありさに目を向けた。

「あの人、以前から私のことを尾《つ》けていたんです」

二人の刑事が顔を見合わせる。小田原が言った。

「つまり、久原さんがあなたをストーキングしていたということかね？」

ありさはゆっくりとうなずく。涙が頬《ほお》を伝った。


ストーカーだ、と最初に感じたのは、少し前のことだった。帰り道で誰かに尾けられているような気がしたのである。気配は途中でいったん消えたが、都営住宅に近付いたときに再び視線を感じた。視線ばかりでなく足音も。何者かが、ありさと千希の暮らす都営住宅に先回りしていたのだ。ありさが振り返ると、人影が動いて植え込みに消えた。ありさは千希を抱き、走ってその場を離れて交番に向かった。

交番に駆け込み、警察官に事情を話すと、尾けてきた相手の特徴を訊かれたが、ありさには分からなかった。視線を感じ、足音を聞き、振り返ったときに誰かがさっと植え込みに隠れるのを見ただけ。その人物の年齢や服装はおろか、男だったというのも思いこみかもしれなかった。

その後、ありさが離婚をして娘と二人で暮らしていることを伝えると、警察官は、なんだ、と言いたげな顔をした。尾けてきたのが、別れた夫だと思ったらしい。

「ご主人が、別れた奥さんやお子さんに未練があるのは、当然でしょうからね」と言った。

警察官はありさと千希を自宅まで送り届け、付近に怪しい人物がいないことを確認して帰っていったが、ありさの不安は消えなかった。どこかに誰かが潜んでいるような気配に怯《おび》えた。

翌週、ありさが派遣スタッフとして登録している『ミネルバ』の嶺岡から電話があった。継続的に研修コースを受講した方がいいですよ、と彼は勧めた。前の週に、ありさは初めてビジネスマナー研修に参加していたのである。

彼はいろいろとアドバイスをしてくれたが、ありさは、今はあまり積極的になれないからと言って断った。

電話を切ってから、面倒見のいい人だな、と思った。嶺岡にしろ由希子にしろ、ミネルバの人たちは、皆、親切だ。そう思った瞬間、ありさの記憶を弾《はじ》くものがあった。

ストーカーらしき男の存在に気付いたのは、その前の週、ミネルバに出向いた帰り。夕方、押上駅に帰ってきたときにおかしいと感じた。いや、違う。もっと前だ。原宿にあるミネルバのオフィスに向かっているときから、誰かに見られているような気配を感じていた。

キーはミネルバにあるのかもしれない。ミネルバの関係者なら、ありさの履歴書に目を通す機会もあっただろう。自宅住所も分かる。ストーカーが都営住宅に先回りしていたのも、そう考えれば納得できる。

ミネルバの関係者、もっと言えば、ミネルバの社員。まさかとは思うが、嶺岡の可能性もある。ありさに親切にしてくれるのは彼の表向きの顔、実は卑劣なストーカーだということだって絶対にないとは言えないのだ。

ありさは思わず身震いする。誰を信頼すればいいのか分からない。どこに落とし穴があるのかも定かではない。

嶺岡はしきりに研修を受けるようにと勧めていたが、ありさはもう応じるつもりはなかった。

家でじっとしていたい、と心から思った。

「槙さんの気持ちは分かるけれど、仕事に就くことはとても大事よ。やる前から諦《あきら》めてはダメ」ケースワーカーの佐倉は言った。

生活保護を受けていると、定期的にケースワーカーの家庭訪問がある。収入に変化はないか、健康状態はどうか、生活上の不便や困ったことはないかということを事細かに聞き、就労指導をするのが、ケースワーカーの仕事である。

ありさは今の気持ちを打ち明けた。派遣会社から研修コースを受けるよう勧められているが、別れた夫にまた妨害されるのではないかと思うと積極的になれないのだということを。

「別れたご主人が、また勤務先に現れるとは限らないでしょ」佐倉は言う。「前の派遣先、MISAKI商事って言ったかしら、そこに別れたご主人が現れたのはどうしてなのかしらね。どこで、あなたの勤務先を知ったのかしら」

「分かりません」

「もしかして、あなたのご実家に問い合わせたのかしら」

「かもしれません」

「ご実家に口止めしておいた方がいいわね」

「してあるんですけど」

「おかしいわねえ」と佐倉は首をひねった。

「それに、優也だけじゃないんです。他にもストーカーがいるみたいで」ありさは身を震わせた。

「なんですって？」

ミネルバに出向いた際にストーカー被害にあったのだと伝えた。だから、ミネルバの仕事はしたくないのだと。

「なるほどねえ。軽々しくストーカーがミネルバの社員だって決めつけるのはどうかと思うけど、槙さんが心配になるのも分かる。あなたの場合、過去にご主人に暴力を受けたことがあるから、男性全般に恐怖心があるでしょうし、神経質にもなるわよね。まあ、そういう事情だったら、ミネルバの仕事はやめておいた方がいいかもしれない。大変かもしれないけど、新しい仕事を探してみたら？　この際だから、派遣社員じゃなくて正社員として採用してくれそうなところに、当たってみたらいいんじゃない？」

「そうですね」

「頑張って」

佐倉の家庭訪問はいつも励ましの言葉で終わる。

佐倉を玄関で見送ってから、ありさは薄手のコートを手に取った。家庭訪問のあと、ありさが向かうところは決まっている。パチンコ屋。

子供の頃、歯医者に行った帰りには必ず花屋に寄って、花を買って帰った。スイートピーやガーベラ、チューリップなどを一輪だけ。それと同じである。頑張って、と励まされると、ずんと心が重くなる。頑張らなくちゃいけないんだ、と改めて思い知らされる。どうやって頑張ったらいいのかも分からないのに。

重くなった心を軽くしてからでないと、笑顔になれない、保育園に千希を迎えに行けない。

パチンコ屋の二階に上がると、いつもの台の前には先客がいた。仕方がないので他の台を探す。空いているところを一通り見て歩き、エヴァンゲリオンの台を選んだ。それほど熱心なファンではなかったが、昔、アニメを見ていた。玉を弾いていると、心が空っぽになっていく。耳に届くのは、アニメ『新世紀エヴァンゲリオン』のテーマソングだけである。初号機リーチ、零号機リーチと続く。

気が付くと、玉が溢《あふ》れている。従業員を呼んでケースを持ってきてもらうが、またすぐに溢れ出す。ありさはほとんど身動きせずに玉を打ち続けた。

四万円強の勝ちだった。こういうもんなんだな、とありさは思う。実生活でついていないときは、パチンコで勝つ。両方がうまくいくというのは、なかなか難しいらしい。

別に欲しいものはないけれど、臨時収入はやはり嬉《うれ》しかった。

保育園に迎えに行く前に、少しだけ回り道をして駅前の洋菓子店でシュークリームを買った。千希の好物である。カスタードクリームとチョコクリームのものを、それぞれ二つずつ。

洋菓子店の袋を手に歩き始めたとき、うなじの辺りがちりちりした。この間と同じだ。誰かに見られている。尾けられている。

どうすればいいのだろう。必死で考える。走り出したい衝動に駆られたが、そんなことをしたら自分自身がパニックに陥りそうな予感がした。

あわてないで、落ち着いて、と自分に言い聞かせる。文差点に向かって歩く。誰かに見られているという感覚は消えない。思い切って振り返った。

その瞬間、ありさは棒立ちになった。

雑踏の中に男がいた。まっすぐにありさを見て、微笑《ほほえ》んでいる。五十年配の男だった。背が高く、いかにも高価そうなダークグレーのビジネススーツに身を包んでいた。

どうして。

普通、男の立場にいたら、あわてて身を隠すものではないのか。なのに、どうして微笑んでいるのだろう。余裕さえ漂わせて。

男は微笑みを浮かべたまま、ありさに歩み寄ってきた。

「驚かせてすみません」と男は言った。「あなたの気持ちは分かっていたのですが」

ありさは言葉を失っていた。

「どうしても、心配で様子を見にきてしまいました」と言ってから、軽く笑って付け加えた。「先に名乗らなければいけなかったな。案ずる男ですよ」

何と言ったのか分からなかった。名乗ると言うから、当然、氏名を言うのだとばかり思ったら、男は何やら違うことを言った。

アンズ男、とでも言ったのか。わけがわからない。

背筋がぞくりとする。

きちんとした服装、落ち着いて見える表情、堂々とした態度。けれどそれは上辺だけに決まっている。心の中は壊れているのだ。でなかったら、こんなふうに見ず知らずの女のあとを尾けておきながら、少しも悪びれずに話しかけ、自己紹介などするはずがない。

もう一度、ありさは男の顔を見た。見覚えはない。ストーカーはミネルバに関係する誰かだろうと推測していたが、ミネルバのオフィスで会った覚えもない。

ありさは数歩、後ずさった。男がわずかに眉根《まゆね》を寄せる。もう一歩下がった。男はありさを引き留めようとするように右手を伸ばしかけたが、思い直したのか途中で手を下ろした。

数メートルの距離を隔てたまま、男とありさはじっと見つめ合う格好になった。

「僕でよければいつでも相談に乗りますよ」

いったい何を言っているのか。やっぱり、この男はおかしい。かかわり合いになったら危険だ。

男の冷静さ、端正さが怖かった。ありさは男に背中を向け、走り出した。恐ろしさのあまり、胃がせり上がってくるようだった。吐き気を堪《こら》えながら走った。

「メールを」と男が叫んだ。

ありさは必死で足を動かした。手に持っていた洋菓子店の袋が激しく揺れる。

「またメールをください」

男の声はそう言っていた。


由希子から電話があったのは、洋菓子店の前でストーカーから話しかけられた翌晩だった。

電話が鳴ったとき、ありさはびくりとした。あの男からではないかと思ったのだ。あの男なら、ありさの電話番号を探り出し、平然と電話をかけてきそうな気がした。

こんばんは、という落ち着いた女性の声を聞いて、心底ありさはほっとした。

「こんばんは」

そのほっとした気持ちが滲《にじ》んでいたのかもしれない。由希子が怪訝《けげん》そうに訊き返した。

「どうかしたの？　声の感じがいつもと違うけど」

「いえ、別に」

それならいいけど、と由希子はそれ以上は突っ込んでこなかった。

「電話したのはね、あなたの別れたご主人に仕事を紹介したいと思ったからなの」と由希子は言った。「槙さんのためにも、彼に定職についてもらった方がいいと思うのよ。連絡先を教えてくれないかしら」

「でも……」

ためらうありさを押し切るように、由希子は言葉を継いだ。

「別れたご主人がきちんと仕事に就けば、収入も安定するでしょうから、あなたにつきまとってお金をせびることもなくなると思うわ。あなたが自由になるために必要なことなのよ」

「それは、そうかもしれません」

「ただね、なんて言うのかな、普通の会社員とか店員とか、そういう堅い仕事じゃないの。でも、別に危険な仕事でもないわ。水商売っぽいって言えばいいかな」由希子の説明は歯切れが悪かった。

「優也にはあまり堅い仕事は合わないから」控えめにありさは同意した。

「そうよね、あんまり堅苦しい仕事より、自分の裁量で好きにやれる仕事の方が、きっといいわよね。優也さんにはちょうどいいんじゃないかと思う。時給も悪くないし」

「そうですか」

「連絡先、教えてくれない？　優也さんがいやだと言ったら、無理には勧めないわ。それに槙さんに迷惑がかかるようなことはしないから、女心して」

「あの……」

「うん？」

「どうしてそんなに私のために考えてくれるんですか」

由希子は軽く笑って、

「それ、前にも訊かれた気がする」

「そうかもしれません。不思議だから」

「放っておけないのよね。なんだか気になって」

「私のこと、かわいそうだって思ってるんですか」

由希子が黙る。しばらくして口を開いた。

「同情してるのかっていう意味だったら、そうじゃないわ。ただ気になるの。あなたはなんて言うのかな、欲がなさすぎるように思えるの。お子さんとの暮らしのために自分が頑張らなくちゃって思っているでしょうに、ミネルバや派遣先企業に迷惑をかけることを心配して新しい仕事に就くのを躊躇《ちゅうちょ》している。その気になれば、あなたはちゃんと仕事ができる人なのに。なんだかすごくもったいないわ」

「もったいない？」

「そうよ。能力があるのに、それを生かさないのはもったいない」

その言葉をどう受けとめていいのか分からなかった。自分に能力があると思ったこともなければ、それを生かさないのがもったいないなどと考えたこともなかった。

結局、ありさは優也の携帯電話の番号を由希子に教えた。

「いい方に転がるといいわね」と由希子は言った。

ふとありさは、ストーカーに悩まされていることを相談したい衝動に駆られた。『アンズ男』について。由希子なら、親身になって話を聞いてくれるだろう。男に体を触られたわけでもなく、脅されたわけでもない。あの男は微笑み、優しい声で話しかけてきただけだった。だからこそよけいにありさは恐怖を感じた。由希子は、その気持ちをきっと理解してくれるに違いない。それに、あの男がミネルバの関係者であるとしたら、社長の由希子にとっては、男の正体を暴き、二度とこういったことが起こらないよう手を打つのも、それほど難しいことではないだろう。

けれど、ありさは躊躇した。由希子には、これまでにも十分世話になっている。その上、ストーカーの相談までするのは、行き過ぎではないか。それに、ストーカーがミネルバの関係者かもしれないというのは、あくまでも推測。はっきりした根拠があるわけでもないのに自分の会社の人間を疑われたら、由希子だっていい気はしないに決まっている。

結局、相談をするのは見合わせ、ありさは礼を言って電話を切ったのだった。

「それで、結局、紀ノ川さんにストーカーについて相談はしなかったんだね？」と小田原が確認する。

「しませんでした。紀ノ川社長に甘えすぎてはいけないと思って」

「そのとき相談していれば、事態はまた違っていたかもしれないがね」

「どういう意味ですか」

ありさは小田原の顔を見る。

「いいかね、槙さん。あなたがストーカーだと思っていた男性は、久原啓治さんと言い、ＭＩＳＡＫＩ商事の取締役なんだよ」一語一語区切るように小田原刑事が言った。

「えっ？　あの人が？」

「そう。久原さんの身なりや雰囲気を覚えているだろう？　いかにも企業のお偉いさんという感じじゃなかったかな？」

「そう言われてみれば、そうだったかもしれません。でも、どうしてそんな人が、私を尾け回したりしたんでしょうか」

「あなたは派遣会社に登録していたんだよね。そして、ＭＩＳＡＫＩ商事に派遣されて働いていたことがあったと言ったね？」

「はい」

「派遣社員として勤めていたときに、久原さんと会う機会があったんじゃないのかね？」

「いえ、私はあの人の顔も名前も知りませんでした。ＭＩＳＡＫＩ商事の人だっていうのも、今初めて知ったことです。普通、派遣社員が取締役に会う機会なんてありませんから」

「なるほど。そうなると、久原さんが一方的にあなたを知っていた、ということになるな」

「分かりませんけど、そうだったのかもしれません」

「久原さんとメールのやりとりをしたことはなかったんだね？」

「ありません」

「シュークリームを買った日に、洋菓子店の前で話しかけられたのが最初で、それ以前は尾けられている気配を感じただけで、言葉を交わしたこともなかった。そうだね？」

「そうです。あのときは本当に怖くて。千希を保育園に迎えに行って、家に帰ってからもがたがた震えてしまいました。シュークリームは袋の中でぐちゃぐちゃになっていました。それでも千希は喜んで食べていましたけど、私はとてもそんな気になれなくて。どうして見ず知らずの男につきまとわれなければならないのって思いました」

「見ず知らずの男。本当にそうだったのかね？」

「本当です！　あんな人、知りません」

小田原はうなずき、話題を変えた。

「あなたはミネルバの紀ノ川さんとは、親しかったようだね？」

「親しかったというか、紀ノ川社長にはいろいろと親切にしていただきました」

「個人的に親しかったわけではない？」

「特にそういうことはなかったですけど」

「実は昨夜十一時近くに、紀ノ川さんはあなたの住まいを訪ねたそうだよ」

「え？」

いくら由希子が親切だったとはいえ、人材派遣会社の経営者と派遣スタッフの間柄である。ありさの自宅を訪ねてくるほど親しいわけではない。それも夜の十一時近くに。

「何か急用があったんでしょうか」

「あなたのことが心配だったと言っていた」

「どういうことなんでしょう？」

「昨夜、八時頃まで紀ノ川さんは久原さんと一緒だった。そのときに久原さんの口からあなたの名前が出た。久原さんは、あなたのことをたいへん心配していたそうでね。紀ノ川さんの言葉を借りれば、槙ありささんに傾斜しすぎているように思えた、ということになる。尋常でないほどにね。そんな彼を見ているうちに、何かよくないことが起こりそうな予感を覚えたと言っていた。残念ながら、紀ノ川さんのその予感が当たってしまったようだな」

「すみません。よく分からないんです。紀ノ川さんと久原さんが一緒にいたというのも、そこで私の話題が出たというのも」

「我々としても、まだはっきりとしたことは言えないんだよ。分かっているのは、昨夜、紀ノ川さんと久原さんは銀座のバーで飲んでいた、そこでありさという女性の話題が出たということだけだからね。ついでに言うと、あなたの別れたご主人の話題も出たそうだよ」

ありさは無言で小田原を見る。

「別れたご主人の金子優也さんは、紀ノ川さんの口利きで新しい仕事を始めた。金子優也さんが仕事に就いたから、あなたにつきまとうこともなくなる。あなたも安心して仕事ができるだろう、と紀ノ川さんは話したらしい。その後すぐ、久原さんは急用を思い出したからと言ってバーを出た。紀ノ川さんは、そのときの久原さんの様子が不自然だと感じたそうだ。簡単に言えば、あなたに会いに行ったのではないかと思った。女の勘というやつだな。それであなたのアパートを訪ねたというわけだ」

ありさにもぼんやりと輪郭が摑《つか》めてきた。

つまり、由希子と久原の間には個人的な関係があったということだ。一人きりでバーで酒を飲むような深い関係が。

これまでのことを思い返す。ありさにとても親切だった由希子。そして、由希子の恋人であったらしい久原は、ありさに対してストーキング行為を繰り返した。

由希子の厚意は、純粋に親切心からきているのだろうと思っていた。今もありさはそう思っている。けれど、心配するがゆえに、由希子は久原の前でたびたびありさのことを話題にしたのではないか。それが久原を刺激したとは考えられないだろうか。

久原は由希子の話をきっかけに、ありさに興味を持ったのかもしれない。最初は気の毒にな、と思った程度だった関心が次第に高まっていった。やがては、ありさのあとを尾けるほどに。

「昨夜、あなたの住まいを訪ねた紀ノ川さんは、あなたにも久原さんにも会えなかった。二人の携帯電話に電話をかけても繫《つな》がらなかった。それで、仕方なく自宅に戻ったそうだ。あなたの携帯電話に紀ノ川さんからの電話が入っていたかね？」

「分かりません。携帯は、あのとき落としてしまって」

「あのときというのは、久原さんを突き飛ばしたときかな」

「そうだと思います」

「紀ノ川さんによれば、久原さんは『ありさ』という女性とメールのやりとりをしていたそうなんだよ。メールを通じて彼女の窮状を知り、大変心配していたということでね。あなたは本当に久原さんとメールのやりとりをしていたことはないのかね？」

「ありません」

「出会い系サイトに書き込みをしたことは？」

「ありません」

「ま、それはおいおい調べることになるがね」と小田原刑事はありさを探るように見ながら言った。「話を戻すが、ケーキ屋で話しかけられて以降はどうだったんだね？ストーキング行為は続いたのか」

「ええ」

「どんなふうに？」

その質問を遮るように、ありさが叫ぶ。

「私、千希のことが心配だったんです！」

小田原が手振りでありさに落ち着《つ》くようにと示した。女性刑事が、ありさの湯飲み茶碗《ちゃわん》にお茶を注ぎ、飲むように促した。ありさは素直に従う。一呼吸を置いてから、話し始めた。

「千希に何かあったら大変だと思って、それぱっかり考えてました。子供を狙《ねら》った怖い事件って多いですから」

「具体的にお子さんに危害が加えられそうになったことがあったのかね？」

「そうなる前に、あの男を追い払いました。追い払ったつもりでした。本当に、そう思っていたんです」


保育園に通うようになって、千希はずいぶん成長した。まず丈夫になった。通い始めの頃は、何かといってはしょっちゅう熱を出したし、水ぼうそうやおたふくかぜももらってきた。今では滅多に休むことはない。着替えや食事、おもちゃの片付けなど、自分のことは自分でできるようになった。友達も増えて、おままごと遊びやお姫さまごっこのような女の子らしい遊びばかりでなく、ヒーローごっこなど、男の子に交じって遊ぶようにもなった。ちょっとやそっとのことでは泣かないらしい。千希ちゃん、たくましくなりましたよねえ、と保育園の先生も言っていた。

パパはお仕事でしばらく家に帰ってこない、と千希には言ってある。離婚というものを理解できないと思ったからだ。それでも何か感じていたらしく、優也と別れて間もない頃、千希は夜中によくうなされていた。泣きながら目を覚ますこともあった。ありさにしがみつき、怖い夢を見たと言うのだ。どんな夢？　と訊くと、決まって言うのだった。

「ママがいない。パパもいない」

ひとりぼっちにされることを恐れて泣いていた。

保育園の昼寝の時間も同じだったらしく、保育園の先生から、千希ちゃんがうなされていました、と報告を受けたことが一度ならずあった。けれど、それも最近はなくなった。熟睡できるようになったらしい。

「バクがいるから大丈夫だって、先生が言ってた。バクは怖い夢を食べてくれるんだって」と千希が言っていた。「怖い夢を食べても、お腹壊さないんだって。バクってすごいよね」

千希は素直に、バクという動物に感謝し、愛着を覚えているようだった。

子供の集団生活というのはすごいとありさは素朴に感心した。親がおしえなくても、必要なことは覚えるし、どんどん自分で世界を広げていく。

そして千希が世界を広げている間に、ありさも自分の世界を広げる、つまりは仕事を探さなくてはいけないのだが、どうにもやる気が出てこないのだった。昼間は体がだるいし、やたらに眠い。千希を保育園に送った後、家に戻って再び布団にもぐり込んでしまう。昼食も布団の中で菓子パンを食べる。そして夕方になってようやく動き出す。買い物をし、千希を迎えに行く。

外に出るときは、辺りに目を配るのが習慣になっていた。あの男がどこかに潜んでこちらを見ているのではないかという不安につきまとわれていたためである。

本当は家にいたかったのだが、ケースワーカーの佐倉から、頑張ってと背中を押され、由希子にもいろいろと世話になった手前、少しは就職活動をしなくてはいけない。それで、江東区にある印刷会社の面接に行ってきた。結果は追って知らせます、と人事部の担当者が言っていたが、聞く前から予想がつく。残業はできますか、お子さんが熱を出したときにみてくれる人はいるんですか、といったありさまにとってはいい返事のしようのない質問ばかりが重ねられたのだ。

押上駅で電車を降りたありさは、ぐるりと肩を回した。スーツを着ると肩が凝る。保育園のお迎えの時間まで間があったので、パチンコ屋に寄ることにした。

前に勝ったエヴァンゲリオンにも引かれたが、お気に入りの台が空いていたので、そちらに座る。海の台。目の前を色とりどりの魚が泳いでいく。スーツを着ているせいか、いつもと気分が違う。姿勢を正して玉を打つ。全然ダメだった。スリットに差し込んだ五千円札分の玉が瞬《またた》く間に消えていく。財布の中を覗き、もうちょっとやろうかどうしようか迷う。残りは三千円。負ければ、今週の夕飯代はなくなる。勝てば、ちょっと豪勢に外食できる。

分かれ道である。真剣に迷った。こんなに迷ったのは久しぶりだ。そう思ったら、なんだか笑えてきた。

ありさはパチンコ台の前ですっと笑う。そして立ち上がった。きょうはやめておこう。

自動ドアの前に立った。そのときだった。ドアの向こうにあの男の姿が見えた。ありさが心の中で『アンズ男』と呼んでいる中年の男。思わず、ひっと息を呑《の》む。男はありさの姿を認めると、やあ、とでも言いそうな笑顔を見せた。背中を向けて逃げ出したかったが、そのときには自動ドアが開いていた。ありさは目を逸《そ》らし、身を硬くして男の前を通り過ぎた。

なぜこの男は、こんなところにいるのだろう。

なぜ行きつけのパチンコ店を知っているのだろう。

不気味だった。今まで気付かなかっただけで、いつも見られていたのかもしれない。

「待って」と男が言った。

ありさはさらに足を速めた。

「待ちなさい」

命令口調の言葉。

ありさはぎゅっと拳《こぶし》を握りしめ、深く息を吸った。そして男と向かい合った。

「いい加減にして！　って怒鳴りました」ありさは、小田原刑事に向かってもあのときと同じように大声を上げた。「そうでもしなければ、あの人が千希を預けている保育園まで付いてくるような気がしたからです」

「それで？」

「あの人は、びっくりしたように顎《あご》を引きました。私が怒るなんて思ってもいなかったみたいでした」

「あなたに怒鳴られた後、久原さんはどうしたんだ？」

「もう付いてきませんでした。保育園に行く途中で何度も振り返ってみたので、間違いありません。最初から強い態度に出ればよかったんだと思いました」

「その後、誰かに尾けられたり、見られているような気配は？」

「ずっとなかったんです。ほっとしていました。追い払うことができたんだ、これでやっと穏やかに暮らせるって思って。昨夜、都営住宅の前であの男の姿を見つけるまでは」ありさの声が暗く沈む。

「じゃ、昨夜のできごとについて話して。公園でお嬢さんが滑り台で遊びたいと言った。その声に気付いて、久原さんがあなたたちを見たというところまでは聞いたからね。その後、どうしたのかな？」と小田原が促した。

ありさはゆっくりと口を開く。

「男は私たちのいる方をじっと見てました。公園は暗くて、向こうからはよく見えなかったのかもしれません。じいっと、本当にじいっと見てたんです。私は千希の手を引いて、あわてて来た道を戻り始めました。千希が泣き声を上げたので、黙るように叱《しか》りつけて、走って駅への道を戻ったんです。後ろに足音が聞こえました。待ちなさい、という声も。あの人、私に命令するみたいに、待ちなさいって言ったんです」

「それで、どうしたんだ?」

「千希を抱いて、必死で走りました。とにかく人通りのあるところに出ようと思ったんです。表通りまで出て、交番に駆け込もうって。大通りを渡るには歩道橋を使うしかないんです。でも、千希を抱っこしたまま歩道橋を上ろうとしたら、よろめいてしまった。それでも何とか体勢を立て直して、千希の手を引いて階段を上りました。だけど、簡単に追いつかれてしまったんです」

膝《ひざ》の上で握り合わせたありさの両手が震える。

「またあの人は、待ちなさいって言いました。でも、待てるわけがないでしょう。そうしたら、私の肩に手をかけたんです。逃げないでって言いながら。私、怖くて。身動きできなくなってしまって。大声を上げればいいって分かっていても、声が出ないんです。歩道橋の階段を上り切ったところで、がたがた震えていました。千希も私にしがみついていたと思います。お嬢ちゃん、泣かなくていいんだよ、ってあの人、今度は千希に話しかけました。もう大丈夫だよ、って。そして、千希を抱き上げようとしたんです。それを見た瞬間でした」

　ありさはごくりと唾液《だえき》を呑む。

「千希が連れていかれるって思いました。そして、気が付いたときには体が動いていました。あの人を思いきり突き飛ばしていたんです」

　震えがどんどんひどくなっていく。

「落ち着きなさい」と小田原が言う。

　その言葉にありさはうなずくが、落ち着くことなどできなかった。思い出すと、恐ろしくてたまらない。これが現実だとは、とてもではないが信じられないのだ。

　なぜこんなことになってしまったのだろう。本当になぜ。

　ありさの欲しいものはただ一つ。穏やかに暮らすことだけだったのに。

第6章

『ストーカー会社役員の転落死』

紀ノ川由希子は、地下鉄車内の中吊《なかづ》り広告を睨《にら》み付けた。きょう発売の週刊誌の見出しである。読まなくても記事の内容は想像がつく。久原が亡くなった翌日の新聞報道でさえ、彼がストーカー行為を働いていたと言っているのも同然だったのだから。

久原はただありさのことを心配していただけなのだ。断じてストーカーなどではない。そう。絶対に。由希子は自分に言い聞かせる。

あのとき、私が止めていれば……。

取り返しのつかない思いで、何度あの夜を思い返したことだろう。

大股《おおまた》でバーの出口に向かう久原を見つめながら、ありさ、ありさってまるでストーカーみたい、と由希子は心の中で毒づいていた。

なぜあんなふうに思ってしまったのか。自責の念に駆られる。彼のことをストーカーみたいだなどと思ったことが、この中吊り広告に繋《つな》がっているような気がしてならない。

ああ、やはり、あのときすがり付いてでも止めていれば……。

堂々巡りだと知りながら、由希子は考え続ける。

地下鉄が六本木に着いた。足を引きずるようにして降りる。肩を落とし、うつむき加減に歩を進める自分が、どんなに老けて見えるか由希子自身が一番知っている。けれど、今はこういう歩き方しかできない。

昼間はいい。仕事がある。社員から寄せられる数々の相談事や、捌《さば》かなければならない案件、面会予定のある取引先。いやでも背筋をまっすぐに伸ばし、前を向いていなければならない。

けれど、夜は……。

久原がいない。

もう二度と会えない。

そう思った途端、一歩も前へ進めない気持ちになる。

久原の声や体の温かさ、笑ったときに口の端に寄るしわ、いつもきちんと短く切りそろえられていた爪《つめ》、好きな酒を飲んでいるときの満足そうな横顔、あれほど恨めしく思った由希子の部屋を立ち去るときのきっぱりとした後ろ姿さえ、かけがえのないものだったと今なら分かる。

これから先、久原なしでどうやって生きていけばいいのか分からない。困ったとき、誰に相談すればいいのだろう。嬉《うれ》しいことがあったとき、誰に伝えればいいのだろう。誰を愛すればいいのだろう。

涙がこぼれそうだった。バッグからティッシュペーパーを取り出し、ハナをかんだ。唇を嚙《か》みしめ、うつむいたまま改札を抜ける。

「由希子さん」

ふいに腰に手を回されて、由希子はびくっとして立ち止まった。

「テル」

彼は笑って、驚かせちゃったかな、と言う。

「びっくりしたわ」

みっともないところを見られてしまったという羞恥《しゅうち》の念が湧《わ》くが、今さらどうにもならないし、テルに気を張っていても仕方がないと思う。

「心配だったから迎えに来たんだ」

「心配？　あのお店には前にも行ったことがあるのに」

テルとは、六本木ヒルズの中のイタリアンレストランで待ち合わせていた。

「そういう意味じゃない。由希子さんを一人にするのが心配だった。できるだけ長く、俺《おれ》が一緒にいる。その方がいいよ」

由希子はテルを見上げ、何度か瞬《まばた》きをした。テルが由希子の腰を引き寄せる。体の右側にテルの温かみが伝わってくる。

「テル」

「何？」

「ありがとう」

彼は柔らかく微笑《ほほえ》んだ。


「きょうは、まあまあかな」食事を終えて店を出ると、テルが言った。「リゾットを半分くらい食べたよね」

「ええ」

昨日の夜も一昨日《おととい》の夜もテルと一緒に夕食をとった。和食の店、老舗《しにせ》の蕎麦屋《そばや》など、何処《どこ》に行っても由希子の箸《はし》は進まず、酒ばかり飲んでいた。テルに叱《しか》られ、励まされ、なんとか食べようと努めたものの、ほとんど残してしまったのだ。それに比べれば、今夜は食が進んだ方だった。胃に優しそうな野菜のリゾットを頼んだのが、よかったのかもしれない。

「体が資本ですよ」テルが軽い口調で言う。

「分かってる」

「なら、いいけど」

タクシーを拾って、由希子のマンションへ向かう。テルは由希子の手を静かにさすっている。性的なメッセージは感じられず、静かないたわりだけが伝わってくる。由希子はテルにもたれかかった。

あなたがいてくれてよかった、と言いそうになり、その言葉を呑《の》み込む。最近の由希子さんはそればかり言っていると笑われるのがオチだから。

「途中でなんか買ってく？」テルが訊《き》く。「酒、あったっけ？　モルトは飲んじゃったけど」

「大丈夫よ。まだあるわ」と応じながら、自宅のサイドボードを思い浮かべた途端、胸の奥が痛んだ。

シングルモルト、ワイン、芋焼酎《いもじょうちゅう》、紹興酒《しょうこうしゅ》。すべて久原が持ってきてくれたものだった。

タクシーがマンションの前に着いた。金を払って降りる。高いヒールには慣れているのに、どういうわけかバランスを崩して体がぐらりと揺れた。テルが支えてくれる。

「由希子さん、ふらふらしてるなあ。大丈夫？」

「大丈夫よ」

努力して笑顔を作り、エントランスを入る。エレベーターに乗って、最上階にある由希子の部屋へ。高層マンションではないので、最上階といってもさほど眺望がいいわけではない。それでも開放感がある。

部屋の電気を点《つ》けて、由希子はソファに座った。

「外から帰ったら手洗いとうがい」母親のような口調でテルが言う。

「はいはい」

返事はするものの、由希子は座ったままだ。部屋の中は乱雑とまではいかないが、整理整頓《せいりせいとん》が行き届いているとは言い難い。新聞や雑誌がところどころに置かれ、ソファの背にはカーディガンが掛けられているし、ダイニングテーブルには今朝《けさ》カフェオレを飲んだときに使ったマグカップが出しっ放しになっている。

テルが由希子の手を引いて、ほらほら、と促す。はーい、と間延びした返事をしながら立ち上がったとき、インターフォンが鳴った。一瞬、テルと顔を見合わせる。

「誰かしら」

つぶやきながら、由希子は受話器を取った。

はい、と受けると、「紀ノ川由希子さんのお宅ですか」

年配の女性の声だった。どこか上ずって響く。マンションの管理組合の理事かもしれない。この間、理事会の議事録と一緒にアンケート用紙が入っていたが、放《ほう》ったらかしにしていた。面倒だな、という気持ちが先に立つ。

「紀ノ川ですが」

相手が黙る。気詰まりな沈黙が流れる。

「もしもし？」由希子の方から促した。

咳払《せきばら》いをする気配があってから、女性が言った。

「久原清美《きよみ》と申します。主人のことでお話が」

今度は由希子が黙る番だった。

久原清美。

久原の妻の名前を今の今まで由希子は知らなかった。

「ドアを開けて頂けませんか」清美が先ほどよりも落ち着いた声で言った。

震える指で、施錠を解くボタンを押す。

「誰？」テルが訊く。

答えられずに由希子は立ちすくんでいた。

「由希子さん」テルが由希子の背中を軽く叩《たた》く。「しっかりしてよ。誰が来たの？」

「奥さん」

「え？」

「久原の奥さん……みたい」

わずかに目を見開いたものの、テルは落ち着いたものだった。

「そうか。じゃあ、俺はいない方がいいかな」と帰る準備を始める。

「待って」

由希子はテルの腕を掴《つか》んだ。テルは由希子を抱き寄せ、大丈夫だよ、と励ます。そのときドアフォンが鳴った。出るのを躊躇《ためら》う。足が動かない。ほら、とテルが由希子の背を押した。

獰猛《どうもう》な動物が飛び込んでくるのではないかと恐れてでもいるように、由希子はほんの少しだけドアを開け、外を覗《のぞ》いた。少し古いデザインのコートを身につけた、五十年配の女性が立っている。目が合うと、彼女の頰《ほお》が微《かす》かにひきつった。思い切って、由希子は大きくドアを開ける。

「久原清美です」昂然《こうぜん》と顔を上げたまま彼女が言う。

「どうぞ」

「失礼します」

躊躇《ちゅうちょ》する気配もなく、清美は玄関を上がった。トウの丸いシンプルなパンプスをきちんと揃《そろ》えて脱ぎ、由希子があわてて用意した客用スリッパを履く。清美は小柄だった。

リビングルームに案内する。清美に軽く会釈をして、入れ違いにテルが出て行こう

とすると、

「あら、いいんですよ。私にはお気遣いなく。恋人が一緒の方がよろしいんじゃありませんか」清美が由希子に向かって言った。

なんと応じたものか分からなかった。

由希子もテルも黙ったままでいると、じれたように、「まったく、信じられないわ。主人が亡くなってまだ間もないのに、あなたは恋人と楽しく過ごしているんですからね！」清美の声がヒステリックに跳ね上がる。

「違うんです。彼は……」

友人、会社の部下、弟。この場をやり過ごすいくつかの言葉が浮かんだが、心の中で捨てた。嘘《うそ》をついたところで見え透いているし、無様なだけだ。

テルが、どうする？　と言いたげな顔で見たので、由希子はうなずいた。

「残念ながら、僕は由希子さんの恋人ではないんですよ。こういう者です」清美に歩み寄り、名刺を手渡した。「どうぞよろしく」

それだけ言うと、由希子にちらっと微笑みかけ、テルは部屋を出ていってしまった。

清美は名刺を食い入るように見つめている。

「彼、派遣ホストなんです」由希子が言った。「名刺に書いてあると思いますけど、『エタニティ』っていうクラブの」

「派遣……ホスト？」

「ご存じありませんか。ホストクラブに出向いて遊ぶのではなく、こちらが場所と時間を指定してホストに来てもらうんです」

話しているうちに、少し落ち着いてきた。お茶をいれようと思ってキッチンに向かいかけたとき、清美が何か言ったのだが、あまりにも低いつぶやきだったので聞き取れなかった。

「え？」

由希子が振り返ると清美の視線とかち合った。

「ホスト遊びをしてたのねって言ったんですよ」

清美の視線を受けとめるだけで精一杯だった。

「いつからなんですか」清美はさらに続ける。「いつからホスト遊びをしてるんですか。主人が生きていたときから？　それとも主人が亡くなって寂しいから？」

「お答えする必要はないと思います」

重い足を引きずるようにしてキッチンに行った。何も難しいことなどないのに、紅茶をいれるのにひどく時間がかかる。

リビングルームに戻ると、清美はソファに背筋をまっすぐにして座っていた。きちんと畳んで傍らに置かれたコートが、彼女を守る忠実な子犬のように思える。

「六本木の改札を抜けるまではうなだれていたあなたが、あの男性にあった途端、ぱっと明るい顔になった」平板な口調で清美は言った。

「見てたんですか」

「あなたが会社を出るところからずっと。途中で声をかけようかと思いましたけど、どんなところにお住まいなのか見てみたかったので、こちらまで伺いました。想像通り、すてきなところね。映画で見たようなお部屋」

いったいどんな映画を指して言っているのだろう、と思う。

清美は続けた。

「タクシーを降りたときも、あの男性が、あなたのことを優しく支えていましたよね。あなたも彼に甘えているようでした。どこから見ても、仲の良い恋人同士。主人と付き合いながら、あなたには別に恋人がいたんだって思ったら、当然のような許せないような、複雑な気持ちでした。それなのに、あの人が派遣ホストだったなんて。言葉が出てこないわ」

由希子は黙って紅茶を飲む。言葉が出てこないのは、由希子も同じだった。

「私ね、主人に付き合っている女性がいることは、だいぶ前から知っていたんですよ。主人の携帯電話を見たんです。一応は、用心したつもりなんでしょうね。主人はあなたのことをイニシャルで登録していました。それがよけいに不自然に思えて、メールを読んでみる気になったんです。あなたは主人に、ご自分の仕事についていろいろと相談してらしたわね。おかげで、あなたが『ミネルバ』という会社の社長さんだってこと、独身で、とても有能な女性だということも分かりました」

軽くうなずいて先を促す。その瞬間、清美がきっとして由希子を見据えた。

「なんなんですか、その態度。まるで会社の部下に、報告を促してでもいるような。私に対して、よくそんな態度がとれますね」

「気に障ったのなら謝ります。どうぞ、お話を続けてください」

「言われなくても続けます」怒気を含んだ声で清美が言う。「確かに、あなたは仕事もできるし、経済的にも自立しているし、しっかりした女性なのでしょう。主人とのメールのやりとりにしても、惚《ほ》れた腫《は》れたっていうような感じではなかった。でもね、だから許されるってものじゃないんですよ。私が一番いやだったのは、あなたと主人とのメールがとても自然だったことなんです。仕事の話題が中心だったけれど、それ以外にも短いメールがたくさんあった。おはよう、いい天気だね、だとか、もう寝たかな、まだよ、あと少し本を読むわ、僕はそろそろ寝るよ、おやすみ、おやすみなさい。あなたたちは、そういう当たり前のメールを毎日のように交わしていた。好きだとか、愛しているだとか、会いたいという言葉さえなかった。だからこそ、いやだったんです。耐え難かった」涙に言葉が乱れる。

「謝ってもらっても、なんにもなりません」

口元に手を当てて、清美は嗚咽《おえつ》を堪《こら》えていた。きちんとセットしてきたのであろう髪が、乱れて顔にかかっている。化粧もとれかかっている。泣くのを堪えようとして奥歯を嚙みしめているせいか、二重顎《にじゅうあご》が目立つ。

おそらく清美はひどく腹を立てるだろうが、今、由希子は母を思い出していた。由希子が高校生の頃、母が茶の間でこんなふうに一人で泣いているのを見たことがある。おそらくは、父の女性問題が原因だったのだろう。由希子は声をかけられなかった。見なかったことにして、自分の部屋に取って返した。そしてあのとき母に声をかけなかったことをずっと後悔し続けた。母と一緒に悲しんでやればよかったと思った。

バッグからティッシュペーパーを取り出して、清美はハナをかんだ。それから顔をまっすぐに上げて、きっぱりとした口調で話し出す。

「あなただけが悪いんじゃないのは分かっています。主人にも責任がある。いえ、責められるべきは主人でしょう。だって紀ノ川さんは独身で、家庭持ちだったのは主人の方なんですから。一線を守るべきだったのは主人だったんですよね」

そうなのだろうか。一線を守るべきは久原の方だったのだろうか。

どちらに責任があるというのではなかった。久原も由希子もお互いを求め合った。

「ごめんなさい」

必要だった。それだけのこと……。

「私にも責任があるんです。私はね、あなたと主人のことを見て見ぬふりをしてきました。今さら、家庭に波風を立てたくなかった。平和な生活を守りたかった。主人は家では良き夫、良き父親でした。経済的に私や娘に不自由な思いをさせたことはありませんし、いろいろな意味で頼りになりました。私たちは、長いこと、男と女ではなくなっていたけれど、家族としてはうまくやっていた方だと思います。それを壊したくなかったんです。紀ノ川由希子という愛人がいて、主人が男として満足感と自信を得ているのなら、それはそれで仕方のないことなのかもしれない、私が我慢して済むことなら諦《あきら》めよう、受け入れようと思ったんです。でも……」激情のうねりをやり過ごそうとするように、彼女は唇を嚙みしめた。「主人はまた別の女に夢中になった。若い女。私よりも、あなたよりも、ずっと若い女。ありさという女です。主人はメールでその女の相談に乗ってやっていました。自分のことを『案ずる男』なんて呼んだりして」清美がぶるっと身を震わせた。

案ずる男。そういえば、久原がそんなことを言っていた。冗談まじりに、案ずる男としては、そう言う以外ないから、とか何とか。

「久原さんは、ありさにお嬢さんを重ねていたようです」由希子が言った。

清美は唇を引き結んだまま、うなずいた。

「確かに、娘の境遇とダブる面があったのでしょう。でも、娘は娘、ありさはありさです。よその若い女が夫の暴力が原因で離婚したからって、そこまで心配してやる必要がありますか。よその女の心配をするくらいなら、実の娘の心配をしてほしかった。娘は離婚して、今、家に戻ってきています。一緒に暮らしています。でもあのときの後遺症というか、精神的に不安定なところもありますし、苦しんでいます。親だったら、何よりも娘のことを考えてやるべきでしょう」

その通りだと思う反面、久原は傷ついた娘と向き合うことが怖かったのだろうとも考える。父親としてもっと早く救い出してやるべきだった、と彼は悔いていた、自分を責めていた。娘を見る度、ぎりぎりと締め上げられるような苦しみに襲われたことだろう。だから、ありさに傾倒していった。

「私は、ほとほと主人に愛想が尽きたんです。今度こそもうだめだと思いました。これ以上は無理だって。離婚しようと心に決めて、届け出の用紙も用意して、言い出すきっかけを待っていたんです。最後くらい、主人ときちんと話をしようと思っていました。でも、それもできなくなってしまったわ」

清美は天井に目を向け、何度か瞬きをした。目尻から涙が流れて頬を伝う。

「主人は亡くなりました。ストーカーの汚名を着せられて」

言葉が出てこない。沈黙が流れた。空調の音だけが部屋の中に響いている。

「紀ノ川さん」やがて清美が口を開いた。

「はい」

「ありさという女は、ミネルバの派遣社員だったそうですね？」

「はい。彼女の派遣先がMISAKI商事でした」

「知っています。警察に聞きました。主人とありさはそのときに知り合ったのだ、いえ、主人の方が一方的にありさに熱を上げたのだというような話をね」

「そうですか」

「私、納得がいきません」きっぱりと清美が言った。

「納得がいかないというのは？」

「すべてです。これを見てください。私ね、有利に離婚するための資料として、ありさと主人のメールのやりとりを書き写しておいたんです」

彼女はバッグからノートを取り出して、テーブルに広げた。

読みたくはないのに、目が吸い寄せられてしまう。

力になるよ、と伝えている久原。条件のいい仕事につくために、ミネルバの研修をこれからも受けたらいいだとか、前の夫につきまとわれているのなら、引っ越した方がいいとアドバイスしている。費用の件なら相談に乗るよ、とも書いていた。それに対してありさは、無理、と繰り返している。優しいメールをもらえば元気が出るからそれだけでいい、などと。

「どう思いますか」

清美に問いかけられ、由希子は少し考えてから慎重に答える。

「そうですね。何というか、ストーカーと、ストーカー被害にあっている女性とのやりとりとは思えませんね。久原さんは親身になって相談に乗ろうというスタンスをずっと保っているように思えます」

「最後の方は、若い女性とパトロンの会話とでもいった方がしっくりくるみたいですけどね」清美が吐き捨てるように言った。

由希子もうなずく。確かに、久原は金銭的に援助したくて仕方がないように思える。

「警察には？」

「見せましたよ。ありさにも確認したそうです。でも、ありさはこんなメールを送った覚えはないって言っているんです。彼女、携帯電話を紛失したとかで記録もないし、確かめようがないとか。主人の携帯にもメールは残っていませんでした」

「出会い系サイトを通じて知り合い、やりとりをしていたんでしょうから、何かしらサイトに記録があるんじゃないかしら」

「かもしれません。でも、警察がどこまで本気で調べてくれるか分かりません。今あるのは、私が書き写したこのメモだけ。でも、警察は私のメモを疑っているんです。

夫の名誉を挽回《ばんかい》しようとする妻のでっち上げだって」

由希子は黙って清美の言葉を聞く。

「でも、これはでっち上げなんかじゃない。久原とありさって女の間で、実際に交わされたメールなんです。これを読んだら、ありさがストーカーに怯《おび》えて、久原を突き落としたというのがとても不自然で異様に思えてくるんです」

「確かにそうですね。もしありさが、誰かに尾《つ》けられていると思ったとしても、この人は『案ずる男』かもしれない、と気が付きそうなものです」

「その通りです。ありさには、うちの主人を突き落とす理由がないんです」

由希子はもう一度、丁寧にメモを読み直した。引っかかる。やはり引っかかる。由希子は食い入るようにメモを見る。そのとき頭の上から声が降ってきた。

「紀ノ川さん、あなたも主人の携帯電話を盗み見ていたんじゃないんですか。ありさと主人のやりとりを読んだんじゃありませんか」

びっくりして由希子は清美を見た。

「わざとらしく驚いて見せたってだめ。そうなんでしょ。あなたも見たんでしょ。そして、嫉妬《しっと》した。主人の心があなたからありさって女に移っていくのを知って、怒り狂ったのよ」

「ちょっと待ってください」

「いいえ。待てないわ。あなたなんでしょ、主人を殺したのは。どうやったのかは知らないけど、ありさが罪を被《かぶ》るように仕向けた。お金？　仕事？　ありさって女は生活に困っているみたいだものね。あなたなら、あの女を自由に使うことができた。だってあなたはミネルバの社長だもの。ありさの雇い主だもの。そう考えれば、全部がしっくりくる」

「とんでもない言いがかりだわ」

「うるさいっ」

清美がバッグを投げつけた。それが由希子の顔にまともに当たる。金属の留め具で頬が切れた。血の色を見て逆上したのか、清美は辺りにあるものを手当たり次第に投げ始めた。テーブルの上に出しっ放しになっていた雑誌やＣＤが次々に飛んでくる。由希子はソファを立ち、寝室に逃れた。清美が追ってくる。

「奥さん、話を聞いてください」

なだめようとしても、清美は聞く耳を持たない。涙で顔をぐちゃぐちゃにしたまま、摑み掛かってくる。小柄な彼女の体のどこにこんな力があったのかと思うほどのすさまじさだ。

「やめて！」

清美の腕を払いのけ、由希子は彼女の頬を一つ張った。清美が目を見開く。

「落ち着いて、奥さん。落ち着いてください」

清美は由希子に叩かれた頰に手を当てたまま、呆然《ぼうぜん》としている。

「お願いですから、私の話を聞いてください」

清美は荒い息を吐きながら、つっ立っている。憑《つ》き物が落ちたような白っちゃけた顔。由希子も彼女と同じように肩で息をした。猛烈な疲労に襲われた。このままベッドに突っ伏してしまえたらどんなにいいだろうと思いながら、由希子は乱れた髪に手をやり、キッチンに向かう。紅茶をいれ直して、リビングルームに運ぶ。そのときには清美も少し落ち着きを取り戻した様子で、ソファに座っていた。

「どうぞ」

紅茶を勧めると、清美は一口飲んだ。

「奥さんの気持ちは分かりました。私を疑い、お怒りになるのはもっともだと思います。でも、今は冷静になってください。きちんと物事を考えてみましょう」

清美は黙って由希子を見る。

「奥さんは、私が久原さんの携帯電話を見て嫉妬に駆られたと推察されたようですが、メールなど盗み見る必要はなかったんです。久原さんは、ありさとのメールのやりとりを私に隠してはいませんでした。そもそも最初にありさの身の上を心配していたのは、私だったんです。ですから、久原さんと私の間で、ありさの話題はタブーではなかった。でも、正直言って、私の方はいい気分ではありませんでした。ネットにアップされていたありさの話を読んで、メールを交わすようになって以来、久原さんは彼女に入れ込んでいたようでしたから。奥さんのおっしゃる通り、私、嫉妬していたのかもしれません。少なくとも、腹を立ててはいました。でも、だからと言って殺したいなんて思わない。喜んでいいのか、悲しむべきなのかは分かりませんけど、そんな無鉄砲な情熱は私にはないんです。私にはもっと別の逃げ道がある。さっき、ご覧になったでしょう？　派遣ホストです。彼を呼んで気晴らしをする。そういうずるい手で、自分の気持ちをやり過ごす方法を知っているんです」

清美は自分の膝《ひざ》の辺りをじっと見ていた。由希子は続ける。

「ただ、私、ずっと違和感を感じていたんです。久原さんの口から、ありさという女性について聞くたびに」

「違和感？」

「ええ。久原さんがメールのやりとりをしているありさという女性と、私の知っている槙ありさが同一人物だとは思えなかった。そして、先ほど、奥さんが書き写したものを見て、やっぱりこれは別人なんじゃないかという思いを強くしました」

「でも……」

清美が言いかけるのを手振りで遮って、由希子は続ける。

「境遇は槙ありささんのものです。夫の暴力が原因で離婚。小さな子供を抱えて孤軍奮闘。生活保護に頼る生活。でもね、その気になれば、別の人間が槙ありささんの振りをすることだってできる。ネットでは顔は見えないんですから」

はっとしたように清美が目を見開く。

「ここを見てください」

由希子はテーブルの上のノートに指を当てる。ありさが、ミネルバの研修を受けたと伝えている。

〈研修を受けるのにもお金がかかる。出費はイタイ！〉と書いている。

「ミネルバの研修は確かに有料です。でもね、槙さんが受けたものは無料だったんですよ」

「どういうことですか」清美が身を乗り出す。

「当日キャンセルがあって、一人分空いていた研修に出てもらったんです。槙さんが生活保護を受けているという事情を考慮して、無料で」

「じゃあ、研修を受けるのにもお金がかかるって書いてあるのは？」

「ミネルバの研修について一般的な意見を書いただけかもしれません。でも、違うかもしれない」

「つまり？」

「ネット上のありさは、槙ありさが無料で研修を受けたことを知らなかった。つまり、別人だということです」

「でも、どうしてそんなことを？」

「ただ単に、面白半分で槙さんになりすましていたのかもしれません。あるいは、嫌がらせかも。たとえば、男性とメールのやりとりをする中で、槙ありささんの住所だとか連絡先をちらりと漏らすのかも。そうすると、それを頼りに槙さんに会いたいと思う男性が現れる」

「うちの主人のような？」

「ええ。男性の方は、メールで親しくやりとりをしている女性だと思っている。ですから、馴《な》れ馴《な》れしい態度をとるかもしれない。でも、槙さんの方は思い当たるふしがないから、怪しい男、ストーカーだと勘違いする。不安になる。怯える」

「槙ありさという女性を怯えさせるのが目的だと言うんですか。いったい誰がそんなことを？」

「はっきりしたことは申し上げられません。でも、そういう人物がいないとも言い切れないんです。少し私に調べさせて頂けませんか」

　清美は迷っているようだった。当たり前だと由希子は思う。夫の愛人だった女を簡単に信用する方がどうかしている。調べさせてくれと言われて、はい、どうぞ、というわけにはいかないだろう。

傍らに置いてあるコートの裾《すそ》を、清美は指でなぞっていた。ウールの手触りだけが支えだとでもいうように。由希子は待った。ただ待っていた。やがて清美が口を開いた。

「もしもあなたの言う通り、ありさの受けた研修が無料だったとしたら、このメールにはおかしいところがあるわけですよね。事実と相反する箇所が。それに、槙ありさが警察で、主人とメールのやりとりをしたことはないと言い張っているのも、気になります」

清美は肩で大きく息をついてから言った。

「悔しいけど、あなたの力を借りるしかなさそうですね」

髪が乱れ、瞼《まぶた》を赤く腫らした清美は、この部屋を訪れた当初とはまるで別人のように見える。客観的に言えば、ひどいあり様なのだが、彼女にはどこか毅然《きぜん》としたものが感じられた。

「できる限り調べてみます。何か分かったら、すぐにお伝えしますので」

由希子が言い、そうしてください、と清美がうなずいた。

「信頼の置けるスタッフを派遣してくださるのなら、考えてみてもいいかもしれません」

西麻布にある老舗エステティックサロンのオーナーの前向きな返事を耳にして、由希子は心からほっとした。これが、突破口になりそうだ。新規の企画に難色を示していた役員たちを説得するのに役立つだろう。

エステティックサロンやデイスパ、フットマッサージなどの『癒《いや》し系』産業への人材派遣は、由希子が大事に温めていたアイデアである。優良サロンであればあるほど、サロン独自のノウハウを持ち、人材を育てることに熱心であり、優秀な社員を大事にする。派遣スタッフの入り込む余地はないと考えられていた。そこに切り込んでいければ、新しい事業展開が拓《ひら》ける。

あの晩、久原にこのプランを打ち明けてみようと思っていた。彼に、おもしろそうだね、と言ってもらえれば大きな自信になる。けれど、もうそれは叶《かな》わない。自分一人で決めて進んでいくしかない。

昨夜、ほとんど眠れなかったために、疲れた体を引きずって向かった交渉だったが、幸先は悪くない。由希子はほっとしてサロンを後にした。

「よかったですね。進む道が少し見えた感じです」

一緒に営業に出向いた、松永という女性スタッフが言う。『癒し系』産業への参入が決まったら、責任者になってもらおうと思っている。

「まだまだこれからだけどね」気持ちを引き締めるつもりで由希子が言う。「質のいい派遣スタッフを確保することが先決だし。雑誌に載せる求人情報をもう一度チェックしておいて」

「分かりました」

「この後、私は寄るところがあるから、松永さん、先に帰っててくれる？」

「はい。じゃあ、お先に失礼します」

大股で地下鉄の駅に向かう松永の後ろ姿には、活力が漲《みなぎ》っている。彼女は三十代半ばで独身。何もかも、まだこれから。眩《まぶ》しい思いでしばし彼女を見つめてから、由希子はきびすを返す。時計に目をやる。打ち合わせが長引いたせいで十二時二十一分になっていた。テルとの待ち合わせは、十二時に広尾。電話を入れると、由希子さん、今どこ？　とテルが言った。

「ごめん、まだ西麻布。すぐ行くわ」

「シェリー三杯目だよ」

「ゆっくり飲みながら、待っててね」

電話を切り、タクシーを拾った。十分もかからずに着いた。

「由希子さあん」

ウエイティングバーから、テルが手を振った。お待たせ、と微笑みかけてから、テーブルに案内して欲しいと店員に伝える。

「その靴いいね」テーブルに落ち着くと、テルが言った。「足の甲のラインがすごくきれいだ。似合ってる」

「ありがとう」

肌に馴染むベージュの靴。派手ではないのに、存在感がある。靴屋で一目惚れした。試しに履いてみたら、包み込むように柔らかかった。自分のために存在していると思える靴は、どんなときでも、気持ちを上向きにする手助けをしてくれる。

「昼間の由希子さんは、きびきびしててかっこいいね」

「夜はだらだらしてる？」

「それもいいよ」

「何でもいいのね」

「由希子さんは全部いいからね」

オーダーを済ませ、テルと向かい合う。

「昨夜《ゆうべ》、あれから大丈夫だった？」テルが訊く。「久原氏の奥さん」

「大丈夫とは言えないかもしれないけど。まあ、こうやって私は無事に生きていますから」

「ふうん」と鼻にかかった声で言って、テルは黙る。

「ふうん、って何？　何を納得してるのよ」

「さぞかし大変だったんだろうなと思ってさ。でも、由希子さんに切り抜けられないことはないからね。で、相談って何？　久原氏の奥さんに関係することだよね？」

答える代わりに、由希子はバッグから手帳を取り出す。

「これを見て」

テルの前に手帳を開いて置いた。久原とありさという女のメールのやりとり。清美が持ってきたものを書き写したのである。

「何これ？」テルが眉《まゆ》を寄せる。

前菜が運ばれてきた。テルが手際よく取り分けてくれる。ありがとう、と形ばかりの礼を言い、由希子は説明を始める。

久原の妻が、離婚を念頭に置いて犬と若い女性とのメールをメモしていたこと、それを見たときに、由希子がこれまで漠然と感じていた違和感がはっきりした形を持ったこと、つまり、ネット上のありさと槙ありさは別人なのではないか、何者かが槙ありさになりすましているのではないかという疑いが具体性を持って浮かび上がったのだと伝えた。

テルは一言も口を挟まずに聞いていた。頬が引き締まり、瞳《ひとみ》に理知的な光が宿っている。

「ネット上で槙さんのふりをして男性とメールのやりとりをする。これは、槙さんに対する嫌がらせじゃないかと思うの。こんなことをやりそうなのって、彼女の別れたご主人、金子優也じゃないかしら」

「優也?」

「そう。優也が槙さんになりすまして、久原とメールを交わしていた。優也は槙さんと結婚していたんだもの、彼女のことをよく知っている。そのくらい、わけないわ」

もしも優也がかかわっていたとしたら、久原の死の責任はあのきれいな男にあるわけだ。憎むべきは彼だということになる。

テルは視線を壁の一点に据えて考え込んでいたが、やがて口を開いた。

「それで、由希子さんはどうしたいの?」

「優也のことを調べたいのよ。彼、今は派遣ホストをしてるでしょ。指名したいの。優也は売れっ子で予約待ちだって言ってたじゃない。それを何とかして欲しい。テル、あなた、オーナー補佐の仕事をしてるんだから、私の指名を最優先にすることもできるでしょ」

「由希子さん、優也に以前、会ったことがあるんでしょ。大丈夫かな」

「会ったといっても、ちらっとだけだから、向こうが覚えているとは思えない。たとえ覚えていたとしても、問題ないでしょ。大丈夫よ」

だけど、と言ってテルは言葉を呑み込む。

「何？」

「危険じゃないのかな。優也は普段はあんなふうだけど、自分の妻に暴力をふるったんだよね。そういう相手に由希子さんがかかわるのは賛成できない」

彼のとても真剣でありながら、その一方でひどく心配そうな眼差しに合って、由希子はふいに胸がいっぱいになった。

お金で彼の時間と彼自身を買っている。テルにとって由希子は単なる客。それだけの存在であるはずなのに、こんなにも真剣に話を聞いてくれる。そして、心から由希子のことを心配してくれている。

「優也は派遣ホストの仕事をちゃんとやってるわけでしょう。お客さんと問題を起こしたりはしてないのよね？　お客に対して、乱暴を働くとは思えない。心配しないで」

「でもなあ」

「お願いよ」

テルは腕組みをしてしばらく考えていたが、「ごめん。やっぱりその頼みは聞けない」と結論づけた。

「どうして」

「由希子さんが優也に会ったところで、やつが本当のことを話すとは思えない。優也はそんな簡単な男じゃないと思うよ。由希子さんは仕事では有能だろうけど、男と向かい合ったときにその有能さが発揮できるかどうかは疑問だしね。優也に甘えられたら、ころっといっちゃいそうだ」

「見くびらないでよ」

「見くびってなんかいないよ。ただね、俺の目から見ても、優也はあなどれないやつなんだよ。女性に対して、なんていうかな、ある種の力を持っている。すっと心に入り込んでいくんだ。母性本能をくすぐる、かわいい男だって。やつの優しげで放っておけない雰囲気も、女性にとってはものすごい魅力になるらしい。やつはそういう自分の力を十分に知ってる。だからさ、由希子さんがあいつに会うのが心配なんだ」

「テル、もしかして妬《や》いてるの？」

冗談めかして言ったつもりなのに、テルは笑うどころか表情を硬くした。

「そう思ってもらっても構わないよ。由希子さんは俺の客だ。俺以外のホストに夢中になってもらいたくない」

「夢中になんかならないわよ。優也を指名したとしても、ホテルに行こうとかそういうつもりはないのよ。食事をしながら、彼と話したいの。それだけ。彼のこれまでの女性関係について訊いて、できれば離婚歴があることも彼の口から話させ、前の奥さんに今も未練があるのかどうかを確かめたい。出会い系サイトのことなんかもそれとなく話題にしてみたい」

「見え透いてるよ。もしも、やつが本当に別れた奥さんになりすまして、ネカマメールを書いてたとしたら、すぐにぴんとくるね。彼女は今、警察にいるんだろ。その関係で探りを入れられてるんだって、警戒する。下手《へた》をしたら、やつはぶち切れる。どんな行動に出るか分からない」

「そうかしら」

「悪いけど、由希子さんにうまくやれるとは思えない」

「でも、他に手がないのよ」

「俺に任せてくれないかな。優也だって俺になら気を許していろいろ話すと思うんだ。機会を見て、うまく鎌《かま》を掛けてみるよ」

　由希子は考える。確かにテルの方が優也と近い関係にある。由希子が下手な芝居を打つより、ずっとことはスムーズに進むだろう。けれど、これ以上、テルを巻き込んでしまっていいものかどうか、判断がつかなかった。

「由希子さん、一人で何とかしようとするのはやめた方がいい。特に今の由希子さんは、普段よりパワーダウンしてるんだから。俺に強がって見せてもだめだよ」

　痛いところを突かれて、由希子は苦笑した。

「お願いしてもいいの？　できそう？」

「少し時間をもらえれば、なんとかする」そう請け合ってから、テルは表情を和らげる。「由希子さん、少し食べなよ」

「最近、そればっかり言ってるわね」

「しょうがないじゃん。由希子さんがちゃんと自己管理できないんだから」


テルと別れてオフィスに戻った。七階にある社長室に入ると、肩の力が抜ける。由希子はデスクの椅子《いす》に座り、外を眺めた。窓から見える空はどんよりと曇って重たげだが、どこか温かそうでもある。灰色の空の下に、ファッションビルや、こぢんまりとした昔ながらの商店が並ぶ。道路を行き交う人と車。

椅子をくるりと回して目を室内に転じると、デスクの上にはパソコンと書類。仕事場に個人的なものは置かない主義だが、唯一の例外が銀製の写真立てにいれられた学生時代の写真である。生涯を通じてただ一人、親友と呼べる友人と一緒にスキー旅行に出かけたときのもの。彼女は今、夫の仕事の関係でシアトルで暮らしている。ずっと会っていない。

彼女がそばにいたら、何を話すだろう。

久原のこと、テルのこと、仕事のこと、伝えたいことはたくさんあっても、きっと由希子は別のことを話題にしてしまう。豆乳を飲むと女性ホルモンが活性化されるんですってよ、とかなんとか。私も試してみるわ、と彼女は答えるだろう。ありきたりの会話。それでもいいから、会って話したい。昔の自分を知っている誰かにそばにいて欲しい。

思いやり深いテルと会ってきたばかりだというのに、こんなに孤独で弱気になっていることに気付いて、由希子は戸惑う。どうしてなのかな、と考える。答えは簡単に分かってしまう。

自分に嫌気が差しているから。

久原に着せられたストーカーの汚名をそそぐためだとはいえ、全面的にテルを頼り、甘えている。テルといるときに、安らぎを覚えている。彼がいてくれることを、とても心強く思う。

こうやって、久原が亡くなったという事実をなし崩しに受け入れ、慣れていくのだと思うと、不実な自分がたまらなくなる。

その一方で考えている。

もしもテルがただの友人だったら？

年下の恋人だったら？

テルがどんなに親身になってくれたとしても、彼との間にははっきりとしたラインが引かれている。客とホスト。甘えて、甘えて、寄り掛かっていても、ある一点で由希子の意識は醒《さ》めている。醒めていなければいけないと自戒してもいる。それはテルにしても、同じだろう。これまではそれを心地よいと感じていたのに、今はつらく思われる。

由希子はもう一度、古い写真に目をやった。

写真の中の由希子も友人も、頰がふっくらと丸く、化粧っ気はまるでない。何度もゲレンデを滑った後に写した写真だから当たり前だ。

あのときの雪の白さ。エッジを利かせて、林間コースを滑走する爽快《そうかい》さ。滑り終わった後、息が弾むのと、あまりの寒さとでしばらくは口さえきけず、それなのに一晩、喋《しゃべ》り明かした後のようにお互いをとても近く感じた。あんな気持ちを、もう一度味わうことができたらいいのに。

不幸や疑惑や恨みや憎しみとの距離が、とても遠かったあの頃。

そのとき、デスクの電話が鳴った。見慣れたグレーの電話を、由希子はまるで未知の生物ででもあるかのように見つめる。脳裏に思い描いていた雪原の風景が消えて、いつもの自分の仕事場に気持ちが戻っていく。

「はい」電話を受けた。

「社長、お戻りでしたか」と言うのは、先ほどまで一緒だった松永である。

「今さっき戻ったわ。どうかした？」

「ご相談したいことがありまして。お時間、頂けませんか」

そういう彼女の声には勢いがある。何かいいアイデアでも思いついたのかもしれない。

「いいわよ。十分後に私の部屋に来てくれる？」

「分かりました」

電話を切ってから、由希子はコーヒーをいれるために席を立つ。社長白らいれたコーヒーは社員の間で評判がいい。いつの間にか、由希子の背筋はまっすぐに伸びていた。

第7章

スポーツクラブに通って体を鍛え、体型維持に努めるのはもちろん必要なことだが、それ以上に客が興味を持ちそうな話題を数多く蓄え、いつでも取り出せるようにしておくのが重要だとテルは思っている。

頻繁にデパートを訪れ、地下の洋菓子や和菓子売場、ベーカリーなどを細かくチェックして歩くのもそのためだ。限定品のスイーツを手に入れるために早起きをして出かけることもあるし、天然酵母が評判のパンを味わってみようと、焼き上がりの時間に合わせて足を運ぶこともある。本音を言えば、テルはそれほど美食にこだわってはいない。もちろん、おいしいものを食べるのは好きだが、普段は牛丼《ぎゅうどん》か弁当屋の弁当で十分だし、コンビニで売っている甘い菓子も捨てたものではないと思う。

地下食品売場のあちらこちらから、いらっしゃいませ、という声が聞こえてくる。テルが微笑《ほほえ》んで応じると、販売員の女性は一瞬驚いた顔になり、それからさらなる愛想の良い声で誘いかける。

一通り見て回った末、イタリアから空輸されたというチョコレート菓子を買うことにした。ウエハースが何層か重ねられ、そこにチョコレートがかけられたもので、店のロゴの入ったきらきらした紙で、ちょっと人目を引く包装がされている。試食をしてみたら、確かに味はよかった。が、たかがウエハースと思ってしまうと、法外な値段に目を剝《む》いてしまう。

デパートを出て、ぶらぶらと歩いてオフィスに向かう。話したいことがあるからと優也を呼んである。

『エタニティ』のオフィスは新宿御苑《しんじゆくぎよえん》に近い雑居ビルの六階にある。繁華街からは少し離れた静かな環境。ホストクラブとはいっても、派遣が専門だからこのような立地でも一向に構わない。

エレベーターで六階に上がり、鍵《かぎ》を開けてオフィスに入る。スタッフがここを訪れるのはたいていは午後、それも夕方から深夜にかけてが多い。午前中は閑散としている。入ってすぐが狭いながらも応接室になっており、ソファとテーブルが置かれている。奥が会議室と事務室。事務室にはパソコンが数台並び、ここでブログの更新ができるようになっている。

パソコンとコーヒーメーカーのスイッチを入れる。コーヒーができるのを待つ間に、ブログを見ておくことにする。

オーナー補佐という立場にあるテルには、自分のブログだけでなく、スタッフがきちんとブログの更新をしているかを確認する役目もある。できれば一週間に一度、少なくとも月に一度は更新するようにと言ってあるのに、それを実行している者は少ない。

クラブの会員が誰を指名しようか考えるとき、そのよりどころになるのがこのブログだということが分かっているのだろうか。皆が思っている以上に、ブログには自己アピールとしての大きな意味があるのに。テルはもどかしくなる。

金子優也のブログを開いてみる。彼はエタニティで仕事を始めてまだ間もないが、感心なことに一週間ごとに更新していた。

初めての仕事。お客さんと一緒にパチンコです。あっという間に四時間経過。もちろん、勝ちましたよ。彼女も喜んでくれたし、僕の気分も最高。こんなにいい思いをしたのに、これが仕事なんて信じられなくて、ほんとにいいのかなあ、って言ったら、いいに決まってるじゃない、私もすごく楽しかったんだからって彼女が言うんです。そうか。それならよかったな。

まずはゲーセン。その後、彼女の希望で遊園地に。乗り物は気持ちが悪くなりそうだからパスして、焼きそばやフランクフルトを食べてたら、せっかくだからおいしいものを食べにいきましょうよって彼女が言って、場所を移動することに。イタリアンのフルコース。初めて食べたものばっかり。こんなうまいもん食ったの初めてって言ったら彼女は笑ってました。彼女はあんまり食べてなくて、どうしたのって訊《き》いたら、ユウヤが食べてるのを見ているだけでお腹《なか》いっぱい、だそうです。

買い物に付き合ってっていうリクエストだったから、てっきり彼女の買い物だとばっかり思ってたんだけど、なんと、彼女の買いたいものって僕の服とか靴だったんです。びっくり。あんまり僕には似合ってない気がしたけど、彼女が絶対いいって言うから、買うことに決定。着ていたものを全取り替えして、ホテルで食事。なんか肩凝っちゃうなって言ったら、じゃ、部屋にマッサージの人をよびましょうって、彼女が言うんです。至れり尽くせりって感じの一日でした。

一通り読んでから、テルはそれをプリントアウトした。

言葉遣いも文章も子供っぽい。しかし、とても素直だ。ブログのトップに載っている優也の写真とこのブログの文章との相乗効果で、女性たちの心はかき乱される。優也に会いたくてたまらなくなるのだろう。

新しい客も増えているし、一度、優也を指名した客はリピーターとなる。滑り出しはたいへん好調。だが、優也自身は今の状況をあまり喜んでいるわけでもなく、毎日仕事ばっかりしたら、疲れちゃうよ、と週に数日しか派遣ホストの仕事を受けようとしない。それがよけいに人気を煽《あお》る。女性たちは会いたいと思ってもなかなか会えない男の時間を、是が非でも手に入れたいと願うものらしい。

いかに女性たちを楽しませ、喜んでもらうかを主眼に日々努力を重ねているテルにしてみれば、まったくの自然体、悪く言えば、大した思い入れもなく気ままに仕事をしている優也は癪《しゃく》に障る。しかし、エタニティとしては、新たな人気ホストの存在はありがたいし、優也のようなやり方もありなのかな、と思いもする。

プリントしたものを丁寧に畳んで胸ポケットにしまい、パソコンの電源を切った。コーヒーができたので、カップに注《つ》いでゆっくり飲む。ドアの開く音がした。優也がオフィスに入ってきたようだ。すぐに事務室に顔を出した。

「テルさん、早いね」とにこにこしながら言う。

テーブルに置いてあったチョコレートショップの袋に目を留めて、「おいしそう」とつぶやく。「お客さんへのプレゼント？」

「違う。話題作りにと思って買っただけ」

「へええ。話題作りかあ。すごいな」

「食ってもいいぞ。コーヒーもあるし」

「いいの？　嬉《うれ》しいな」

　優也はコーヒーをカップに注ぎ、袋を開けてチョコレート菓子を取り出した。口に放り込み、にっこり笑う。あまりおいしそうに食べているので、つられてテルも一つ取った。

　こいつといると、調子が狂う、と思いながら、「別れた奥さんのこと、聞いたよ」とテルは言った。

　優也はうなずいただけだ。誰から聞いたのかと問うことはしない。紀ノ川由希子からだと見当がついているのだろう。優也をエタニティに推薦したのも彼女なのだから。

「僕には関係ないから」優也が言う。

「そうなのか」

「だって、ストーカーに追っかけられて怖くて突き飛ばしたら、運悪く、歩道橋の階段から落っこちて死んじゃったって言うんだから、関係したくてもできないよ」

「その場合、正当防衛になるのかな。それとも過剰防衛？」

「よく分かんないけど、たいした罪にはならないんじゃないかな」

「なら、よかったな。しかし、なぜストーカーに狙《ねら》われるようになったんだろう？」

「週刊誌にも載ってたけど、ストーカーの正体は、ありさが、ありさっていうのが別れた奥さんの名前だけど、派遣社員として仕事をしてた会社の役員だとか。分かんないもんだよね。金も地位もあった人だと思うんだけど」

「本当にその人はストーカーだったのかな」

「さあ。でも、ありさが怯《おび》えてたのは本当なんじゃないかな。怖くて突き落としちゃうくらいなんだから」

改めて優也を見る。穿《は》き古したジーンズに白いTシャツ。椅子《いす》に浅く腰掛けて、チョコレート菓子を頬張《ほおば》っている。邪気のない表情。けれど、優也にはもう一つの顔がある。危険な顔が……。彼の妻は夫から暴力を受けていた。

「立ち入ったことだとは思うけど、別れた奥さんは男に対して普通以上に恐怖心を持ってたんじゃないのかな。お前とのことがあったから。それでストーカー男にも過剰に反応してしまった」

テルは言葉を選んで言ったつもりだったのだが、優也の方は少しも意に介する様子もなく、かもね、とうなずく。

「ありさのアパートを訪ねて行ったとき、そんなふうに感じたことがあった」

「アパートを訪ねたのか。何のために？」

「だって僕、父親なんだよね。千希の」

「娘がいるんだったな」

「そう」

「しかし、奥さんはいやがったんじゃないのか、優也に子供を会わせるの。よく会わせてもらえたな」

「まあね」

優しげな笑み。テルの方が心配になる。

「まさか、別れた後も奥さんに暴力をふるっていたんじゃないだろうな。そうやって言う通りにさせていたとか」

「まさか。そんなことしないよ」と眉《まゆ》を寄せる。唇の端にチョコレートがついていた。

離婚した後も優也につきまとわれていた槙ありさ。彼女が男全般に不信と脅威を感じていたであろうことは想像がつく。久原が親切心からありさのことを心配して近付いてきたのだとしても、彼女にはそれが恐ろしくてならなかっただろう。

気の毒に……。テルは心からありさに同情した。

あーあ、と言って優也が大きく伸びをした。

「何の話かなと思って来てみれば、こんなことかあ」

「やむを得ない事情があったにしろ、別れた奥さんが人を死なせたっていうのは、大変なことだよ。お客さんに知れて、優也の評判に傷がついたら困る。もちろん、エタニティの評判にもだけどね」

優也は軽く笑い、「お客さんには喜ばれると思うけどなあ。こういうワイドショーっぽいネタ、女の人は大好きでしょ」

「まさかお前、お客さんに話したのか」

「今のところはまだ話してないよ」

「話すなよ」

「なんで」

「説明するまでもないだろ。つまんないスキャンダルはないに越したことはないからね」

「そうかな。おもしろい話だと思うけど。世の中の女の人って、好きでもない男につきまとわれたり、嫌がらせを受けたりすることが結構あるみたいなんだよね。おもしろ半分に出会い系にアクセスしてみたら、勘違いした男からものすごいメール攻撃受けまくったって、この間、お客さんが言ってたよ。だからさ、ストーカー男を突き飛ばしたら死んじゃったって話も他人事《ひとごと》じゃないんだよ。話してあげたら、喜ぶと思うけどなあ。僕の別れた奥さんって言うと相手も引いちゃうかもしれないけど、知り合いの知り合いから聞いた話って感じでさ」

「やめとけ」

「つまんないな」

少し考えてから、テルは言った。

「さっきの話だけど。お客さんが出会い系にアクセスしていやな思いをしたっていう。お前の別れた奥さんも、メールのトラブルみたいなことがあったのかな」

「ありさは知らないって言ってるらしいんだけど、死んだ男の家族が妙なことを言い出したみたいなんだよね。男がメールでありさの身の上相談に乗ってやっていたとか。ありさの方も男を信用していたようだった、だから、男を見てストーカーだって怯えるのはおかしいって、言ってるとか。でも、ありさはそんなの知らない、メールのやりとりなんかしたことないって言い張ってるらしいけど。でさ、警察ったら、どういうつもりか知らないけど、僕のことを疑うんだよね。僕がありさのふりをして男とメールのやりとりでもしてたんじゃないのかって。ありさに嫌がらせをするために」

由希子と同じ疑念を、警察も抱《いだ》いたらしい。

「で、どうなんだ？」

「そんな面倒くさいことするわけないよ」

「そうかな。エタニティのブログはまめに書いてるみたいだけど」

「ああ、あれはね」と言って照れたように笑う。

「何か理由があるのかな」

うーん、と言って優也はさらに笑う。

「言えよ。気持ち悪いな」

「言っていいのかなあ。口止めされてるんだけど」

「そう聞くと、かえって知りたくなる」

テルは優也をじっと見つめる。優也はちょっと肩をすくめてから話し出した。

「実はね、あのブログを書くと、オーナーがご褒美をくれるんだ」

「え？」

「テルさんなら分かるよね」

優也は髪に手を差し入れ、前から後ろへとゆっくり動かす。

エタニティのオーナーの藤巻百合は、なかなかのやり手だ。テルも彼女からたくさんのことを教わった。仕事のやり方、そしてもちろん女性の扱い方も。

かつてテルも、優也の言うご褒美をもらったことがある。自分のところのスタッフには手を付けないのが私の自慢なの、と言う一方で、でも、テルは特別よ、などと平気で誘ってきたのだった。今月の指名数はあなたが一番多かったわね、お得意さまがあなたのことをとてもほめてたわ、新しいスタッフを見つけてきてくれてありがとう、そんな言葉とともに食事をごちそうになり、ホテルでともに過ごし、別れるときには小遣いをもらう。私の右腕になってちょうだい。何年か経《た》ったある日、百合はそう言った。そして、それ以前とは比べものにならないほどの小遣いをくれた。

オーナー補佐という立場にある今は、たまに食事に誘われても、もっぱら仕事の話に終始する。そしてそのまま別れる。私も歳《とし》よ、もうそんな気になれないの、と百合は言っていた。それを真に受けたわけではなかったが、百合も少し枯れてきたのかな、と思ったのは事実。なのに、こうして優也から彼女が若いスタッフにご褒美を与え続けていることを知らされると、少なからず動揺した。そしてふいに目の前が曇る気がするのだった。

何度もご褒美をもらいながらテルは、エタニティの立派なスタッフとなって固定客を摑《つか》み、オーナー補佐にまでなった。では、この先は？

テルの後ろには、別のスタッフがつかえているのではないだろうか。私の右腕になってちょうだい。他の誰かに、百合はそう囁《ささや》いているかもしれない。

いつかは独立したいと思っていた。エタニティの支店を任されるのが近道だが、自分の力で店を持てればそれに越したことはない。派遣ホストの店を持つ。社会的に成功を収めている人間から見たら、ささやかな願いかもしれない。けれどテルにとっては、これ以上ないほど大きな夢だった。それを夢のまま終わらせるつもりはなかった。いずれは……と心に決めていた。そしてその時は、テルが思っていた以上に間近に迫っているのかもしれなかった。

「とにかく、別れた奥さんのこと、お客さんには話すなよ。変な噂《うわさ》が立ったら困るから」まとまりをつけるようにテルは言った。

「了解」

「きょうはこの後、仕事だっけ？」

優也は首を横に振る。

「休みの日に呼び出して悪かったな」

いいよ、別に、と優也は笑い、パチンコにでも行こうかなあ、と立ち上がる。

「テルさんは？」

「俺《おれ》は仕事だよ。ランチタイムの予約が入ってるんだ」

「やっぱり、これお客さんへのプレゼントだった？　全部食べちゃったけど」チョコレートショップの袋を指で摘《つま》む。

「別にいいよ」

「きょうのお客さんは若いの？」

「まあね」

予約簿には、マミ、二十五歳と記されていた。

「若いのに、お金持ちなんだ？」

「どうかな」

「いい人だといいね」

優也の言葉にテルは苦笑する。

客との待ち合わせは、表参道のレストラン。

タクシーで向かう途中、テルは電話を一本入れた。相手は小磯だ。

「ああ、テルか」と小磯は言った。

「忙しいところ悪いね。その後どう？　ありさのことで問い合わせがあった？」

「なくはないけど、大丈夫。心配要らないよ」

「問い合わせがあったのは、警察から？」

「うん。ネット上の掲示板に書き込みをしていたありさって女について知りたいってさ」

「それで」

「女の子は無料で自由に書き込みできますから、難しいですね、と答えておいた。書き込みをする際は、匿名が基本だし。このサイトは出会いのきっかけをあげるだけで、その後、当人同士が、プライヴェートなメルアドを教え合ってやりとりしてるかどうかまでは関知しませんからってね」

「よかった」

「心配ないよ。テルのことは言わないから。うちとしても、サクラを雇って女の子のメールを書かせてるなんて表沙汰《おもてざた》にしたくないんだよ。そういうことって、どこかから漏れていくだろ。一度漏れたら、あとは速い。なんだ、あれ、ネカマメールだったのかってバレたら最後、アクセス数が激減する。それは困るからね」

「だよな」

ネット上のありさのメール相手だった『案ずる男』が久原であり、その久原が槙ありさに突き落とされて亡くなったという事実を、たまたま由希子の部屋にいたためにテルは早い時点で知ることができた。そしてすぐに小磯に事情を伝えた。もしかしたら、警察から問い合わせがあるかもしれないよ、と言って。

「悪かったな。小磯にも迷惑をかけて」

「テルのせいじゃないさ。ネカマメールを書いて欲しいって頼んだのはこっちなんだから。責任を感じる必要はないよ」

「責任を感じてるわけじゃないんだけど」

「誰にも知られたくないんだろ。分かってる。俺だってだよ」

実際のところ、テルは警察に知られるくらいはどうということはないと思っている。ありさという女の振りをしてネカマメールを書いていたのは誉《ほ》められたことではないが、別に犯罪ではない。その際、優也の別れた妻をモデルにしたとはいえ、大半はテルの創作だ。ネット上のありさはフィクションの中の女だ。なのに久原は、彼女と槙ありさを勝手に同一視した。女に親しげに近付いて突き飛ばされ、その結果、命を落としたのも自業自得だ。

けれど、もしも由希子が知ったら？　久原が死ぬきっかけを作ったのがテルで、その上、そのことを隠していたのだ。彼女は失望し、怒り、そしてこの先二度とテルを信じたり、頼ったりすることはなくなってしまうだろう。それを考えると、テルはいても立ってもいられなくなる。

「警察も一応調べておくって感じの聞き込みだったよ。突き飛ばした女が、自分がやりましたって認めてるわけだし、男とメールのやりとりがあったかどうかってのは、たいして重要じゃないんじゃないかな。心配すんな」

「そうだな」

「何かあったら知らせるから」と言って、小磯は電話を切った。

電話をポケットにしまい、テルは車のシートに背を預ける。

小磯の言う通りだ。久原の死はすでに解決済み。あとは由希子さえ納得してくれれば、それでいい。

信号を渡った先でとめてくれるようにと運転手に言う。路肩に寄せてタクシーがとまる。料金を払って降り、テルは一つ大きく呼吸をする。待ち合わせのレストランはまだ先だが、気持ちを切り替えるために少し歩きたかった。

いつもなら客に会う前は自宅でイメージ作りに精を出すのだが、きょうは優也と話をするためにオフィスに寄った。その前にはデパートにも。素の自分がまとわりついてくる。早く脱ぎ捨てて、仕事用の『テル』にならなくては。

顎《あご》を引き、背筋をまっすぐにして歩く。全身に緊張感が漲《みなぎ》っていく。


約束の時間より十五分早くレストランに着いたのに、待ち合わせの相手と思われる女性はすでに来ていた。あらかじめ聞いてあった通りの服装をしているから、間違いないだろう。

彼女は奥まった席に座り、テーブルの上で組み合わせた指先に視線を向けている。いや、向けているように見える。実際のところは分からない。彼女はサングラスをかけていた。瘦《や》せぎす、というのは控えめすぎる表現だ。拒食症だろうか。極端に瘦せこけていた。ワンピースの上からも、骨格が浮き上がって見える。

初めて派遣ホストと待ち合わせた場合、そして待ち合わせ場所に先に着いた場合、女性はそわそわと落ち着かなげな様子をしているのが普通だ。やたらに髪に触ったり、きょろきょろ辺りを見回したり、バッグから鏡を出して化粧の具合を確認したり。けれど、彼女の場合は違う。祈るように両手を組み合わせ、少し頭を垂れ、微動だにしない。緊張を通り越している。店の入り口に目をやることもしないので、テルが入って来たことにも気付いていないようだ。

離れたところから彼女の様子を窺《うかが》っているうちに、テルの気持ちは重くなった。

筋張った首。極度に細い指。青白い肌。

病気なのだろうか。それも精神の……？

エタニティは信用を重んじる会員制の高級派遣ホストクラブで、会員からの紹介でのみ顧客の幅を広げてきた。だから、初めてホストを呼ぶ場合も、客の側にはある程度の安心感があるはずだ。しかし、客を選べないホストは？

先ほど優也が、世の女性たちの多くがストーカーやしつこいメールなどいやがらせを受けていると話していたが、男にだってその危険性はある。派遣ホストであればなおさら。おかしな客につきまとわれ、いやがらせを受ける可能性は十分にあるのだ。

だが、いつまでも躊躇《ためら》っているわけにはいかない。思い切ってテルは彼女に歩み寄った。

「こんにちは。テルです。マミさんですか」

ぶるっと身震いして、彼女はテルを見上げた。ブラウンのサングラス。目が合ったと思ったのはほんの一瞬で、彼女はすぐに視線をもとのように自分の指先に向けた。

小さくうなずく。

椅子を引いて、マミの向かい側に座る。

「きょうはどうもありがとう。会えて嬉しいです」テルは明るく言った。

マミは無言でうなずく。ウエイターがテルの前に水の入ったグラスを置き、食前に何かお飲みになりますか、と訊いた。

「どうしますか」

マミに問いかけてみるが、彼女は首を横に振るだけだ。肩の辺りが強《こわ》ばっている。テルは少し考えてからウエイターに向かって言った。

「彼女には少し甘めのカクテルを。僕はグラスのシャンパンを」

勝手に注文をしてもマミは何も言わない。勘定は彼女持ちなのだが、分かっているのだろうかと少し不安になる。

「料理はどうしましょうか」テルは優しく訊いた。

「お任せします」

小さな声。それでも喋《しゃべ》ってくれたことにほっとする。

「食べられないものは？」

「何でもいいです」

何を頼んだところで食べられないから、と言っているように聞こえたが、気にせず注文することにした。前菜、サラダ、パスタを頼み、少しすると食前酒が運ばれてきた。

「乾杯」

テルがグラスを掲げると、マミはあわてて自分のグラスを手に取った。ほんの気持ちばかりグラスを持ち上げ、唇を寄せたが、すぐに下に置いてしまった。一口も飲んでいない。

緊張するにもほどがある。テルは心の中で眉をひそめるが、そんなことは露ほども表さない。いつも通りのにこやかさである。

「マミさん」

「はいっ」今度は妙に甲高《かんだか》い返事。

彼女の体が小刻みに震えているのを見て、テルは思い切って手を伸ばした。気持ちを解きほぐすためには、ぐっと踏み込んでいかなければいけないと思ったのだ。テーブルの上で組み合わされていた彼女の手をそっと握る。ひっという声がマミの喉《のど》の奥から漏れた。と思ったら、テルの手は弾《はじ》き飛《と》ばされていた。飛ばされたのは手だけではない。カクテルグラスも床に飛んだ。高く耳障りな音が響く。店中の視線が集まり、ウエイターが飛んできた。マミは体を縮こまらせて震えている。

「申し訳ない。片付けてもらえますか。それから代わりの飲み物を」テルは落ち着いて言った。

ウエイターが箒《ほうき》とちりとりを持ってきた。マミは邪魔にならないように、わきに避《よ》けている。割れたグラスが瞬《また》く間に片付けられていく。

手を握られて驚いた？　それにしても彼女の反応は過剰だ。驚いたというより、怯えている。派遣ホストを呼ぶ女とは思えない。いったいどういうことだろう。テルは心の中でしきりに首をひねる。

代わりの飲み物が用意され、マミの前に置かれた。

「驚かせてごめん」と詫《わ》びてから、意図して口調を親しげなものに変える。「でも、心配しないで。僕はあなたのいやがることは絶対にしないから。怖がらないで。ね？」

マミが顔を上げた。

「約束するよ。絶対にあなたのいやがることはしない」

マミがかすかにうなずく。

「せっかくこうして会っているんだから、楽しんだ方が得だよ」

マミは黙ったまま唇を擦り合わせる。

「僕があなたの本当の恋人ならいいけど、あいにくそうじゃない。一緒にいられる時間が限られている上、金がかかる。それもあなたの金だ」声をひそめて言う。「僕にはあなたを楽しませる義務がある」

「義務？」

「そう。義務だよ。そしてあなたには楽しむ権利がある。義務と権利。嫌な言葉かもしれないけど、割り切った方が楽に楽しめる場合もある」

ほんの少しマミの表情がやわらいだ。ここぞとばかりにテルは言葉を継ぐ。

「マミさん、頼みがあるんだけど」

問いかけるように、マミがほんの少し首を傾《かし》げた。

「そのサングラス、取ってもらえないかな」

サングラスのフレームに手をやり、マミはしばらく迷うようにじっとしていた。やがて、サングラスをそっと外し、テルに目を向けた。二重瞼《ふたえまぶた》の美しい目だったが、左目の焦点が合っていない。

食前酒のグラスを手に取ったときの様子や、割れたグラスを避けて椅子を引いたときの動作などから目が悪いわけではなさそうだと思ったのだが、早計だったようだ。

「ごめん」

「いいんです。私もサングラスを外した方が見やすいので」マミが消え入りそうな声で言う。「お店の中でサングラスをしたままっていうのも、不作法だなと気になっていましたし」

「ああ、よかった。マミさんが普通に喋ってくれるようになって」

マミが微《かす》かに笑う。弱々しいけれど、どこか皮肉めいた笑み。その笑みがテルの記憶を刺激した。

どこかで見たような気がする。似たような笑みを。

マミを見つめながら考える。

焦点の合っていない左目。極端に痩せ細った身体《からだ》。度を越して緊張した様子。テルが手を握ったときのあの反応。テルを指名しておきながら、派遣ホストとの逢瀬《おうせ》を楽しんでいるようには少しも見えないこと。痛ましくなるほど場違いな感じ。

ふいに一人の女性が脳裏をよぎった。由希子の部屋を突然訪ねてきた久原の妻。

その場にいたテルを由希子の恋人だと勘違いして、恋人が一緒の方がよろしいんじゃありませんか、と皮肉っぽいせりふを口にした。そして、ひきつった笑みを浮かべたのだ。

同時に、由希子から聞いた話を思い出した。久原はありさに娘を重ね合わせていたのだと。久原の娘は、夫の暴力が原因で左目の視力のほとんどを失い、精神的に不安定になっていると言っていた。

マミを見つめたまま言った。

「もしかして、あなたは久原マミさんじゃないのかな」

その瞬間、マミの全身から強ばりがすうっと抜けていった。

「やっぱり、そうなんだね。でもどうして」

すぐにはマミは答えなかった。

前菜が運ばれてきたので、テルは手際よくそれを二人分に分ける。

「ありがとう」先ほどよりずっと落ち着いた様子でマミは言った。

「なるほど。思い出したよ。僕はあなたのお母さんに名刺を渡したんだった。それを見たんだね？」

「はい」

「でも、なぜ」

「どうしても確かめたいことがあって。母は紀ノ川さんに丸め込まれてしまって、頼りになりません。それで私が」

「僕に会いにきた？」

「ええ。人目のあるところでこうして会ってれば、危険なことはないと思ったんです」

まるでテルが殺人犯か何かででもあるかのようなことを言う。けれど、それも無理はなかった。彼女にとって男と会うということは、非常に勇気の要ることなのだろうから。

「でも、こんなに簡単に見破られてしまうなんて」マミがつぶやく。

軽く笑って応じてから、テルは手振りで料理を勧めた。

「おいしそうだよ。少し食べた方がいい」

「皆がそう言います。少しでいいから食べろって。父もそうでした。私の顔を見ると、ちゃんと食べてるか、ってそればかり」

「あなたのことを心配してらしたんだね」

「ええ」

前菜のアスパラガスをマミはゆっくりと咀嚼《そしやく》する。

「私のせいなんでしょうか」ぱっと顔を上げるなり、マミが言った。声が震えていた。彼女がこんなに無理をしてまで会いにきた理由を、テルは突然、理解した。彼女は父親を死に追いやった責任が自分にあると思い込んでいる。

「マミさん、あなたのせいじゃないよ。おそらく悲しい偶然が重なっただけ」

涙のにじむ目でテルを見つめながら、マミが訊く。

「テルさんは父が死んだことについて、どの程度知ってるんですか」

「週刊誌に出ていた程度かな。あと、紀ノ川さんからも少しは聞いてる」

「じゃあ、知っているんでしょう？　父があの女、ありさとかいう女に会いに行ったのは、私を彼女に重ねていたからなんですよ。ありさは私と同い歳。夫から暴力を受けていたのも同じ」

「そうだったとしても、あなたのせいじゃない」

「それじゃあ、紀ノ川由希子さんのせいですか」

「なんでそこで紀ノ川さんが出てくるのかな」

「テルさんは紀ノ川さんと親しいんでしょう？」テルの問いかけには答えず、マミは自分の訊きたいことを訊いてくる。

「親しいと言ったって、紀ノ川さんはあくまでお客さんだから」

「紀ノ川さんってどういう人ですか」

「いいお客さんだよ」

「そうじゃなくて、女性としてどういう人ですか」

「お客さんのことを軽々しく話題にはできないよ」

マミはいらだたしげに指を組んだりほどいたりする。

「父がありさに夢中になっているのを知って、紀ノ川さんは嫉妬《しっと》し、殺したいほど父を憎んだ。また、ありさが父の好意を迷惑に感じていると知り、紀ノ川さんはそれを利用することを思いつく。大金で釣るか何かしてありさに父を殺させる。陰で糸を引いていたのは紀ノ川さんだっていうのが、母と私の推論だったんです。なのに母ったら」一気に言い、マミは苦しげに息をついた。

「紀ノ川さんに丸め込まれた？　さっきそう言ったよね」

「ええ。母が紀ノ川さんのマンションを訪ねたとき、あなたも一緒にいたんでしょう？」

テルがうなずく。

「あなたと紀ノ川さんの親密な様子を見たせいだと思うんです。紀ノ川さんは父を殺したいと思い詰めるような人じゃないかもしれないって母が言い出して」

「その辺りのことはよくわからないけど、とにかく、紀ノ川さんを疑うのはおかしいよ。久原氏が亡くなって、彼女は大変なショックを受けている。食事も喉を通らないほどでね、だから僕が一緒に食事に出かけて、食べろ食べろと言っているんだよ」

「自分のしたことの重大さが今になって分かって、ショックを受けているのかも」

「まさか」

「テルさん、今まで紀ノ川さんが父を恨んだり、憎んだりしているように感じたことはありませんか」

「思い当たることはないね」

「本当に？」マミが食い下がる。「あなたにだったら、紀ノ川さんも心の中を打ち明けることだってあるんじゃないですか」

「たとえそういうことがあったとしても、他の人に話すわけにはいかないよ」

「そういうことがあったんですか。やっぱり！」

「たとえば、の話だよ。少し落ち着いて」

いい加減にしてくれ、と言いたかった。久原の妻にしろ、娘にしろ、夫、もしくは父親がストーカーだったと信じたくない気持ちは分かる。分かりはするが、そこでなぜ由希子を疑うのか。自分が突き落としたとありさが認めているのだから、もうそれでいいではないか。これ以上つつき回されるのは迷惑だった。

「マミさんがお父さんの無念を晴らしたいと思う気持ちは分かるけど、警察に任せた方がいいんじゃないかな」テルは穏やかに言った。

「警察なんて、もうこの件は落着って感じですよ。全然、筋が通らないのに。父とメル友のようだったありさが、父のことをストーカー呼ばわりするなんて！　何か裏があるんです」

マミの瞳《ひとみ》がぎらつく。その瞳を見つめながら、テルは考える。

久原が死んだあの晩の由希子の様子。久原を探しに行くと言ってマンションを出、ありさのアパートに向かった。結局、久原にもありさにも会えなかったと言って、ぐったりした様子で戻ってきた。そして翌朝、警察から電話がかかってきたのだ。

あのときの由希子はまさに嫉妬に翻弄《ほんろう》されていた。久原にもありさにも会えなかったという言葉をテルは信じたし、今も疑っているわけではない。が、マミは違う。もしもこのことを伝えたら、やはり由希子が一枚嚙《か》んでいるのだと確信を深めるだろう。

警察が調べてくれないとなったら、マスコミに訴えようとするかもしれない。由希子は面倒な立場に立たされる。

パスタが運ばれてきたので、取り分けてマミに勧める。うなずきはしたものの、彼女が食べようとする気配はない。あらぬところを睨《にら》みつけている。左目の焦点が合っていないせいで、よけいに必死さが滲《にじ》む。

「紀ノ川さんは長い間、父の愛人だった。そして、槙ありさは紀ノ川さんの会社ミネルバの派遣スタッフだったんですよ。父はその槙ありさに殺された。これが偶然でしょうか」マミがつぶやいた。

「偶然だろうね」

テルがあっさり決めつけると、マミは呆気《あっけ》にとられたような顔になった。その瞳に涙が滲んでいるのに気付いてテルはあわてる。

「ごめん。あなたを傷つけるつもりはなかった」

「いいんです。分かってます。私、バカみたいですよね。何もできなくて」

「バカみたいなんてことはないよ。お父さんのために一生懸命なのが、痛いほど伝わってくる」

違うんです、と言ってマミは激しく首を振る。

「一生懸命だったのは、父の方なんです。父が亡くなって、ますますそのことが実感されて。つらくて」

涙が頰を伝う。テルがハンカチを差し出すと、それを断ってマミはバッグから自分のハンカチを取り出して涙を拭《ぬぐ》った。

「少し食べよう。マミさんがきちんと食事をすれば、亡くなったお父さんも安心すると思うよ」

マミは小さくうなずき、フォークを手に取った。ラビオリを一つ口に運ぶ。嚙んで吞《の》み込む、というか、飲み下すまでにかなり時間がかかる。見ている方まで食べる気力が失《う》せていきそうになるのだが、テルは自分を奮い立たせて元気よく食べる。

「この先、私が一人になったとしても、不自由なく生きていけるようにって父は考えていてくれたんです」咀嚼を終えたマミが、ぽんと言葉を置くように言った。

「経済的にってことかな。父親だったら、って言うか、男だったら当然考えることだと思うけど」

「そうでしょうか。私を受取人にして生命保険に入っていて。私が離婚して家に戻ってから新しく加入していたんです。母も知らなかった。父が亡くなって、家の中を整理していて分かったんです」

「そうなんだ」

「自分が情けない。いい歳をして父にそこまで心配させて」

「そんなふうに思う必要はないんじゃないかな。お父さんはマミさんのことを本当に大事に思っていた。それだけのことだよ」

「だから、私も父のためにできるだけのことをしなくちゃって思うんです」

テルはしばし考える。

マミがテルに会おうと決めたときにかき集めた勇気。久原の父親としての愛情。マミが由希子に対して抱いている疑惑。そして今、テル自身が置かれている立場。

「マミさんが望むなら」とテルは言った。

マミがはっとしたように顔を上げる。

「紀ノ川さんにそれとなく探りを入れてみてもいい」

「え？」

「久原さんに対してどんな気持ちを抱いていたのか。槙ありさと紀ノ川さんが結託した可能性があるのかどうか。僕なら、聞き出すことができるかもしれない」

「いいんですか」

テルはしっかりとうなずいた。

「今の僕のヒロインはマミさんだから。あなたの願いを聞かないわけにはいかないよ。その代わり」

「何ですか」

「また僕を指名してくれるかな」

なんだ、そんなこと、と言いたげにマミはゆったりと微笑んだ。

「もちろんです。テルさんをまた指名します」

「約束だよ」

テルは腕を伸ばして、そっとマミの小指に自分の小指を絡ませた。今度は振り払おうとはしない。ほんの少し震えてはいるものの、マミはそのままでいた。


取引先との会食の予定が入っているから、今夜は付き合ってくれなくても大丈夫、と由希子から言われていたのに、テルは由希子のマンションに来ていた。いつもなら、花束や甘い菓子など、何かしら由希子が喜びそうなものを持ってくるのだが、きょうは手ぶら。


ここのところの由希子の精神状態と体調から推して、帰宅するのが夜十一時より遅くなることはないだろうと思った。当たったようで、十一時ちょうどにインターフォンを鳴らすと、すぐに返事があった。

「テルです」

あら、と驚いた声を上げたが、すぐに施錠を解いてくれた。慣れた足取りで由希子の部屋のある最上階まで行く。

「どうしたのよ」テルの顔を見るなり、由希子が訊く。

「心配だったから顔を見にきた。ここのところ、毎晩、由希子さんと夕飯一緒に食べてたから、別々だと物足りないんだ。疲れてる？　迷惑だったら帰るけど」

由希子はちょっと笑い、どうぞ上がって、とテルを部屋に招じ入れた。

「それに報告したいこともあったから」

靴を脱ぎながらテルが言うと、由希子の表情に緊張が走る。

「優也のこと、何か分かったの？」

「それもあるし。もう一つ、話しておきたいこともあったし」

「何？」

うん、とうなずき、「何か飲もうよ」とサイドボードに歩み寄る。

「気を持たせるのね」

「そういうわけじゃないけどね。バーボンでいい？」

由希子がうなずく。テルは手早く酒を作る。

「まずは優也だけど。別れた奥さんが久原氏を死なせてしまったという今の事態にも、全く動揺していない。我関せずって感じだな。幼い娘が今どうしているかって心配している様子もなかったし」

「薄情ね」

「しかし、優也は別れた後も、ありさのアパートを訪ねたことがあったようなんだ。未練があったのかもしれない。薄情な態度は、見せかけなのかも」

「なるほど。そういうふうにも考えられるわね。彼がありさになりすまして、久原とメールのやりとりをしていた可能性についてはどうなの？」

「それは警察も念頭に置いて捜査しているらしいよ。本人は、そんな面倒なことをやるわけがないって言ってるけどね。これを見て」

テルはプリントアウトした優也のブログを差し出した。

ざっと目を走らせ、「若い子が一生懸命書いた文章って感じね。文才があるって感じじゃないけど、すらすら読める。でも、女の子になりすまして、久原を欺くようなメールが書けるのかどうか」

「そうなんだよね。その辺の判断が難しい。ただ、優也はまめにブログを更新していた。文章を書くことに抵抗はないのかもしれないね。依然として可能性は残るってところかな。ねえ、由希子さん、この件については警察も動いているんだから、任せておいてもいいんじゃないかな。下手《へた》に素人が動くよりも」

「久原の奥さんは、警察は当てにできないって言ってたのよ」

「そうだとしても、できるだけのことはしたんだし。それより、俺は由希子さんのことが心配だよ」

「私？」

「うん。実は、久原氏の娘が俺に会いにきた」酒を一口飲んでから言う。

「え」

「きょう、初めての客から指名が入ったんだ。行ってみたら、彼女だった」

「どうして分かったの？　自分から久原の娘だって名乗ったの？」

「いや。話しているうちに分かった」

「でも、なぜテルに会いにきたの？」

その疑問にテルは答えなかった。黙って見返しただけだ。

「まさか私？」由希子が自分の鼻に人さし指を向ける。

「そのまさかなんだ。由希子さんについての情報を俺から引き出したかったらしい。母親は簡単に由希子さんに丸め込まれて頼りにならないって言ってたよ」

「そんな……」

「マミっていう娘にも同情すべき点はあるんだよ。久原氏が亡くなったことについて責任を感じている」

「久原がありささんとお嬢さんを重ね合わせていたから？」

「そう」

グラスを掌《てのひら》にのせたまま、由希子は黙り込んでしまった。

「由希子さんが久原氏の死に絡んでいないってことは、俺からも話しておいた。いずれ彼女も分かってくれるとは思う。しかし、今はひどく思い詰めているようでね、聞く耳を持たないっていうかさ。精神的にも不安定な感じだったし。由希子さん、気をつけてよ」

「気をつけてって？」

「逆恨みっていうのかな」

「私に危害を加えるかもしれないって言うの？」

「そういう恐れがないわけじゃない。俺は心配なんだ。あまり深入りすると、由希子さんが困った立場に追い込まれるかもしれないよ。由希子さんは経営者なんだから、スキャンダルは厳禁でしょう」

「テル」

「久原さんのことは忘れた方がいい。忘れなくちゃだめだ。もうあの人はいないんだよ。由希子さんがいつまでもあの人のことを引きずっていると、それがよけいに彼の家族の気持ちを逆撫《さかな》でする。ろくなことにならない。もうやめた方がいい」

テルは由希子の手からグラスを取り上げ、テーブルに置いた。大理石のテーブル。テルにとっては馴染《なじ》みのある不規則な模様。

何度この部屋を訪れただろう。どれほどの時間を由希子とともに過ごしただろう。

そうやって由希子との間に築いてきた大切な何か……。

「由希子さん、俺、こんなふうに呼ばれてもいないのにお客さんの家を訪ねたのって、きょうが初めてなんだ」

由希子は黙ってテルの言葉を聞いている。

「俺は単なるホストだよ。それはよく分かってる。だけど、由希子さんのことをただの客だって割り切ることができないんだ」一息に言ってから、心配なんだよ、と低く言い添えた。

由希子はそっとテルの首に腕を回した。テルも由希子の背に回した手に力を込めることで、それに応《こた》える。

「ありがとう。テルがいてくれてよかった。本当にそう思う」

「何かあったら俺に言ってよ。心細かったらいつでも呼んで」

「分かったわ」

由希子の髪に指を差し入れる。髪を洗ってから、まだあまり時間が経っていないのだろう。乾ききっていない。

「髪、ブローしてあげようか」

テルが言うと、由希子がにっこりと笑ってうなずいた。

第8章

由希子は今、一日の仕事を終えて社長室にいる。幸いなことに新しいプロジェクトは順調に進んでいる。『癒《いや》し系』産業への人材派遣という分野で主導権を握ることができれば、『ミネルバ』の強みになるだろう。責任者に抜擢《ばってき》した松永も張り切っている。

けれど、仕事がうまくいけばいくほど空《むな》しさに襲われてしまう。一緒に喜んでくれる久原はもういない。

金曜の夜。これまでだったら、久原とどこかで食事をしてから、由希子の部屋でゆっくり過ごした。だが、今夜は一人。テルに来てもらおうと思ったのだが、泊まりがけの仕事で名古屋に行くのだと言う。

「ごめん。由希子さん。いつでも呼んでくれって言ったのに」テルは電話で、心底申し訳なさそうに言った。

「いいのよ。テルは私だけのものじゃないもの」

嫌味で言ったつもりはないのに、珍しくテルが黙り込んだ。由希子の方があわてて、

「ごめん。怒ったの？」と訊《き》いてしまった。

「まさか、怒るわけがないよ。ただ、分かって欲しいんだ。俺《おれ》は由希子さんのことを一番大事に思ってるんだよ」

テルはホストなのだから、それもそれなりに経験を積んだホストなのだから、女を喜ばせる言葉を胸の中に山ほど持っているに違いない。それでも由希子は嬉《うれ》しかった。久原が亡くなって以来、こちらが頼んだときはもちろん、それ以外のときも常にテルは由希子のことを気にかけ、寄り添っていてくれる。そのおかげで、どれだけ救われたか知れない。

「土日はどうするの？」テルが訊いた。

「家でゆっくりするわ。部屋の片付けでもして」

「それがいいよ。ここのところ、由希子さん、ぴんと張った糸みたいだったからね。名古屋から帰ったら、連絡するね」

「待ってるわ」

「何かうまいもの買ってくるよ」と言ってテルは電話を切った。

テルには家でゆっくりすると言ったものの、やはりこのままにしておくわけにはいかなかった。久原の妻や娘に疑惑を持たれていると知りながら、平気な顔をしていら

れるはずがない。

彼女たちの気持ちは痛いほど分かる。久原がストーカーだったなどと由希子だって信じているわけではなかった。何としてでも、彼の汚名をそそぎたい。

久原の妻がメモしておいた、ありさと久原のメールのやりとり。その中の不自然な箇所を読み返すたび、ネット上のありさは由希子の知っている槙ありさとは別人だとの思いを強くする。優也のいやがらせだったと考えた方が、すんなり納得できる。そして、それこそがすべての元凶に思えるのだ。

金子優也。あの男のことを知りたい。

客として、派遣ホストのユウヤを呼ぶというアイデアはテルに却下されてしまった。冷静になってみると、優也と直接相対したところでたいしたことは聞き出せないというのはよく分かる。別の角度からアプローチしてみる必要がある。

優也からいやがらせを受けたときに、ありさが相談しそうな相手。

由希子はパソコンに向かい、必要なパスワードを打ち込んで、人事ファイルにアクセスした。槙ありさのファイルはまだ残っている。現住所、生年月日、略歴。身元保証人の欄に、槙光子《みつこ》という名と、続柄として母と記されている。

槙光子。栃木県宇都宮市在住。

ありさの母親なら、自分の娘のかつての夫がどんな男だったのかをある程度は知っているに違いない。そして、おそらくありさの三歳になる娘も、祖母のもとにいるのだろう。

由希子は住所を手帳に書き写した。

天気がいい。それだけで救われた気持ちになる。雨でも降っていようものなら、ありさの母親を訪ねるのをやめてしまうかもしれない。それは、どこかに躊躇《ちゅうちょ》する気持ちがあるからだ。愛人という立場にあった自分が、久原の死について調べるのは許されることなのかどうか……、と。

けれど、この日の光。今は許容のサインだと思うことにしよう。

由希子はジーンズにコートを羽織って家を出た。東京駅まで行き、東北新幹線に乗った。およそ一時間で宇都宮に着く。

思っていた以上に大きな街である。駅前にはデパートが建ち並んでいる。タクシーに乗り、所番地を告げる。繁華街を過ぎ、車はさらに進んで行く。

「この辺りのはずですが」

交差点を渡ったところで、運転手が言う。

料金を支払って車を降りた。

昨夜、帰りがけに本屋で買っておいた区分地図を見ながら、道を辿《たど》る。しばらく行ったり来たりして、メモにある番地を見つけた。一階がカラオケスナックになった単身者用らしきマンションである。

　２０１号室は二階の角部屋だった。表札に『槙』とあるのを確かめる。午前十一時半。訪ねるのに早すぎるということはないだろう。

　ドアフォンを鳴らすと、部屋の中でばたばた駆け回っているような足音と、子供の声が聞こえた。が、ドアの開く気配はない。もう一度鳴らす。またも子供の声。今度は、ばあちゃん、起きて、と言うのがはっきりと聞こえた。どうやら光子は寝ているようだ。

「ごめんください」

　ドアフォンを鳴らすのをやめて、呼びかけてみる。

「ごめんください。すみません」

　しばらくして、ようやく施錠の解かれる音がした。着古したコットンの上衣《うわぎ》にスパッツという格好の痩《や》せた女性が顔を出す。五十代だろうか。髪が乱れ、顔色が悪かった。

「どちらさん？」と問いかける息に、アルコールのにおいが混じる。

　由希子は名刺を渡した。

「紀ノ川と申します。ありささんはうちの会社の派遣スタッフでした」

「ええっと、社長さん？」

名刺と由希子を見比べて、光子はちょっと驚いた顔をする。

「はい。社長をしております。事件と言えばいいのか、それとも事故と言うべきなのかよく分からないんですが、ありささんが男性を突き落としてしまった件につきましては、ご心痛、お察し致します。ご存じかもしれませんが、亡くなった久原さんは、うちの社の取引先の方でした」

「それで？」

「少しお話ししたいことがございまして」

「そうですか。上がってもらいたいんですけど、散らかってて。ちょっと待ってて頂けます？　着替えてきますから」

そう言って光子はドアを閉めた。ばあちゃん、だあれ？　と問いかける子供の声が聞こえてくる。

「いいから、ほら、どいて」というのが光子の返事だった。

ドアの外で待っていると、ラメの混じった薄紫色のニットと同系色のスカートに着替えた光子が出てきた。髪をとかし、薄く口紅を塗っている。

「店に行きましょう」短く言って、階下を指差した。「千希、おいで」

呼びかけると、小さな女の子がサンダルを履いて走り出てきた。大人用のサンダルをつっかけているので、つま先が前に飛び出している。

エレベーターが八階に止まっていたので、わざわざ呼ぶこともないだろうと思い、階段を使おうとすると、「ダメー」と中高《かんだか》い声がした。

驚いて由希子は立ち止まる。振り返ると、光子が苦笑して言った。

「あれ以来、千希は階段が怖いみたいで」

エレベーターのボタンを押し、二階に止まるのを待って乗り込む。一階でドアが開いた途端、千希が走り出してしまう。反射的に由希子は後を追ったが、思いの外、千希の足は速い。道路はすぐ目の前だ。

「千希ちゃん、待って」

名前を呼ばれて驚いたのか、千希は立ち止まり、きょとんとした顔で由希子を見た。

「車が来るかもしれないでしょ。飛び出したら、危ないわよ」

優しく言ったつもりだったのに、叱《しか》られたと思ったのだろうか、千希の顔がみるみる歪《ゆが》んだ。由希子はあわてて、千希の気を紛らわせるものが何かないかとバッグの中をかきまわす。ちょっとした菓子でも買ってくるんだったと思ったが、今さらどうにもならない。

「千希。何やってんの。店に行くよ」

光子は孫娘のべそかき顔を気に留める様子もなく、スナックの鍵《かぎ》を開けた。ドアが開くと、たった今まで泣き出しそうだった千希は、さっと顔を上げ、店に入っていく。

「どうぞ。入って」と光子が由希子に声をかけてくる。

こぢんまりとしたスナックである。カウンター席の他にテーブルが三つ。光子はテーブルに重ねてあった椅子《いす》をおろし、座るようにと勧めた。千希は慣れた様子で厨《ちゅう》房《ぼう》に入り、紙パックに入ったリンゴジュースを持って戻ってきた。カウンターのスツールによじのぼり、ジュースを飲み始める。

「ここは？」店の中を見回すようにしながら由希子が訊いた。

「ここで雇われママをしてるんですよ。なんか飲みます？」

別にほしくはなかったが、いらないと言うのもかえって失礼なような気がして、お茶をいただけますか、と言った。うなずいて光子は厨房に入り、ペットボトルに入った麦茶を持ってきてくれた。

「それで、何でしたっけ？　わざわざこんなところまで訪ねてくれたのは」

「ありささんは、まだうちの会社に派遣スタッフとして登録されたままなんです。登録を消すには、ご本人の承諾が必要です。それが無理な場合には、保証人様に確認しています」

「まあ、あんなことになったわけですから、登録は消しちゃってかまわないと思いますけどね。本人に確認するまでもないでしょう」

言いながら、光子が不思議そうな顔で由希子を見る。

「用事はそれだけ？」

「え？　いえ」

自分でも要領を得ない返事をしていると思う。回りくどいことをしていても仕方がない。

「実は教えていただきたいことがありまして」と切り出した。

ジュースを飲み終わった千希は、店の中をぐるぐる歩き回ってから、ドアを開けて表に出ていった。光子は止めようともしない。

「いいんですか」由希子が訊いた。

「え？」

「千希ちゃん、一人で外に出て行ったら、危ないわ」

「遠くにはいかないでしょ。そこら辺で遊んでいるだけですから、平気ですよ。で、何ですか。訊きたいことって？」

「ありささんの以前の夫の金子優也さんのことです」

「なんでまた、あの男のことが知りたいんですか」

「今回の件は、ありささんが男性に対して強い不信感や恐怖心を持っていたせいで起きたのだと思います。金子優也さんとの結婚生活がどんなふうだったか、客観的な証言があれば、ありささんの情状酌量のための材料になると思うんです」

「あなた、紀ノ川さんでしたっけ？　ありさの罪を軽くしてくれようとしているんですか」

実際はもう少し入り組んだ事情があったが、それを光子に説明する必要はないだろうと思い、うなずくだけにとどめておいた。

「お気持ちはありがたいんですけど、でもね、ありさはストーカーから子供と自分の身を守ろうとしただけなんですから、もともとたいした罪にはならないはずなんですよ」

「おっしゃる通りだとは思いますが、もしもの場合のためにありささんにとって、有利になる事実を集めておいた方がいいんじゃないかと。うちの社のスタッフと取引先の方との間で起きたことですから、私としては傍観しているわけにはいきません。優也さんとの関係について教えてください」

「そう言われてもね、たいして知らないんですよね。千希が生まれたときにありさの住んでいたアパートに行って、優也と顔を合わせたことはありますけど。ありさの言う通り、みとれてしまうようなきれいな男の子でしたねえ。ちょっと頼りなげな感じはしたけど、それもまた良かったのかな。ありさは面食いなのよね。私に似たのかしら」と言って笑う。「赤ん坊の泣き声がうるさかったんでしょうね、優也は出かけていることが多いみたいだったわね。もっぱらパチンコ。けっこう金になるんだよね、なんて言ってたようでしたよ。あの頃の優也は親から仕送りをもらっていたんだと思いますよ。だから、仕事っていってもたいしたことはしてなかったんじゃないの。ときどきバイトしてるってありさは言ってたけど」

「ありささんに暴力をふるったことは？」

「なかったと思いますけど。少なくとも私は知りませんでしたね。ありさも何も言わなかったし。だから、優也の借金と暴力が原因で離婚したって聞いたときはびっくりしてね。生活保護を受けることになったって言うから、よけいに」

「ありささんは、ご実家に帰ってこようとは思わなかったんでしょうか」

「こっちに戻ってきたいとは言ってなかったですねえ。戻ってきても、居場所がないの、分かってたんじゃないの？　私も、ありさと千希の面倒をみてやれるほど余裕のある生活をしてるわけじゃないし」

光子は少し考えてから付け足した。

「生活保護の審査のとき、私のところにも扶養照会っていうのがあったんですよ。生活費の援助をしてやれないかって」

うなずいて先を促す。

「どうしようか迷ったんですよ。娘と孫のために援助もしてやれないなんて、情けないし、あんまり薄情だしね。無理すればなんとかならないわけでもなかったし。でも、ありさが電話をかけてきて、そんなの断っちゃっていいから、って言ったんですよ。お母さんに迷惑をかけたくないって。自分の力で頑張るからって」

そしてその言葉通り、ありさは自分の力で頑張ろうとしていたのだ。それをぶちこわしにしたのは、優也だった。

「親が離婚してると、子供もやっぱり離婚しちゃうものなんですかねえ」と光子がつぶやく。「ありさが高校を卒業した頃に、私も離婚したんですよ。あの子、家庭に縁がないのかもしれない」

そんなことありませんよ、と言おうとしてやめた。母親の言うことは、もしかしたら当たっているのかもしれないのだ。

「ありさは父親っ子でしたからねえ。昔から私にはあんまり相談事や頼み事をしない質《たち》だったの。だから、今回のことがあるまで、あの子がそんなに追いつめられていたなんて知らなかったんですよねえ」

「じゃあ、お父様に相談していたんでしょうか」

「それはないと思いますよ。ありさの父親は、今はもう別の家庭を持ってますからね。ありさにも遠慮があったでしょう。ただ、福祉事務所からは父親の方にも扶養照会がいったかもしれませんね。だったとしても、ありさは父親にも、そんなの断ってくれって言ったんでしょう」

ありさにとって、両親を頼るという選択肢はなかったらしい。

「私にとっては優也と結婚したのも突然だったし、別れたのも突然だったんですよ。あれよあれよという間の出来事って感じ。でもまあ、パチンコ屋で知り合ったような男と、落ち着いた家庭が築けるとは思えないですけどね」

「優也さんとありささんは、パチンコ屋で知り合ったんですか」

「そう聞きましたよ。ありさの方がべた惚《ぼ》れって感じだったのよね」

ドアに物の当たる音がした。千希に何かあったのではないかと思い、由希子はあわてて席を立った。ドアを開けてみると、千希は、野良猫よけのペットボトルを五本集めて一列に並べて遊んでいた。そのうちの一本が倒れてドアに当たったらしい。

「千希、何やってるの」

光子が声をかけるが、千希は知らん顔だ。重たいだろうに、水の入ったペットボトルを抱えて、今度は積み上げようとしている。

「中に入ったら？」

優しく促したつもりだったが、由希子のその声も千希は無視する。

「放っておいてくださいよ。飽きたらそのうち入ってくるでしょうから」光子が言う。

「なんだかねえ、千希ったら、あんまり喋《しゃべ》らないんですよね。といっても、私は今まであんまり千希と一緒にいたことがなかったから、普段がどんなふうだったか分からないんだけど。でも、電話したときなんかはよく喋っていましたからね。子供とはいえ、ショックだったんでしょうね。どこまで分かってるのか知らないけど、人が死ぬ場面に居合わせたわけだし。その後、母親と引き離されたんだしね」

「そうですね」

「夜泣きが激しいんですよ。夜中にむっくり起き上がって、大声で泣くの。ママ、行っちゃやだ、って言ってね」

千希の気持ちを思うと、胸が詰まった。無邪気に遊んでいるように見えるが、小さな胸は不安と悲しみでいっぱいなのだろう。

「千希ちゃんは何か言っていますか。あの晩のこと」

「あの晩って、久原って人が死んだ夜のこと？」

「ええ」

光子はゆるゆると首を横に振る。

「千希は何も言いませんよ。私だって訊きません。思い出させたらかわいそうなんでね。あの子は一人で黙々と遊んでいるだけなの。ただね、ときどき保育園のお友達のことなんかは話しますけど。一緒に遊びたいってね」

光子に会って得られたものはあまりなかったが、ありさが生活保護を受けていた事実を思い出したことで、彼女の普段の生活を知っているかもしれない人物に心当たりができた。福祉事務所のケースワーカー。定期的に生活保護受給家庭を訪問し、相談に乗ったり、アドバイスをするのが仕事だと、格差社会について論じた週刊誌の記事で読んだことがある。

月曜日、出社するとすぐに由希子は人事部に電話をかけた。電話を受けた社員に槙ありさの住所を伝え、担当する福祉事務所の所在地を調べて欲しいと言った。できたら、槙ありさの担当ケースワーカーの名前が分かるとありがたい、と付け加えて。

思った以上に早く折り返し連絡があった。福祉事務所の住所と電話番号、そして佐倉というケースワーカーの名前を伝えてきた。

「佐倉さんね？」

由希子が確認すると、「はい。佐倉さんは、きょうの午後なら福祉事務所にいらっしゃるそうですよ」

「ありがとう。助かったわ」

「お役に立ててよかったです」

「あと、もう一つお願い。槙ありさの履歴書を持ってきてもらえる？」

「分かりました」

ことにした。

一時から打ち合わせが一つ入っているが、その後は空いている。福祉事務所を訪ねる

自社の人間の有能さに満足しながら電話を切り、由希子は午後の予定を確認する。

「よろしくね」

あらかじめ電話で用件を伝えてあったので、福祉事務所の受付で名前を告げるとすぐに佐倉を呼んでくれた。槙ありささんのことでお話を伺いたいのですがと改めて言う。佐倉は、じゃあ、近くの喫茶店で、と快く応じてくれた。

佐倉は五十代と思《おぼ》しき女性だった。丸みを帯びた体。身につけているパンツとブラウスは、地味という以外は取り立てて特徴のないものである。化粧っ気のない顔。どこにでもいるおばちゃんといった風情《ふぜい》だが、人と相対したときのその真剣な瞳《ひとみ》が、彼女が仕事熱心なケースワーカーであることを伝えてくる。

久原と由希子自身の関係は伏せて、光子に伝えたのと同じように、ありさのために力になりたいのだと言った。そのために彼女が有利になる証拠を集めているのだと。

佐倉は由希子の名刺を前にして、しきりにうなずいていた。

「槙さんから聞いています。とても親切にしてくれる派遣会社の社長さんがいるって。あなただったんですね」

「槙さんがそんなことを？」

「ええ。別れたご主人のせいで、派遣の仕事、だめになっちゃったんでしょう。その後も、派遣会社の社長さんが何かと気にかけてくれるんだって言ってました」

「結局、何もできませんでしたけど」

いえいえ、と佐倉は手を振り、「こうして槙さんのために、私を訪ねて来てくださったんですから。それに、槙さんの力になってあげられなかったのは私の方なんですよ。責任を感じます」

由希子は黙って、佐倉の次の言葉を待った。

「変な男の人に尾けられているような気がするって、槙さん、前に言ってたんですよ。あのとき、もっと親身になって話を聞いてあげればよかった。別れたご主人とのことがあったから、槙さんが神経質になっているんじゃないかと思って、聞き流してしまったんですよ」

「そうでしたか」

「ええ。それが悔やまれて」佐倉が目を伏せた。

「槙さんは、いろいろなことを佐倉さんに相談していたんですね。佐倉さんのことを信頼していたんでしょうね」

「ストーカーの件は、何かのついでにちらっと聞いただけですけどね。別れたご主人については、生活保護の申請の際に槙さんご自身が詳しく話をなさっていたようですよ。資料に残っていましたから。私はその資料をもとに、地区担当として槙さんのお宅を訪問するようになったんです」

「槙さんの暮らしぶりはいかがでしたか」

「そうですねえ。あまり体が丈夫じゃないのか、精神的なものなのか、家で横になって休んでいることもありましたね。お昼過ぎにお宅を訪ねたとき、お布団が敷いたままになっていて、今まで寝てましたって顔をしてたんですよ。本当は就職活動に精を出してもらわないと困るんですけど、あまり強く言えなくて」

「分かります。派遣の仕事を紹介しようとしても、迷惑をかけたら申し訳ないって、彼女は、仕事に就くことにあまり積極的じゃありませんでした。私も強くは勧められませんでした」

佐倉は深くうなずいてから続ける。

「実は、私ね、シェルターに入ることを考えてみたらって勧めたんですよ。どこでどうやって知るのかは分かりませんけど、別れたご主人が、槙さんの住んでいるところや職場を見つけ出してしまうそうでしたから。そうしては金の無心をするとか」

「他には？　たとえば、電話をかけてきて脅し文句を並べる、メールで嫌がらせをする、といったようなことはなかったんでしょうか」

「どうでしょう。私は聞いていませんけど」

優也が出会い系サイトでありさになりすましていたとしても、表立った嫌がらせではなかったから、ありさは気付いていなかったのだろう。漠然とした不安や気味の悪さは感じていたにしても。

「いずれにしても、槙さんは怯《おび》えていたんですよね？　それなのにシェルターにも入らず、ご実家にも帰らなかった。なぜなんでしょう？」

「保育園に通っているお嬢さんのことを考えたんだと思います。せっかく慣れたのに、また環境を変えてしまうのはかわいそうだと。逃げてばかりいても仕方がない、娘のためになんとか頑張ろうと思ったんじゃないでしょうか。芯《しん》の強い女性だったのかもしれませんね」

祖母に預けられていた千希の姿がよぎる。保育園の友達を恋しがっていると言っていた。おそらく千希は保育園が大好きだったのだろう。転園させたくないと思ったありさの気持ちは分かる。それに、保育園に入るのはなかなか大変だと聞いた覚えがある。かなり待たされるとか。その辺りの事情もあったのかもしれない。

「保育園に入り直すのは大変だそうですからね」

由希子が言うと、佐倉はちょっと意外そうな顔をし、次の瞬間、納得がいったのか大きくうなずいた。

「待機児童のことをおっしゃってるんですね？　お住まいの場所にもよりますけど、

一般的には、その通りです。ただね、槙さんのお子さんは優先的に公立保育園に入れるんですよ。生活保護受給家庭ですからね」

「そうなんですか」

「ええ。生活保護受給者が、できるだけ早く自立できるようにというサポートの一環なんです。小さなお子さんがいると、仕事に就くのが難しいですからね。公立保育園に優先的に入園できるようになっています。槙さんの場合は母子世帯でしたから、優先度は最も高かった。保育費も減免されますしね」

由希子が驚いた顔をすると、佐倉は微笑《ほほえ》んで説明を続けた。

「ご存じないかもしれませんが、生活保護というのは保護費の支給だけを言うんじゃないんです。医療費や社会保険料の減免、公営住宅に入居しやすくするなど、さまざまな側面からのサポート全部を指すんですよ」

由希子はうなずき、少し考えてから口を開いた。

「もう一つ、伺ってもいいでしょうか」

どうぞ、と言って佐倉が由希子をまっすぐに見る。

「別れた夫が金の無心をするという話ですが、ずっと私、腑《ふ》に落ちなかったんです。生活保護を受けていた槙さんが、裕福だったとは思えません。無心されても、そもそも渡すお金がなかったんじゃないかと。槙さんが多額の預金を持っていたのならともかく」

「最初の審査段階で、預金の有無も確認します。多額の預金があったら、生活保護は適用されませんよ」

「だったら」

由希子の言葉を佐倉が手振りで止めた。

「最初に申し上げておきたいのは、生活保護受給家庭イコール極貧というのは、誤ったイメージだってことなんですよ。もちろん、社長さんのような方から見たら、生活保護受給家庭が裕福だとはとても思えないでしょう。余裕があるともね。ただ、基準を変えれば、また違ってきます」

「基準ですか」

「ええ。たとえば、社長さんの会社に登録して、派遣スタッフとして働いている人たちのお給料はどのくらいですか」

「職種にもよりますが、だいたい月収にして二十五万円前後ではないでしょうか」

「そこから税金や社会保険料などが引かれると、二十万強くらい？」

「そうですね」

「一人暮らしをしているとしたら、家賃や光熱費、食費などの生活費もそこから出すわけですよね？」

「そうなりますね」

「では、母子世帯で生活保護を受けた場合。これは、槙さんの例ではなく、あくまでも一般例ですよ」

由希子がうなずく。

「あまりこういったことは、おおっぴらに申し上げたくはないのですが、調べようと思えば簡単に分かることですから、お伝えします。生活扶助が二人分で、およそ十一万五千円。都内であれば、住宅扶助が上限で六万九千八百円まで支給されます。あと、母子加算、児童養育加算などが二万八千円程度。合計で二十一万二千八百円」

「そんなに」

「加えて、医療費、介護保険料、子供の義務教育に関わる費用などは、医療扶助、介護扶助、教育扶助として支払われますので、自己負担はありません。国民年金、一部を除いた税金、ＮＨＫの受信料や水道料金も減免されます。あと、先ほども申しましたが、公立保育園にも優先的に入れますし、公営住宅にも入居しやすい仕組みになっています」

「至れりつくせりですね」

「贅沢《ぜいたく》はできないけれど、十分健康で文化的な生活ができる水準だと言えるでしょうね」

「生活保護を受給している場合、生活する上での制約事項はないんですか。贅沢は禁止といったような」

「持てる資産と持てない資産というのは、ありますね。たとえば、自家用車は基本的には所有できません。持っている場合は、売って、その代金を生活費に充《あ》てなくてはいけません。預貯金として持つのを許されているのは、わずかな額です。ただ家電製品などは、普及率の高い物であれば所有してもかまいませんけどね」

「資産に関しては分かります。それ以外の日常生活はどうなんですか。ちょっと値の張るレストランで食事、お酒を飲みに行くといったようなことは？」

「生活保護費の使い道は、基本的には受給者にまかされているんです」

「別れた夫に金をせびられて渡したとしても、それはチェックされない？」

「受給者自身が打ち明けてくれない限りは、分かりませんね」

なるほど。

生活保護申請が受理され、その適用が決まりさえすれば、想像していたよりも多額の現金がもらえ、その上、各種の優遇措置がある。それに、保護費の使い道は受給者の自由。由希子の会社で派遣社員として働いている女性たちよりも、ありさの方が自由になる金は多かったかもしれない。優也がありさに付け入ろうとしたのも、分からないではない。

それにしても、別れた妻と娘が生活を維持しようとして、やっとのことで手に入れたセーフティネット。ねえ、頼むよ、と甘えた声と笑顔で、それを横合いから奪い取ろうとするなんて、優也はなんという男なのだろう。

佐倉はコーヒーを飲み、ふう、と息をつく。

「槙さん、お気の毒ですよね。男運がなかったせいで、生活保護を頼って生活をし、あげくにあんなことになってしまって」

由希子は小さくうなずく。

気分を変えようとするように、佐倉がきびきびとした口調で話し出した。

「私たちケースワーカーは、皆さんが思っている以上に多くの受給者を担当しているんですよ。一人当たり、八十人くらい」

「そんなに」

「ええ。ですからね、正直言って、一人一人の受給者の事情や立場を全部頭に入れるなんて無理。その都度、資料に当たって家庭訪問しています。ただね、槙さんの場合は、なんというか、こちらの気持ちにすうっと入ってくるところがありましたね。彼女、大人しそうで、清らかな雰囲気がありますでしょう。面倒を見てあげたくなるんですよね」

「分かります。私もそうでした」

そしてそのせいで、久原とありさを結びつけることになってしまった。

ありさがＭＩＳＡＫＩ商事を辞めさせられそうになったとき、力になってやって欲しいと頼んだのは由希子だった。あのときの久原は、突き放すような言い方で由希子の願いを退けたけれど、彼の心に楨ありさが根付いたのは、あの瞬間だったはずだ。

礼を言って佐倉と別れ、由希子は押上に向かった。久原が亡くなった場所を見ておくために。

これまで何度も来ようと思いながら、できなかった。怖かったのだ。

どこか昔風の風情を残した街である。こぢんまりとした商店が並んでいる。薄青い空が広く感じられるのは、高層ビルがないせいだろう。

商店街を抜けて、浅草通りを少し行った先に歩道橋が見えた。色が剝《は》げ、かなり古びている。

ここだ。

由希子は足を止めた。階段の下に立って見上げる。車の行き交う音、排気ガスのにおい。見知らぬ風景。

なぜここで、という思いが改めて湧《わ》いた。なぜここで久原が死ななければならなかったのか。

啓治さん。

心の中で呼びかける。

どうしてなの。

一段目に足をかける。上って久原が最後に目にしたものを見ておこうと思うのだが、体が動かない。心臓の拍動が激しく、脂汗が浮いた。久原に、おいで、と呼びかけられた気がする。なのに、動けない。

右足を上げた中途半端な格好のまま、由希子は両手を握りしめて、じっとしていた。小さな子供と母親らしき女性が、傍らを通り過ぎていった。子供が振り返って由希子を見ようとすると、見ちゃいけません、と鋭い声を上げる。その声で由希子はようやく我に返った。自分がどれほど薄気味悪い様子をしていたかに思い至った。

一段目に載せていた足を下ろし、由希子は心の中で久原に、ごめんなさい、と詫《わ》びた。

最後にあなたが立った場所に私も立とうと思ったけど、できないの。しょうがないな、と久原の言うのが聞こえるようだった。

両手を合わせて、目を瞑《つぶ》る。静かに祈った。車の往来の音が遠ざかり、この場にいるのが久原と自分だけであるような思いに囚《とら》われる。

目を開き、もう一度、歩道橋を見上げてから、由希子は元来た道を引き返し始めた。

通りの両側に、ファミリーレストランや居酒屋、薬局、リカーショップなどが並んでいる。その中でひときわ目立っているのは、パチンコ屋である。

パチンコ屋で知り合ったような男と、落ち着いた家庭が築けるとは思えないですけどね。

ありさの母親の言葉が頭をよぎった。

優也ばかりでなく、ありさの娯楽もパチンコだったらしい。もしかしたら、生活保護を受給するようになってからも、やめていなかったかもしれない。いやというほどの苦労を抱えていたありさ。どこかでストレスを発散しなかったら、とてもではないがやっていけなかっただろう。

気が付いたら、パチンコ屋に入っていた。耳を聾《ろう》する音。煙草《タバコ》の強烈なにおい。台だけを見つめ続ける背中、背中、背中。場違いな人間がいても、一顧だにしない徹底した無関心さに圧倒される。

娯楽なのに、楽しんでいるはずなのに、どの背中もなぜこんなに孤独で、つらそうに見えるのだろう。パチンコ玉で一杯になった箱を足下に積み重ねた男でさえ、ほんの少しの笑顔もなく、死相にも似たどす黒い顔色をしているのは、どういうわけなのだろう。

通路を歩き、由希子は空いていた台に操られたかのように座った。これまで、ほとんどパチンコをしたことがなかった。遠い昔、社員旅行の際に同僚に誘われて付き合ったことがあるが、そのときだけ。それ以外は、自分からやりたいと思ったこともなかったし、誘われたこともなかった。

目の前を魚が泳いでいく。海の中の風景を模した絵柄。同じ種類の魚が三匹揃《そろ》えばいいらしい。スリットに千円札を滑り込ませると、玉が出てきた。打つ。ただ打つ。千円分の玉は瞬《またた》く間になくなり、もう一枚、千円札を入れる。また打つ。リーチ、リーチの大合唱。三匹揃うかと思って見入るが、なかなかうまくいかない。今度こそと思いながら打つ。すぐに玉はなくなった。

力が入りすぎていたのか、肩の辺りが強《こわ》ばっている。ぐるりと肩を回し、また千円札をスリットに差し入れた。少しずつ頭の芯が空白になっていく。自分がロボットになったような感覚は、不思議なことに不快ではなく、むしろ爽快《そうかい》だった。

あと千円。あと千円。気が付いたら、三万円使っていた。そこで打つのをやめたのは、失った金のせいではなく、ただ単純にトイレに行きたくなったからだった。

店の奥にあるトイレで用を足し、冷たい水で手を洗いながら鏡を見たら、頬《ほお》が火照《ほて》っていた。玉を打ちながら飲み食いしていたわけではないのに、口紅がすっかり剝げてしまっている。

久原の亡くなった場所を訪ねるためにこの街に来たというのに、パチンコに夢中になって三万円すってしまった。それで懲りるどころか、もうちょっとやりたい、などと心のどこかで思っている。

まったくどうかしている。由希子は自分に向かって嘆息した。

バッグから化粧ポーチを取り出し、口紅を塗る。ドアが開き、店員が入ってきた。若い女性である。個室を覗《のぞ》き、トイレットペーパーホルダーをかたかたさせた後、奥の物入れから予備のロールを持ってきてセットする。

彼女の時給はいくらだろうか。生活保護を受けていたありさと比べて、暮らしぶりは楽なのか大変なのか。ついついそんなことを考えてしまう。

由希子が口紅をポーチにしまっていると、

「あっ」と後ろで小さな声がした。

振り返る。トイレットペーパーの補充作業を終えた店員が立っていた。

由希子と目が合うとあわてた様子で、「すみません」と頭を下げる。

「何か？」

いえ、あの、と彼女の返事は要領を得ない。ちらちらと由希子のバッグを見ている。

彼女の視線を追うと、バッグからありさの顔が覗いていた。履歴書に貼《は》られた写真。ケースワーカーの佐倉を訪ねるに当たって、何かの助けになるかもしれないと思い、ありさの履歴書のコピーを持ってきたのである。他人に見せるつもりはなく、あくまでも由希子自身のための資料として。それが今、バッグから見えていた。化粧ポーチを取り出す際に、一緒に引き出してしまったらしい。由希子は履歴書をバッグの中に押し込んだ。

「すみません」店員がまた頭を下げる。

由希子はわけが分からず見返すだけだ。

「見るつもりじゃなかったんです。ただ、目に入ってしまって」

「目に入ったというのは、履歴書？」

「っていうか、写真」

「写真がどうかしましたか」

「ええっと」気まずげに黙り込む。

「ご存じなんですか、写真の女性を」

「ええ。お得意様でしたし。それに、週刊誌に出てたでしょう？」

ああ、と言って由希子はうなずく。

やはり、ありさはこのパチンコ屋に来ていたのだ。それも店員に顔を覚えられるほど頻繁に。先ほど、由希子が座っていた海の台で、玉を打ったことがあったかもしれない。

「お客さん、あの女の人のお知り合いなんですか？」店員が訊いた。

「ええ、まあ。仕事の関係で」

「へええ。そうなんですか。あの女の人、どうなるんでしょうね？」

「さあ」

「たいした罪にはならないって、週刊誌に書いてありましたけど？」

どうなんでしょうね、と曖昧《あいまい》に応じてから付け加える。

「きょう、私もここに来てみて、彼女の気持ちが少し分かりました。嫌なことがあったときなんか、憂さを晴らすのにはパチンコっていいですね。きっと彼女もそうだったんでしょうね」

「憂さを晴らす？　うーん、そうですかねえ」と店員が首をひねる。

「そういう感じじゃなかったんですか」

「すごく楽しそうでしたから。うらやましくなるくらい。勝ったときは特に。たまに一人だったときは、寂しそうな顔をしてることもありましたけど」

「え？」

「何ですか」店員が戸惑ったように顎《あご》を引く。

「たまに一人だったとき、っておっしゃいましたよね？」

「言いましたけど」

「ということは、一人じゃないときもあったってことですよね？」

久原だろうか。久原がありさと一緒にパチンコをしていた？

「夜、遅い時間はたいてい二人でしたね。ここの店は出玉を共有できるから、パチンコデートするカップルも多いんですよ」

出玉を共有できる店とできない店があるということも由希子は知らなかったが、そんなことにかまってはいられなかった。急《せ》き込んで訊いた。

「一緒にいた男性がどんな人だったか分かりますか」

そこで初めて店員は笑った。とろけるような笑顔だった。その笑顔とともに彼女は言った。

「二十代半ばくらいかなあ。すっごく素敵な男の人でしたよ。ほっそりしてて、顔が小さくて。芸能人みたいな感じだったから、目立ってましたね。目がきれいで、笑うとかわいくて。とにかく、素敵でした」


自宅に戻るなり、由希子はキッチンに飛び込み、冷蔵庫からミネラルウォーターのボトルを取り出した。直接口をつけてがぶ飲みする。喉《のど》が渇いてたまらない。体が小刻みに震えていた。帰路、ずっと頭の中を整理しようと努めたのだが、考えがまとまらなかった。

何か、とんでもない誤解をしていたのだということだけは分かる。

ありさが一緒にパチンコを楽しんでいた男は、優也だとしか思えない。ありさは優也を怖がったりはしていなかった。知り合った当初、優也にべた惚れだったというありさは今もなお、彼に夢中だとも考えられる。なのに、二人は離婚した。夫の借金と暴力が原因だと偽って。

何のために？

その理由を由希子は一心に考え続ける。

テルから聞いたところによると、優也は派遣ホストの仕事でさえ気が向いたときしか引き受けないらしい。他の仕事は推して知るべしだろう。おそらく彼はもともと労働というものが好きではないのだ。そんな彼一人の稼ぎで、親子三人が暮らしていくのは楽ではなかったはずだ。そしてもし、ありさも優也と同じような人間だったら？

二人はきっと考えただろう。楽に暮らしていける方法はないものだろうか。パチンコで稼ぐ？　最初に思いついたのは、それだったかもしれない。しかし、うまくいかない。すってしまうことの方が断然多かったはずだ。

では、どうするか。

彼らは、何かの折に知ったのではないだろうか。生活保護という手があることを。しかし、今のままでは無理だ。若く、健康な両親と幼い子供の三人家族。両親のうちのどちらか、あるいは両方が働くことで、十分に生活していけるはずだと判断される。ただし、これが母子家庭なら話は違ってくる。

生活保護を受けるための偽装離婚?

想像以上の額の保護費とさまざまな優遇措置は、確かにありがたいものだろう。けれど、結局のところそれは、最低限の生活を保障するといったレベルでの話だ。好きな相手と一緒に暮らす幸せを手放してまで、手に入れたいものなのだろうか。

由希子には到底理解できない。自分の幸福は自分で働いて手に入れるものだと思っていた。けれど、その考えがあまりに健全で、前向きで、世間一般の人々の平均値とずれていることも理解していた。

無理せず、自分らしく生きていたい。楽してそれができるなら、これほどいいことはない。そう思う人はたくさんいる。そして、その延長線上に、働かずに金をもらえるのだったら、偽装離婚くらい、どうってことはないという価値観も存在する。手続き上、離婚したところで、会おうと思えばいくらだって会える。要はケースワーカーに知られなければいいだけのことだ。

事実、ありさは優也と頻繁に会っていたようだ。ママ、行っちゃやだ、と夜泣きをするという千希。それは今、ありさと離ればなれになっているからというだけではなく、これまでにも、夜、目を覚ましたときに、母親がそばにいなかったことがあったからではないのだろうか。その時間、ありさは優也と一緒に玉を打っていた。

そしてあの晩。久原が亡くなったあの晩も、ありさと優也が会っていたとしたら？千希もその場にいたというから、たまには家族三人揃って夕食をとろうと考えたのかもしれない。それを久原が目にしたら、どんな行動に出ただろう？

由希子は両手に顔を埋《うず》める。考えるのが恐ろしかった。けれど、考えずにはいられない。

ありさのことを心から心配していた久原。そしてその久原に、ありさの別れた夫が、最近、職に就いたらしいと伝えたのは由希子だった。それを聞いた途端、久原は用事を思い出したと言って、席を立ったのだ。別れた夫が仕事を始めた今こそ、ありさと千希が新しい生活を築き直すチャンス。引っ越しをするべきだと久原は考えていた。ありさに直接会って、そう勧めようと思ったのではないか。当座の金は融通してもいいと言うつもりだったかもしれない。なのに、ありさは優也と一緒にいた。そのときの、久原の驚愕《きょうがく》。

携帯電話が振動した。びくっと身を震わせて、電話を手に取る。テルからだった。はい、と言って受ける。

「由希子さん、元気にしてる？」テルの明るい声が遠く響く。

「テル」

「どうしたの？」

由希子の声があまりにも弱々しかったせいだろう、テルがあわてたように問いかけた。答えられずにいると、

「今、東京駅にいるんだ。二泊の予定が三泊になって、名古屋から戻ったところ」優しくテルが言う。「お土産《みやげ》買ってきたよ。かしわの手羽先。一緒に食べない？」

「ありがとう。でも、今は食べたくない」

「何かあった？」

由希子は答えない。

「由希子さん、家にいるの？」

「ええ」

「今から行っていい？」

由希子はただうなずく。声が出なかった。

「大丈夫？」

由希子はただ電話を強く握りしめる。

「何があったの？」

あのね、とかすれる声で言った。

「もしかしたら」

「何？」

「もしかしたら、久原は殺されたのかもしれないの」

「え？」

「槙ありさは、故意に久原を階段から突き落としたのかも。ううん。突き落としたのは、ありさじゃなく、優也だったのかも」

「どうしてそんなことを？」

「お金のためよ」

「金？　久原氏から金を奪おうとしたわけ？」

「違うわ。公的なお金」

「よく分からないな」

「私だってよ。私だってよく分からない。分かりたくもない」由希子の声は悲鳴に近くなる。

「落ち着いて。すぐそっちに行くから、待ってて」

分かったわ、と答えて電話を切った。けれど、落ち着けるはずがない。

啓治さん。

心の中で呼びかける。

あのとき止めていれば。久原が銀座のバーで席を立ったとき、すがり付いてでも止めていれば、こんなことにはならなかった。

立っていられずに、ぺたりと座る。涙が床に落ちた。

第９章

優也から電話をもらい、久しぶりに三人で食事をしようと言われたときは、とても嬉《うれ》しかった。だが、不安がよぎったのも事実。自分の住んでいる街で、大っぴらに仲良し家族をやっていていいのだろうか、と思った。それで、大丈夫かなあ、とありさはつぶやいたのである。

「何がぁ？」優也はおっとりした口調で訊《き》く。

「誰かに見られて、告げ口されたら困るでしょ」

「そんな暇な人、いないと思うよ。心配ないって」

優也に言われると、それもそうだな、と思えてきた。他人の暮らしぶりをいちいちチェックするような暇人がいるわけがない。ケースワーカーでもあるまいし。

「じゃ、駅前のファミレスに七時ね」と言って優也は電話を切った。

六時十五分に保育園に千希を迎えに行き、そのままファミレスに直行した。きょうのありさは、優也の好きな淡い色合いの服を身につけている。

案内された席に座り、飲み物だけを頼んでしばらく待つ。七時になったが優也は現れない。十五分待ってから、携帯に電話をした。留守番電話に繋《つな》がってしまう。仕方がないので、早く来てね、とメッセージを吹き込んで切った。

千希が、お腹《なか》すいた、と言うので、キッズメニューにあるドリアセットを頼んでやった。それから三十分経《た》って、優也から折り返し電話がかかってきたときには、千希はほとんど食べ終わり、眠たそうな顔になっていた。

「ごめん、ごめん。寝坊しちゃったよ」優也が言う。

「寝坊？　何でこんな時間に寝てるの？」

「昼間、仕事に行ってたから疲れたの」

「仕事って例のやつでしょ？　遊びみたいなもんだって言ってたじゃない」

「遊びみたいなもんでも疲れるんだよね」

「とにかく早く来て。千希、パパに会えるの楽しみにしてるんだから」

分かったよ、と優也はあくび交じりに応じる。

「ありさたち、先になんか食べてなよ」

「言われなくてもそうする。千希はもう食べ終わっちゃったもん」

「だったらいいけど」

「ねえ、ちょっとでいいから、千希と話をしてやって」

えー、と優也は面倒くさそうな声を上げたが、かまわずに千希に携帯電話を渡し、ほら、パパだよ、と言った。

「パパァ」千希が甘えた声を出す。

優也がなんと言っているのかは分からない。

「あのね、あのね、ドリア食べたの。ポテトも。あちちなの。お口、あちちなの」

千希は喋《しゃべ》り続けていたが、ちょっと貸して、と電話を取って耳に当ててみたら、通話は切られていた。

「千希、切れてるよ」

「切れてないのー」

千希はまだ電話で話したそうにする。が、前におもちゃ代わりに携帯電話を持たせておいて、アンテナを折られたことがある。だから容赦なく取り上げた。

「パパとお喋りするのー」

千希はテーブルをばんばん叩《たた》く。

「静かにしなさい」

叱《しか》ったら涙目になったものの、テーブルを叩くのをやめようとしない。うるさいなあ、と思いながら放っておいたら、いつの間にか千希はテーブルに突っ伏していた。さらに放っておくと、寝息を立て始める。ソファ席に横にならせてやった。ぐずっているとうるさいが、眠っているとかわいい。そんなふうに思う自分をいい母親だと評価する。

優也がやって来るまで、まだ少し時間がかかる。お腹がすいたので、ありさはキノコのパスタを注文した。食べ終え、食後のコーヒーの代わりに水を飲んで我慢していると、ようやく優也がやってきた。

「ごめん。お待たせ」

顔の前で両手を合わせ、拝むような格好をする。

「もう！」と腹を立てて見せはするが、ありさはたいして怒ってはいない。

顔を見た瞬間に許してしまう。

なんて素敵。

手放しで優也を讃《たた》えてしまう。

すらりとした体つきに、整った顔立ち。整っているだけではない。優也の容貌《ようぼう》には輝きがある。とても親しみやすい輝きが。惹《ひ》きつけられずにはいられない。

それにきょうの優也は格別だ。いつものジーンズの代わりに、高価そうなダークスーツに身を包んでいる。

「どうしたの、その格好」

「この間、お客さんが買ってくれたんだ。どう？」

「びっくりした」

「変かな？」

「変じゃないけど、ファミレスに着てくる服じゃないかも」

「ありさに見せたかったんだよ」

ふうん、と応じながら、ありさはいい気分だった。ファミレスには似合わなくても、とびきりかっこいいのは事実。

「靴もすごいわね」

「だよね。ぴかぴかにしておかないとダメなんだって。出かける前に磨いたの」

明るい茶色の靴。滑らかな革がつやつやと光っている。

「モデルさんみたい」

「そう？」

優也は得意げだ。ありさが誉《ほ》めると素直に喜ぶ。彼のそういう子供っぽいところがありさは大好きだった。

「お腹減った。肉が食べたいなあ」

メニューを手渡すと、優也はざっと目を通し、ハンバーグを注文した。

「ねえ、ありさ、先に帰って千希を寝かしつけとけば？　俺《おれ》が食べてる間にさ」

「えー、三人で夕食って言ってたじゃない。デザートくらい一緒に食べたい」

「そんなの後でいいじゃん。食べ終わったら、すぐ行くから。それまでに千希を寝かせておきなよ」

もう一度、えー、と言いながらも頰《ほお》が緩む。優也が、千希を早く寝かせておけば？と言うのは、早く抱きたいということだ。そんなふうに言われると、たまらなく嬉しくなる。

「ね？　そうしなって」

もう一度言われて、ありさはうなずいた。

「じゃ、先に帰ってるね。千希、千希、起きて」

眠りこけている千希を起こしにかかるが、目を覚ます気配はない。仕方がないので、よいしょっと抱き上げた。

「あとでね」

言いおいてファミレスを出た。しばらくは千希を抱っこして歩いていたのだが、やはり重い。腰が痛くなる。

「ほら、千希、自分で歩いて」

おろそうとすると、しがみついてくる。

「重たくて無理。自分で歩きなさい」

絡み付いてくる腕を振り払い、ありさはすたすたと歩き出す。

べそをかきながら千希が追ってきた。

「ママー」

「歩けるじゃん」

手を引いてやる。抱っこ、とせがまれても聞こえないふり。こういうときはこれしかない。まだ眠いのか、千希の足取りはおぼつかない。いつも以上によたよたしている。あひるみたいで面白かった。

少し風が出てきた。寝起きの千希が風邪《かぜ》をひかないかと心配になる。熱を出されると、保育園に預けられない。必然的にありさの自由な時間が奪われることになる。それだけは勘弁してもらいたかった。

「急いで帰ろう」

千希は素直に足を速めるが、三歳児の歩く速さなど知れている。ぐいぐい手を引っ張り、道を急いだ。

公園の向こうに、ようやく都営住宅が見えてきた。ああ、よかった、と思ったら、千希が、ぞうさん、と言って走り出したのであわてる。さっきまであんなに眠そうだったくせに、象の形をした滑り台を見た途端、すっかり目が覚めたらしい。

「夜だから遊ばないの」

「いっかい、いっかい」

一回だけと言われて許して、それで済んだためしがない。

「風邪ひいちゃうから、ダメ」

「やだー」

と千希が大声を上げたとき、ふと誰かに見られているような気がして、ありさは周囲に目をやった。都営住宅の入り口に人影が見える。黒っぽいシルエット。肩幅が広く、全体に四角っぽい。その人影がありさに向かって会釈をしたように思えた。瞳《ひとみ》を凝らす。少しずつ輪郭がはっきりしてくる。

「嘘《うそ》」

嘘であって欲しいという願いを込めたつぶやきだった。けれど、見れば見るほど確信してしまう。

間違いない。アンズ男だ。

ありさはげんなりする。

一時はストーカーじゃないかと怯《おび》えたこともあった。だが、その後、向こうから名乗ってきた。

今のありさに怯えはない。あるのは疎《うと》ましさだけ。

最初は、『ミネルバ』で研修を受けた日。ずっと誰かに見られているような気がしていた。そして、家の付近に何者かが潜んでいるのに気付いて、ありさは交番に駆け込んだ。

その次は、駅に近い洋菓子店の前でのこと。歩み寄ってきた男が『アンズ男』ですよ、と言うのを聞いて薄気味悪くなり、ありさは走って逃げた。

あともう一回は、行きつけのパチンコ屋で。どうもきょうは調子が悪いとあきらめて店を出たとき、またも男がいたのである。男は親しげな笑みを見せた。ありさは身を硬くして男の前を通り過ぎようとした。

「待って」と男は言った。

ありさがさらに足を速めると、「待ちなさい」命令口調で言ったのだ。

ありさは立ち止まり、男と向かい合った。

このままにしておいたら、男がどんどんつけ上がる。冗談じゃない。その思いを込めて言った。

「いい加減にして！」

男は驚いたように顎《あご》を引いた。ありさが挑むように男を睨《にら》みつけると、男は苦笑して、いや、ごめん、と頭を下げた。

「直接、僕に会うのには抵抗があるんだね。それは、よく分かっていたんだが。すまなかった。それに、まずきちんと名乗らなければいけなかったな。久原と言います。

以前、きみはMISAKI商事で派遣の仕事をしていたでしょう。僕はそこで取締役をしているんだ」

「取締役？」

いったいなんだって、そんな人間がここにいるのだろう。

「きみのことが心配でね。やはりメールだけじゃ十分じゃなくて、会いに来てしまった。きみがあまりにもおっとりし過ぎているように思えたから。別れたご主人のことだ。このままにしておいたらだめだよ」

メールだけじゃ十分じゃない、というのはどういうことだろう。これまでメールのやりとりをしたことがあるような口ぶりだ。

もしかして妄想？　頭がおかしいのだろうか。

こういう手合いは放っておくに限る。下手《へた》に疑問を口に出したりしたら、男は滔々《とうとう》と説明を始めそうだった。そんなのに付き合うつもりはない。

保育園に千希を迎えに行かなければならなかった。ぐずぐずしていては時間の無駄だ。しかし、久原が以前の勤め先の人間で、それも高い地位にいるらしいと分かったことで、むげに追い払うわけにもいかなくなってしまった。

「力になりたいんだ。分かって欲しい」という言葉に、さらにありさは困ってしまった。

ありさが黙り込んでいると、久原は突然、胸ポケットから札入れを出し、一万円札を数枚引き抜いた。

「娘さんとおいしいものでも食べたらいい」と押し付けてくる。

「困ります」

「受け取ってくれないと僕も困る。このくらいしか僕にできることはないんだよ。メールにも書いたけど、引っ越した方がいい。費用のことなら、相談に乗るから」

何を言っているのか分からない。分かるのは、手渡された一万円札が三枚だということだけ。

「じゃ、またメールで。身辺に気をつけるんだよ」

あんたに言われたくない、と思ったが、黙ってうなずいておいた。

久原の姿が見えなくなると、ありさはすぐに優也に電話をかけて報告した。おかしな男に尾け回されているというのは前に話してあったので、正体が分かったということだけを。

「以前、派遣されていた会社の取締役だったの。それでね、なんでだか知らないけど、三万円くれたの」

「三万？」

「そう」

「だから分からないんだってば」

「なんで」

「もしかしてありさ、体を売った？」笑いながら優也が言う。

「実はそう」

ありさも冗談に乗ると、優也は声を立てて笑った。

「得したじゃん」と優也。

「でも、なんか誤解してる感じ」

「勝手に誤解させておけば」

「こっちの状況に詳しくて、気持ち悪いの。早く引っ越した方がいいとか言うの。別れたご主人とのことをこのままにしておいたらだめだ、とかね」

「誰かに聞いたんじゃないの。気にしなければいいよ」

「でも……」

「向こうの言うことに、適当に合わせておけば？　金くれるんだから、いい人じゃん」

「だけど、つきまとわれるのはいやだな。私たちの関係に気付いて、福祉事務所にちくられたりしたら困るもん」

「それもそうだね」ようやく気が付いたように言って、優也も考え込んだ。「その人、そういうことをしそうな感じなの？」

「分からないけど、しつこそうな感じはする」

「三万円渡して、さようならってことはないかなあ」

「ないよね、普通」

「だよな。あーあ、なんか、ちょっと、うざいな」

「ごめんね」

「ありさが謝ることじゃないけどさ。しばらく様子見るしかないよね。俺らの生活を荒らすヤツかどうか、まだ分かんないから」

「そうね」


それからしばらくは周囲を窺《うかが》うような生活をしていたのだが、その後、久原がありさの前に現れることはなかった。三万円渡して気が済んだんだよ、よかったね、と優也も言うし、そんなものかと思って、ありさもほっとしていたのだ。なのに、よりによって今夜、やって来たのである。

どうして。

ありさは心の中で舌打ちする。

さっさと千希を寝かしつけ、その後は優也と楽しむ。それが今夜の予定。誰にも邪魔されたくない。

それに、優也がありさの部屋を訪ねてくるところを見られたりしたら？　勘違い男の久原がさらなる勘違いをして、優也がありさにしつこくつきまとっていると思うかもしれない。もっと恐ろしいのは、真実に気付いてしまう可能性があるということだ。だめだ。そんな事態は、絶対に避けなくては。

久原が歩み寄ってきた。どうすればいいかを、ありさは目まぐるしく考える。

「こんばんは」

久原の声に、象の滑り台に上ろうとしていた千希が驚いた顔をする。

「どうしても話したいことがあってね。お宅を訪ねたら留守だったから、困ったなと思っていたんだ」

今にも優也がやってくるのではないかと思い、ありさは気が気ではなかった。何とかして、この場から久原を遠ざけなくては。

どうする、どうする、どうする、どうする。

千希は再び、滑り台の階段を上り始めた。

久原は、お構いなしに言葉を継ぐ。

「きみの別れたご主人、最近、仕事を始めたそうだね。ミネルバの紀ノ川社長が教えてくれたよ。それを聞いたら居ても立ってもいられなくなってしまったんだ」

紀ノ川由希子といい、久原といい、どうして他人の生活に必要以上に関わろうとするのか。

なんだかんだと世話を焼き、決まって彼らはこう言うのだ。千希ちゃんのためにも頑張って。

頑張って、なんていう言葉はうっとうしいだけ。だいたい、頑張るって何なのだろう。

唇を引き結んでうつむいた。苛立《いらだ》てば苛立つほど無口になるのは、ありさの癖だ。だが、そういうときの彼女の表情が悲しげに見えるせいか、ありさのことをよく知らない人はよけいに同情を寄せ、優しい言葉をかけてくる。

「今こそ引っ越すべきだと思うんだ。どうしてもそれを伝えたかった」久原の声が熱を帯びた。「ご主人は新しい仕事についたばかりで、きみへの注意が散漫になっているんじゃないか。執着が薄らいでいると言うべきかな。この機に逃げるんだよ。一度、きれいに関係を断ち切った方がいい。物理的な遮断っていうのが、一番効果があると思うよ」

あの、とありさが言った。久原が問いかける顔になる。

「歩きながら話しませんか。朝食用のパンを買い忘れちゃって、駅の方に戻ろうかと」

「しかし、そろそろお嬢さんの寝る時間じゃないのかな」

するするっと千希が滑り台から下りてくる。

「さっきお昼寝したんです。だからまだ眠くないみたい。遊びたがって困ってるんです。少し歩いたら疲れて、ぐっすり眠ってくれるかも」

千希の手をぐいと引いて、ありさは駅への道を戻り始める。普段、使っている道ではなく、少し遠回りをする。優也と鉢合わせしないようにと思ってのことだった。

久原はまだ話し続けている。

「僕にも娘がいてね」などと言い出す。「きみと同い歳《どし》なんだよ」

どうでもよかった。久原に娘がいようが、息子がいようが、同い歳だろうが、そうでなかろうが。

適当に相槌《あいづち》を打ってはいたが、ありさはほとんど聞いていなかった。

優也と過ごす予定の夜。なんだってこんな面倒な真似《まね》をしなければならないのか。これまで世話になったこともなければ、この先、世話になるつもりもない男に、こんなふうに、周囲をちょろちょろされるのは耐え難かった。それが親切心からきているから、よけいに質《たち》が悪い。いっそのこと、本物のストーカーだったなら、警察に訴えることもできるのだけれど。

優也はどうしているだろう。とっくに食事を終え、ありさの部屋に向かっているはずだ。部屋に着いて、ありさも千希もいなかったら、心配するのではないだろうか。なんで誰もいないんだよ。

優也のつぶやく声が聞こえるようだった。

電話をかけたいと思う。メールでもいい。けれど久原がいるのでそれもできない。ありさはバッグのポケットの携帯電話にちらりと目をやる。手に取れないのが、じれったい。

大通りに出た。歩道橋を渡って少し行った先に、コンビニエンスストアがある。その前で、久原とは別れよう。お気持ちは有り難いですが、一人でもう少し頑張ってみます。そう言うしかないだろう。これ以上、久原につきまとわれないようにするために、今度、ミネルバの紀ノ川由希子に相談してみようか。面倒見のいい彼女のことだ。きっと何か考えてくれるに違いない。

うつむき加減に歩を進めていたありさは、歩道橋で立ち止まった。

「ぴょん、ぴょん、ぴょん」

両手をうさぎの耳のように立て、千希は楽しそうに階段を上っていく。千希がジャンプするたびに、軽やかな音が響く。

「元気だなあ」

久原が目を細める。曖昧《あいまい》に笑って応じ、ありさも階段を上る。

「あー」

千希が突然、声を上げたので驚いて上を見る。

「パパだ」

階段を上りきったところに優也がいた。喜んで千希は駆け上がり、優也の足にしがみつく。

「千希、あっち、行ってな」

優也は千希の背を押した。バランスを崩して、千希が尻餅《しりもち》をつく。

「どうして？　どうしてここにいるの？」ありさはつぶやく。

「誰？」優也が久原を目で指して訊いた。

ありさは答えずに、ほんの少しだけ眉《まゆ》をひそめて見せた。それで優也にはぴんときたらしい。

「その人かあ。また来たんだ。けっこうしつこいね」

優也が言い終わるより先に、久原は階段を駆け上がっていた。

「しつこいのはお前の方だろう。いつまでありささんにつきまとう気だ」

「えぇ？」優也が間の抜けた声を出す。

「恥ずかしいとは思わないのか」久原が優也の胸ぐらを摑《つか》んだ。

千希が怯えた顔をする。ありさは走り寄り、千希の手を引いて離れたところに連れていった。ママ、と言って手を伸ばしてきたので、抱き上げてやる。千希はありさの胸に顔を埋《うず》めた。

「余計なお世話だと思うけど」優也は久原の手を振り解《ほど》いた。

怒っているというより面倒くさそうだ。ありさには優也の気持ちがよく分かる。

本当にもういい加減にして欲しい。放っておいて欲しいだけなのに。なぜそんなに簡単なことが分からないのだろう。

「ありささんはお嬢さんと二人で一生懸命生きていこうとしているんだ。邪魔立てするんじゃない」久原はまた詰め寄っていく。

「暇人だね」

呆《あき》れたように優也は言い、ちらっとありさの方を見た。まいったよ、とでも言いたげな顔。ありさも同意を込めてうなずいた。

久原が再び優也に摑みかかる。優也は彼の腕をかわして背後に回り込んだ。久原が向き直ろうとする。

「やめてくれよ、もう」優也が久原の腰の辺りを蹴《け》った。

強い蹴りには見えなかった。千希が出しっ放しにしているぬいぐるみや何かをどけるときにも、優也はときどきそんなふうにする。けれど、久原はぬいぐるみではない。ころんとでんぐり返しをして元通り、というわけにはいかなかった。

うっ、という声と、それに続く階段を転げ落ちる鈍い音が響いた。ポケットから小銭が落ちたようなちゃりんという音も。

ありさは強く千希を抱きしめる。浅草通りを行き交う車の音が聞こえていた。風は先ほどよりも強くなっている。

どれだけ時間が経っただろう。ほんの一瞬のようにも、長い時間が過ぎたようにも感じられた。

「あの人、どうなった？」かすれる声でありさが訊いた。

「落ちた。死んだかも。分かんないけど」

千希を抱いたまま、おそるおそる近付いてみる。階段の下に、久原が頭を下にして横たわっていた。

「私がやったことにしよう。その方がいいと思う」ありさは言った。

「そういうわけにはいかないよ」

「だって」

「摑みかかってきたのは、あの人の方だよ。俺は応戦しただけ。あの人が階段から落ちたのは、運が悪かっただけだよ。別に悪いことはしてない。警察にそう言うよ」

「ダメだよ。優也は暴力夫ってことになってるでしょ。すっごく印象が悪いはず。あの人のことだって、わざと突き落としたんだって、警察は考えるよ。その点、私なら大丈夫。ストーカーに追いかけられて、怖くて突き飛ばしたってことにすれば、すんなり信じてもらえるんじゃないかな」

「あの人、死んでないかもよ。生きてたら、俺にやられたって言うだろ」

「そのときはそのとき。あの人の勘違いだってことにするの。頭を打って、記憶がごちゃごちゃになってるとか、そんなふうに言えばなんとかなると思う。前に、私、あの人のことをほんとにストーカーだと思って、交番に届けたことがあるんだもん。警察だって信じてくれるよ。ね？　とにかく、私が突き飛ばしたってことで押し通そう。優也はここにはいなかった。そうしよ」

「そんな話、通るかな」

「通すの！」

「大丈夫かなあ」

「大丈夫」

「まずいんじゃないかな。下手したら刑務所行きだよ」

「ちょっとの我慢。少ししたら、また楽しく暮らせるって。あ、そうだ、私の携帯、どこかに捨てておいて。メールを消してる暇がないから。どうせ通話記録とか調べられちゃうだろうけど」

「よく分かんないけど、ありさが持ってない方がいいのは確かだよね」

「優也は早くここからいなくなって。誰かに見られないうちに」

「ほんとにいいの？」

「いいんだってば。早く行ってよ」

「分かった」

　優也はありさの頰に軽くキスをした。優也が体を離そうとしたとき、ありさはふと思い付いて訊いた。

「ねえ、なんでこっちの道を使ったの？　遠回りなのに」

　優也が照れたような笑いを浮かべる。

「だってありさ、デザート食べたいって言ってたじゃないか。コンビニでアイス買ってきてあげたの」

「そうなんだ」

「うん」

　ありさはふいに泣き出したくなった。

　優也に二度と会えなくなったらどうしよう。

　押し寄せる不安を、そんなはずない、大丈夫、と必死で自分に言い聞かせることでなんとか遠ざける。

「早く行きなよ」

「そうだね。じゃ、行くよ」

それだけ言って、優也は走り去っていく。ありさはしばらく突っ立ったままでいた。

「ママー」という千希の泣き声で我に返る。

そうだ。千希がいた。

この子はどこまで分かっているのだろう。警察は、こんな小さな子供にも事情を訊いたりするのだろうか。

小さな娘の顔を見ながら、ありさは自分に言い聞かせる。

しっかりしなくてはいけない。私がしっかりしなくては。

千希を抱きしめ、ゆっくりと階段を下りた。おかしな格好に首を曲げて横たわっている久原の傍らに膝《ひざ》をつき、顔の前にそっと手をかざしてみる。呼吸をしているかどうか、はっきりとは分からない。脈をとってみればいいのだろうが、手首に触れるのが恐ろしかった。

とにかく救急車を呼ばなくては。

習慣でバッグに手を入れて携帯電話を探してしまい、そうだ、優也に渡したのだったと思い出す。ありさは千希を抱いたまま、駅の方角へ歩き出した。

「ママ」

「大丈夫よ、大丈夫。階段はね、危ないの。あのおじちゃん、落ちちゃったの。千希は落ちないように気を付けるのよ」

熱に浮かされたように繰り返しながら、コンビニエンスストアに向かう。

千希、とありさは思った。

忘れて。あんなことは忘れて。

あれは怖い夢のようなもの。バクが食べてくれるから。

娘の髪に指を差し入れ、そっと梳《す》いた。


優也と一緒に面白おかしく暮らす。

ありさの願いは、ただそれだけ。

洋服も、ブランドもののバッグや靴も、高価な時計もジュエリーも、ありさの目には少しも魅力的には映らない。

気持ちよく、自分らしく暮らすこと。何にも欲しくない。それが一番だと思う。

千希が保育園に行っている間、あるいは千希が寝入った後、優也と布団の中でだらだら過ごす、あの緩みきった日向水《ひなたみず》のような時間。優也の体の温かさと肌のにおいが、世界のすべてになる。

二人で過ごすには、ありさの住んでいる都営住宅の方が広いし快適なのだが、ケースワーカーの不意打ちがあるから気が抜けない。そろそろやって来そうな頃だなと思うときは、ありさの方が優也の部屋を訪ねる。彼の借りているのは一間の古いアパートで、狭く、汚い。別宅だからこれでいいんだよ、と優也は言う。

優也と一緒だったとき、布団の中にばかりいたわけではない。二人でカラオケやパチンコにも出かけた。優也の好きな焼酎《しょうちゅう》専門店に飲みに行ったこともある。あくせく働かなくても、一カ月暮らすだけの金は定期的に銀行口座に振り込まれる。ときどきパチンコで勝てば、それが臨時収入。もちろん、負けることもあったが、たいして気にしなかった。

ずっとこのまま、静かに時は流れていくものとばかり思っていた。何も生み出さず、何も失わない、平和な暮らし。大それた望みを抱《いだ》いていたわけではないのだから、このくらいは許されるだろうと思った。

なのに、あの男が現れたせいで調子が狂った。頼んでもいないのに、こちらのことを心配し、優也から逃れるために引っ越しをしろだの、力になるよだの、余計なことを言い募ってきたのだ。

やたらに周囲をちょろちょろしていたあの男。

このままでは、偽装離婚をしていることにいずれは気付かれてしまう。私が少しも優也を恐れていないばかりか、今も彼を愛していることがばれてしまう。それがありさの一番の気がかりだった。

万が一、福祉事務所に通報されたりしたら、生活保護が打ち切られる恐れもある。そうなったら、どうやって暮らしていけばいいのか。

生活保護を受けている手前、求職努力をしているふりをしたり、派遣会社に登録して、一時は実際にＭＩＳＡＫＩ商事で働きもした。適当な頃合いに優也が仕事から解放してくれると分かっていたから、耐えたのだ。

仕事なんて、頑張るなんて、疲れるだけ。

金のために朝から晩まで働く？　考えただけで気分が悪くなる。ありさ自身も働きたくなかったし、優也にも働いてほしくなかった。二人でいられる時間が減ってしまうのがいやだった。優也だって、今のままが幸せだと言っていた。

でも、もう大丈夫。あの男はいなくなったのだから。

独房で、一人ありさは考える。

優也が久原を突き落としたとき、咄嗟《とっさ》に自分が罪を肩代わりしようと考えたのは正解だったと、ありさは満足する。情状酌量の余地は大いにあると、弁護士も言っていた。しばらくの辛抱だ。あと少しで、もとの暮らしに戻れるだろう。

そうしたら、とありさは考える。

もう一人くらい、子供を作ってもいいかもしれない。もともとありさは子供が嫌いではないし、千希だって妹か弟がいたら楽しいだろう。それに何しろ、子供が一人増えれば生活扶助費が増額される。子供なんて、一人も二人もたいして変わりはない。昼間は保育園に預けてしまえばいいだけの話。夜はうるさく泣かれるとやっかいだが、そんなときはパチンコにでも出かければいい。泣いても無駄だと分かれば、そのうち疲れて眠るだろう。

「あーあ」

ありさは思いきり伸びをする。

早く優也に会いたい。

第10章

由比ケ浜《ゆいがはま》にあるこの料理旅館は、以前、別の客と一緒に来たことがあった。もう四年も前になる。旅館の佇《たたず》まいはあの頃と何も変わっていない。新鮮な素材を使った、繊細な料理もそのままだった。

あのとき一緒だった女性は、夫の仕事の関係で今は海外にいる。線の細い、頼りなげな印象の女性だったが、テルと二人切りになると専横的に振る舞った。あれをして、これをして、すぐして、今すぐって言ってるでしょう、という甲高《かんだか》い声。そして、自分の思う通りにならないことが少しでもあると、怒り狂った。

共に滞在した女性のことは鮮やかに思い出せるのに、当時の自分自身についての記憶は曖昧《あいまい》だ。どんなふうにあの女性と相対していたのかを思い出そうとしても、うまく像が結ばない。ホストにとって四年という月日は、数十年に匹敵するような気がしてしまう。

「テル」由希子が呼んだ。

彼女は窓辺に置かれた籐椅子《とういす》に座って、飽かずに海を眺めている。

「こっちに来て」

歩み寄り、後ろからそっと彼女を抱きしめる。由希子はテルの腕の中でじっとしている。

「きょうは海の色が少し明るいみたい」

目で窓の外を示しながら、由希子はうっすら微笑《ほほえ》む。

そうだね、とテルも応じる。

ここで過ごすのはきょうで三日目。いつまで滞在するのかは分からない。由希子の気持ちの整理がつくまで付き合おうと思っている。

「散歩しようか」

テルが誘うと、由希子は、どうしようかしら、と迷うそぶりを見せる。

「少し外の空気に当たった方がいいよ」

重ねて言うと、そうね、とうなずいた。

「着替えなくちゃ」由希子が言う。

テルは朝食を終えてすぐに普段着に着替えていたが、彼女は浴衣姿《ゆかたすがた》である。この宿に来て以来、由希子は浴衣で過ごすことが多い。化粧はほとんどせず、肌の荒れやくすみが目立つのだが、どこか童女のような雰囲気もある。

「俺《おれ》、先に下に行ってるよ。準備ができたらおいでよ」

部屋を出て、テルはロビーへと続く階段をおりていく。


警察署に出向くのに付き添って欲しいと頼まれたのは、名古屋から戻った足で由希子のマンションを訪ねた夜だった。テルが東京を離れていた間に、由希子は自分の手でさまざまな情報を集めていたのだ。

テルがマンションに着くと、待ちかねたように由希子は洗いざらいぶちまけた。ありさが久原をストーカーだと思って突き飛ばしたと言っているのは嘘《うそ》だということ、別れた夫の暴力が原因で、男性全般に極度の恐怖心を抱《いだ》いていたということ自体が偽りだということ、ありさと優也は今でも愛し合っている、彼らは生活保護欲しさに偽装離婚したと思われるのだということ。

「警察に話さなくちゃ」

と言って部屋を出ようとする由希子を、今夜はもう遅いから明日にしよう、とようやくのことでなだめた。

疲れ切っているはずなのに、由希子は張りつめた表情をしており、神経がひどく尖《とが》っているのが見て取れた。休ませなければ倒れてしまいそうだった。

そして翌朝、テルは由希子に付き添って警察署を訪れたのである。

刑事は一言も口を挟まずに話を聞き、そして言った。

「我々が捜査したことと合致しますね」

「え？　そうなんですか」

警察がありさの供述に疑問を持っているとは知らなかったので、由希子もテルも驚いて訊《き》き返した。

「ええ」と刑事はうなずいた。「槙ありさの話に矛盾する点がありましてね。捜査を進めていたんです」

「じゃあ、偽装離婚のことも、ご存じだったんですか」

「おおよそのところは」

由希子の肩から力が抜けるのが、隣に座っていたテルにははっきりと分かった。彼女が行き着いた結論が決して的外れなものではなく、警察も視野に入れて捜査をするほど、信憑性《しんぴょうせい》の高いものだったという事実にほっとし、同時に、自分一人が真実を握りしめているという緊張が解けて、少し拍子抜けしたのかもしれない。

「刑事さんたちは、最初から槙さんを疑っていたんですか」と由希子が訊いた。

「そんなふうにストレートに訊かれると、少々困りますな」刑事は頭に手をやった。

「つまり、槙さんを疑っていたわけではないということですね？」

「疑う、疑わないということと関わりなく、裏付け捜査というのは必要ですからね。

その中で、矛盾点が現れてきたんです」

「それはどういう？」

逡巡《しゅんじゅん》するように刑事は顎《あご》を撫《な》でて考えていたが、ある程度、話しても問題はないだろうと結論づけたようだった。

「あの晩、槇ありさはファミレスで娘と食事をしていたということだったのでね、捜査員がファミレスを訪ね、そのときの様子を訊いたんです。もしかしたら、その時点から、久原氏が槇ありさを尾《つ》けていた可能性も考えられましたので」

「それで？」

「幸いにも店員はよく覚えていましたよ。槇ありさと娘が店に来て、しばらくしてから男がやってきた。我々の予想通りといってもいい。しかし、それは久原氏ではなかった。店員は、その男のことをはっきりと記憶していました。非常に目立ったそうですよ。ダークスーツを着た若い男。店員は、芸能人かと思った、と言っていました。そのぐらい人目を引く男だったらしいんです」

「金子優也だったんですね。槇さんは優也と一緒に食事をしていた？」

「そのようですね。それが発端ですね。槇ありさは金子優也の暴力が原因で離婚したと言っているが、それがはなはだ疑わしくなってきた。虚偽の離婚だという可能性が出てくる。なぜ嘘をついてまで離婚したのか。そのことと久原氏が亡くなった件とが、どう繋《つな》がるのか。久原氏を突き飛ばしたのは、本当に槙ありさなのか。金子優也が一緒にいたのではないのか。その辺りに捜査の焦点が当てられるようになりました」

「槙さんはなんて言ってるんです？」

「優也と一緒にファミレスにいた事実を突きつけても、平然としてましたよ。娘と食事をしていたら、別れた夫が突然、現れた。それでびっくりして店を出たんだとね。その後、久原氏に会ったものだから、よけいに怖かった。ストーカーから逃げたい一心で突き飛ばしてしまった、という最初の供述を繰り返しています。まあ、それも時間の問題でしょうね」

「何か証拠があるんですか」

「たとえば、ファミレスでの様子。店員によれば、優也とありさは楽しそうだったということです。ありさが服だか靴だかを誉《ほ》めたら、優也がすごく嬉《うれ》しそうにしていたらしい」

「そうなんですか」

「ええ。他にも、証拠と呼べるようなものがないわけではないんですよ」

　刑事の言い方は漠然としていたが、確信に満ちていた。

　それ以上、由希子は質問をせず、刑事も何も言わなかった。由希子は一つ大きく息をつき、立ち上がった。

「お話は参考にさせてもらいますよ」

刑事は言い、由希子とテルは、よろしくお願いします、と頭を下げた。

警察署を出ると、交差点の手前で由希子は途方に暮れたように立ち尽くした。

「送っていくよ」

テルの言葉に、由希子は首を横に振った。

「ごめんね。今は一人がいいの。ここで別れましょう」

それから一週間ほどは連絡もとれなかった。電話をしても繋がらない。メールにも返事がなかった。そんなことは初めてだったから心配した。由希子の会社に電話をしてみようかとも思ったが、やめておいた。ただ黙って待つというのも大事な愛情表現であることを、テルはよく知っていた。もどかしく、つらいが、待つしかない。

そしてその間に、金子優也が逮捕されたのである。

久原の衣類から、明るい茶色の靴墨が検出されたこと、それもズボンの裾《すそ》ではなく、背広の腰の辺りから見つかったことが逮捕の決め手になったのだと、ワイドショーが報じていた。

あの日、久原が履いていた靴は黒。となると、別の人物の靴のものが付着したと考えられる。そして、金子優也はイタリア製の高級靴を履いていたことが分かっていた。明るい茶色の靴。もしも、金子優也が久原の腰の辺りを蹴《け》り飛ばしたとしたら、靴墨が衣類に付着する可能性がある。警察の捜査の結果、久原の衣類に付着していた靴墨と、優也の靴のそれが一致。そこを突かれると、優也は比較的簡単に自白したらしい。その過程で、久原が純粋にありさの身の上を心配していたことも明らかになった。彼の行為はおせっかいではあったかもしれないが、ストーカー行為とは一線を画するものだった。

久原が優也に蹴り飛ばされたと由希子も知ったはずだ。彼女は大丈夫だろうか。久原の最期《さいご》を知ったことで、彼が階段を転げ落ちていく姿に苦しめられているのではないだろうか。

由希子からの連絡を待ちわびて、テルは日に何度もメールが届いていないかを確認した。そうしては空振りに終わる。

ようやく由希子から電話があったのは、優也の逮捕から数日経《た》った週末だった。

「お願い、テル。どこか静かなところに連れていって」と彼女は言った。

そのときテルの頭に浮かんだのが、由比ケ浜の料理旅館だったのである。

海の水は灰色。空も灰色。砂浜も。

「寒くない？」とテルは訊いた。

大丈夫だと由希子は言うが、羽織っていたストールを胸の前できつく合わせている。

「宿に戻ろうか」

由希子はゆるゆると首を横に振り、砂浜を歩いていく。上空をのんびりと鳶《とび》が舞う。テルは足下に落ちていた貝殻を拾い、海に向かって投げた。

「どうなるのかしら」由希子がつぶやいた。

「槙ありさのこと？」

「そう」

「警察に任せておけば大丈夫だよ。いずれいろんなことがはっきりするよ」

「ごめんなさいね」

由希子がテルをじっと見る。

「なんで謝るの？」

「優也を『エタニティ』に紹介したのは、私だもの」

「仕方ないよ。由希子さんだって知らなかったんだから」

「迷惑をかけたわ。テルにも、エタニティにも」

「大丈夫。由希子さんが心配する必要はないよ」

エタニティのオーナーの藤巻百合は、こんなスキャンダルは許し難いと怒り狂い、ユウヤを見つけてきたのはあなたなのよ、なんとかしなさい、とテルに詰め寄った。申し訳ありません、と頭を下げながら、テルにはどこか冷めた思いがあった。なんとかしなさいと言われても、どうにもならない。辞めて責任をとるのが唯一残された道である。それもいいかな、とテルは思う。いつかはエタニティを離れて独立するつもりだったのだ。良い機会かもしれない。

「久原の奥さんやお嬢さんのことも、気になってるの」

「由希子さん」テルは呆《あき》れた声を出す。「もう何も考える必要はないよ。久原氏の家族には、警察がちゃんと説明しているよ。今頃は、由希子さんを疑ったことを後悔してるんじゃないのかな」

「そうかしら」

「そうだよ」

テルは確信を込めてうなずく。

その確信に根拠がないわけではない。テルは久原の娘のマミと会っていた。約束した通り、マミが再度テルを指名してきたのである。

前回と同じく表参道のレストランでマミと会った。午後、遅い時間。彼女は髪を切っていた。

「また会えて嬉しいよ」とテルは言った。

マミはうっすら微笑んだだけだった。

前は、首を横に振るだけだったマミだが、今回は、赤ワイン、とはっきり意思表示した。

「何を飲む？」

「ワインが好きなの？」

「ずっと飲んでいなかったんだけど、最近、また飲むようになったの。そうしたら、ああ、私はワインが好きだったんだって思い出したの」

そう言うマミは、吹っ切れた顔をしていた。それを言葉にすると、彼女はうなずき、父がストーカーではなかったことがはっきりして、少しは救われたのだと言った。

「父があんな男に殺されたのかと思うと堪え難いけど、それでも事実が分かってすっきりしたのよ。母も私と同じ気持ちみたい」とマミは言い、それからちょっと首をひねった。「でも、父とありさのメールのやりとりについては、すっきりしないままなのよね」

「もうこだわらなくていいんじゃないかな」とテルは言った。

「そうね」

マミもうなずき、ワインを飲んだ。

いつまでもこだわってもらっては困るのだ。久原がメールを交わしていた相手のことは、忘れてくれ。

「その髪、いいね」

テルが誉めると、マミは短くなった髪に手をやり、ありがとう、と微笑んだ。

「最近は、ちゃんと食事をとるようにしているの」

「それがいいよ。亡くなった久原さんもほっとしているんじゃないかな」

「そうかしら」

「うん。マミさんが元気でいるのが一番だと思うよ」

マミは小さくうなずき、それから訊いた。

「紀ノ川さんには会ってる？」

「まあね」

実際は、由希子から連絡がなく、じれていたのだが、それを打ち明ける必要はないだろうと思った。

「彼女、元気なの？」

「どうかな」

「彼女のことを疑って、悪かったと思ってるのよ。でも、謝るつもりはないわ。だって、紀ノ川さんが父の愛人だったのは事実でしょ。他人のものに手を出したんだから、このくらいの罰は当然だと思うから」

「それはマミさんの意見？　マミさんのお母さんの意見？」

「私たち二人の意見」

「なるほど」

「怒らないの？」

「なんで僕が怒るの？」

「紀ノ川さんはテルさんのお得意さんでしょ。そのお得意さんを疑ったり、テルさんから情報を手に入れようとしたりしたのよ。不愉快だったんじゃないかと思って」

「別に不愉快じゃないよ。きっかけはどうだったにしても、マミさんが僕のお客さんになってくれたわけだからね。こんなに嬉しいことはないよ」

「本当？」

マミは上目遣いにテルを見る。

嬉しさと不安がないまぜになった、その瞳《ひとみ》。女たちのこういう目を、テルはこれまでに何度も目にしてきた。

新しい客との間に存在するシーソー。その上に載っているのは、お互いの気持ち。探りを入れながら、少しずつ自分の気持ちを載せたり外したりして調整する。客は深みにはまるのを恐れつつ、テルは相手を深みに引きずり込みたいと願いながら。それが、ある段階でかたんと大きく振れる。相手の気持ちがテルに傾いた瞬間である。このときから、彼女は本当の意味でテルの客になる。

マミは大丈夫だ。もう離れていかない。テルは密《ひそ》かに確信する。

「もう少しワインもらおうか？」

そんなふうに訊きながら、テルは考える。

マミにはこの先、太い客になってもらわなくてはならない。彼女には、久原の生命保険金がおりるようだから、金は十分あるだろう。

「少し甘いものを食べようかしら」とマミが言う。

いいね。と応じ、ボーイを呼んでメニューを持ってきてもらう。

彼女は少し太った方がいい。その方が、抱き心地もよくなるだろう。


「テルには本当にいろいろ力になってもらったわ」前を歩く由希子が言う。

「大したことはしていないよ」

「あなたがいなかったら、私、ダメになっていたかも」

「俺じゃあ、久原氏の代わりにはなれないだろうけどね」

由希子は少し考え、「久原とあなたは、全然違うわ」と言った。「久原とは、こんなふうにゆっくり海辺を散歩したこともなかったのよ」

「そうか」

「残念だわ」

「久原氏がいなくなって？」

「そう。それに、あの人のために、もっとできることがあったんじゃないかって思うと、悔やんでも悔やみきれないの」

「もう考えない方がいいよ」

「今でも思い出すの。久原とネットのありさのメールのやりとり」

「え？」ぎょっとしてテルは訊き返す。

「結局、ネットのありさが何者だったのかは、分からずじまいだわ。でもね、久原が本気でありさのことを心配していたことだけは確かなの。ネットのありさと槙ありさを混同するくらい冷静さを失っていた。お嬢さんのことがあったからよね、きっと」

「だろうね」

「なのに私は嫉妬《しっと》した。苛立《いらだ》った。久原の気持ちを分かろうとしなかったのよ」

「自分を責めることはないよ」

「好きだった人を、とことん愛し尽くしていなかったかもしれないって思うのは悲しいことよ」

砂が少し湿っている。足跡が残る。並んで続く二人分の足跡は、細く長い線路のようだ。

「久原と槙ありさを引き合わせたのは私よ。私が彼に、槙さんの力になってあげて欲しいって頼んだの」

「責任を感じる必要はないんじゃないかな。由希子さんはあくまでも仕事の延長線上でそうしたんでしょ」

「どうかしら。私ね、槙さんのことを放っておけなかったの。彼女、仕事に就くことに対して腰がひけてた。それがもどかしくてね。子供がいるんだから、母親なんだから、もっと頑張りなさいよって、お尻を引っぱたいてやりたかった」

「由希子さんの目には、そう映ったかもしれないね」

「違うのよ」由希子がうつむく。「本当はね、私、槙さんがうらやましかったのかもしれない」

「うらやましかった？」

「たとえ暴力をふるうような夫であったとしても、一時は一人の男性を心から愛して、その人の子供を産んだ。彼女の行動は愚かで無謀で不運だったけど、それでもなんだかうらやましかった」

テルは黙って由希子の言葉を聞いていた。今の彼女にとって必要なのは砂なのだと思った。すべてを吸い込んでいく砂。

遠くに視線を投げながら、由希子が言う。

「以前に一度だけ、もしかしたら子供ができたかもって思ったことがあったのよ。それで久原に訊いてみたわ。もし、子供ができたらどうする？　って」

一度、言葉を切ってから続ける。

「彼は私に訊き返したわ。由希子はどうしたい？　って。私、答えるのを躊躇《ちゅうちょ》した。そうしたら、彼が言ったのよ。今からじゃ、子供は無理だなって」

「どういう意味だったのかな？」

「さあ。私の年齢的なことを言ったのかもしれないし、二人の関係について言いたかったのかもしれない。ただ分かったのは、ああ、子供は無理なんだってことなの。すとんと胸に落ちてきたわ。幸いと言おうか何と言おうか、そのときの私は妊娠していなかった。でね、これからのことを考えて、婦人科に行って、ピルを処方してもらうことにしたの」

「そのせいで、槙ありさを見ると、もどかしかった？」

「そうね。ううん、もしかしたら逆かも。もどかしかったのは、自分自身なのよね、きっと。私も、槙さんのように、後先考えずにシングルマザーになっておけばよかったって、どこかで思っていたのかもしれない。それで彼女を見ると、なんだか放っておけなかったのかな」

「由希子さん、子供がほしかったの？」

由希子は数秒間、テルの顔をじっと見つめた。それからふっと息を抜くようにして

笑うと、

「どうなのかしらね。よく分からないわ」と言った。

波の音が響く。

「ねえ、俺の歳《とし》、知ってる？」

由希子は少し笑って、

「知ってるわよ。二十九歳でしょ」

「ホストのテルは、その通り。でも、実年齢はもう少し上。三十四歳なんだ」

「そうなの？」

「うん」

「サバ読んでたのね？」

「そういうこと。ホストのピークは二十代後半だからね。三十過ぎたらオヤジの仲間入り。指名が減るよ」

「テルはテルなのに。歳なんか関係ないわよ。私はかえって嬉しいわ。あなたと一緒にいてこんなに落ち着ける理由が、ちょっと分かった感じ」

「そう言ってもらえると、ほっとするよ。打ち明けようかどうしようか迷ったんだ」

由希子が立ち止まり、咎《とが》めるようにテルを見た。

「迷うことないでしょう。私には本当のことを話して」

「分かった」

「他に隠していることはない？」からかうような口調で由希子が問いかける。

テルは笑って応じる。

「ないよ」

「なら、いいけど」

テルは海に目をやりながら言う。

「そろそろ宿に戻ろうか」

そうね、と由希子がうなずく。

「由希子さん、俺に何かして欲しいことある？　宿に帰ってから、足つぼマッサージでも、子守唄《こもりうた》を歌うんでも、なんでもしてあげるけど」

由希子はやんわりと笑いながら、そうねえ、と少し考える。そして言った。

「今して欲しいことがあるの」

「何？」

「抱きしめて。ぎゅっと抱きしめて。それだけでいいから」

黙って由希子の体に腕を回す。そうしながら、テルは考えていた。

女は皆、同じことを言う。同じことを望む。ただ抱きしめられたいと、それだけを願っている。

宿に戻り、風呂《ふろ》に入った。日中から入る風呂は、なんとも怠惰で贅沢《ぜいたく》だ。

先に上がったテルが部屋でくつろいでいると、由希子も戻ってきた。頬《ほお》がはんのり上気している。

冷蔵庫からビールを出し、グラスに注《つ》いだ。由希子はテルの隣に座り、ビールを飲む。

「おいしいわね」

テルがうなずく。

「ねえ、テルは退屈じゃないの？　私に付き合ってここにいて」

「退屈？　まさか」

「仕事だから？」

「それだけじゃないよ。何度も言ったよね、由希子さんは俺にとって特別だって」

由希子ははにかんだようにうつむく。

「テルは、今までに本気で好きになった女の人はいないの？　結婚しようと思ったことは？」

「好きになった人がいないわけじゃないけど、結婚は考えなかったな。それより先にやることがあると思ってたから」

「やること？」

「うん。ホストを始めたとき、三十歳までには絶対に独立して、自分の店を持とうって決めていたんだ。結婚やなんかはその後」

「そう」

「でも、ダメだった。三十歳のときにはまだ無理だった。でも、今なら」

由希子がぱっと顔を上げてテルを見る。

「テルならきっとできるわ」

「そうかな」

「そうよ。自信を持って」

「ありがとう」

由希子の腰に腕を回して引き寄せた。彼女は少し痩《や》せたようだ。腰が細くなった。由希子の体が悲しんでいる。久原がいないことを悲しんでいる。

その認識は、テルをわくわくさせた。久原は本当にいなくなったのだ。今の由希子は隙《すき》だらけ。それを思うと、嬉しくてたまらない。

たとえばテルが、店を持つための資金を援助してもらえないかと頼んだとして、どうしたらいいと思う？　と由希子が相談を持ちかける久原はもういない。あの男がいたらきっと、ホストにいいように金を巻き上げられるのがオチだ、とか、投資対象としてきちんと調査すべきだよ、などといらない知恵を授けたことだろう。久原自身が乗り出して来て、テルと直接話をしようとする可能性だってあった。

よかった。

あの男がいなくなって、本当によかった。

ただでさえ由希子は手強《てごわ》いのだ。弱い部分をさらけ出し、テルを頼っていたとしても、何かのきっかけで仕事用の彼女に切り替わり、あなた、何を言ってるの？　と厳しい口調で問い質《ただ》してきそうな気がする。経験に裏打ちされた彼女の靭《つよ》さだろうか、したたかさと言えばいいのか。どんな場合も侮れない。

二年間付き合いながらも、テルは、これで彼女を手に入れたと安心することができなかった。久原がそばにいたから、なおさらだった。いずれ独立するときには是非とも由希子に助けて欲しいと思っていたが、このままではとても手出しができないと諦《あきら》めそうになったこともある。由希子が久原と別れてくれないものかと、密かに願っていた。あの男さえいなくなれば、由希子一人に的を絞ればいい。

久原がネット上のありさに夢中になっていると由希子から聞かされたときには、心底驚いた。テルがネカマメールを書いていたサイトに、『案ずる男』という名前でメールを送ってくる人物。それが久原だった。ありさという名前を使ったこと、そして、槙ありさの境遇を参考にしていたことが久原を呼び寄せたのだ。女の振りをして、甘えたり、じらしたりしていた相手が、由希子の恋人だったとは。

久原はネット上のありさと槙ありさを混同し、結果として命を落とすことになった。

久原がいなくなってくれたのは幸運だったが、テルは単純に喜べなかった。メールのやりとりに焦点が当てられ、捜査が進み、最終的にテルまでたどり着き、それが由希子に知れたらどうしようかと心配だったからである。

本当にひやひやさせられた。が、もう大丈夫。

生活保護費をもらうことを目的とした、槙ありさと金子優也の偽装離婚。彼らは自分たちの生活を守ろうとして、久原をストーカーに仕立て上げた。そちらの方がよっぽどショッキングだし、話題性もある。警察だって、マスコミだって、メールのことは枝葉だと見なすだろう。

偶然にも、すべてが都合のいい方に転がった。運が向いてきたのだとテルは思う。

由希子がテルにもたれかかる。彼女の髪から甘い果物の香りがする。テルはその髪に口づけをした。

由希子は黙ってビールを飲んでいたが、ふいに顔を上げて言った。

「明日、東京に戻りましょうか」

テルは探るように由希子の顔を見る。

「大丈夫？」

「大丈夫って言い切る自信はないけど、仕事があるもの。いつまでもこうしていられないわ」

そう言って彼女は微笑む。目尻と口元のしわ。知り合ったときと比べれば、彼女も歳をとった。それでも由希子は魅力的だ。

彼女にはまだまだ頑張ってもらわなければならない。『ミネルバ』の堅調なビジネスをずっと維持し続けていること、それこそが彼女の一番の魅力なのだから。

「由希子さん」

「なあに？」

「俺、ずっと由希子さんのそばにいるよ」

テルは由希子をそっと抱きしめる。

波の音が聞こえていた。

参考文献
『Ｈｏｗ ｔｏ 生活保護〔介護保険対応版〕――暮らしに困ったときの生活保護のすすめ――』
東京ソーシャルワーク編　現代書館　二〇〇〇年
『プチ生活保護のススメ』大田のりこ著　大山典宏監修　クラブハウス　二〇〇三年

生活保護法の母子世帯に関する部分は、作品執筆当時のままとしてあります。

解　説

吉田伸子

巧《うま》い！

この原稿を書くために、久しぶりに本書を再読したのだが、初読の時とまったく同じように、唸《うな》ってしまった。永井さんは悪意を描くのが本当に巧い。それも、はっきりと目に見える悪意というより、本人さえ気付いていないような、無自覚な悪意。とりわけ、女性キャラクタのそれを、物語の中で絶妙にあぶり出していくあたりの、その手際の鮮やかなこと！　そこにあるのは、人間観察に対する永井さんのニュートラルな視点と、人物造形の確かさである。

これは想像に過ぎないのだけど、永井さんは、自身が現実にそういった悪意に触れた場合でも、自分に悪意を向けた相手を非難するのではなく、どうして相手がそういう行動に出たのかを、冷静に見ようとするのではないか。その理由を知ることで、相手の行動を納得しようとするのではないか。勿論、感情的な部分で、嫌だなぁ、不快だなぁ、と感じるとは思うのだけど、同時に、「何故？」という矢印を、相手にも自分にも向けるような気がするのだ。

ここで大事なのは、相手にだけ「何故？」の矢印を向けるのではなく、自分にも、というところだ。その双方向の矢印こそが、永井さんのニュートラルな視点を支えているのではないだろうか。そして、そういう実生活での観察力の蓄えこそが、永井さんの物語に出てくる登場人物たちの血となり骨となっているのだと思う。

さらに言えば、永井さんの物語のキャラクタたちは、読み手に、自分の知っている「誰か」を想起させる。実にリアルなのである。そのリアルさが、読み手を物語へと誘っていくのだ。そして気がつくと、読み手自身も、物語の真ん中に入りこんでしまっているのである。

永井さんのこの観察力は、北海道大学の農学部卒ということにも関係があるのでは、と思う。ご存知の方も多いだろうが、永井さんは卒業したのは北大の農学部だが、北大に進む前には、東京藝術大学に籍を置いていた。専攻はピアノ。しかし、三年の時に藝大を休学し、北大の農学部を再受験したのだ。

音楽とはまったく違うことがやりたくて入学した北大では、最初は獣医を志望していたという。が、北大の獣医学部では牛馬を相手にするため、体力的に自分には無理だと思い、作物の病気を研究する農業生物を専攻することに。実験室で白衣を着て、様々な菌をシャーレで培養する日々を過していたそうだ。この時の実験室での観察力が、そのまま実生活での人間観察に結びついている、というのは強引に過ぎるかもしれないが、藝大での日々と北大での日々が、相互に作用しあい（割合は三対七くらいか）、発酵して、永井さんの物語のベースになるところを構成しているように思うのだ。

さて、本書である。主な登場人物は三人。一人は人材派遣会社「ミネルバ」を経営する紀ノ川由希子。外資系ホテルに勤め、仕事の基礎をみっちりと学んだ二十代を経て、三十歳の時に渡米。ＭＢＡを取得し、帰国して三十五歳で起業。四十二歳になった由希子は、社会的にも金銭的にも恵まれた地位にあり、エステサロンとジムでのトレーニングで、若さと美貌を保っている。身につけるものはどれも一流ブランドのものばかりだが、由希子の理想は「華美とは無縁のさりげない品格」だ。原宿のビルの七階に構えたオフィスは由希子の城であり、誰よりも早く出社し、経営努力を怠らない。望むものは全て手にしているかのような由希子だが、唯一自分の思いどおりにならないことがある。それは、取引先のＭＩＳＡＫＩ商事の取締役である久原との関係だ。家庭のある久原とつき合うようになって五年。お互いに割り切った大人のつき合いではあるものの、由希子の心には久原との逢瀬の後に残る寂しさが、澱《おり》のように溜《たま》っている。

そんな由希子が、久原とでは埋められない心の渇きを癒すための相手として選んだのが、派遣ホストのテルだ。「会えば会うほど飢えていく」にもかかわらず、久原との関係をやめられない由希子は、逢瀬の後に、必ずテルを呼ぶ。自分の望み通りに振る舞ってくれるテルと一緒に過ごすことで、心のバランスをとっているのだ。この、派遣ホストのテルが、本書のもう一人の主人公である。

さらにもう一人。離婚してシングルマザーとなった槙ありさ。彼女は由希子の会社に登録したばかりのスタッフだ。派遣先で働き始めて十日。周りの評判も上々で、ようやく仕事になれてきた頃、別れた夫である優也が金をせびりに、派遣先にまで乗り込んで来る、というトラブルを引き起こしてしまう。ありさの派遣先は、奇しくも久原の勤めるＭＩＳＡＫＩ商事だった。迷惑がかかるので、由希子の会社の登録から削除して欲しいと申し出るありさだったが、女手一つで娘を育てている彼女を不憫に思った由希子は、何とか翻意させようと説得するのだが……。

ここまでが、物語のイントロだ。由希子の視点、テルの視点、ありさの視点、と章ごとに視点を変えて語られる物語は、三人それぞれの思惑を交えて、複雑に絡まりあっていく。ありさにまとわりつく優也に、自分と同じ派遣ホストの仕事を紹介したテル。思いがけなく派遣ホストとしての資質を開花させていく優也。これでありさは元夫の影に怯えずに、派遣スタッフとして引き続き働いてくれるだろう、と一安心した由希子だったが、その矢先、とある事件が起こる。

その事件とは何か、は実際に本書を読まれたい。何故事件は起こったのか？　はからずもその事件に巻き込まれることになってしまった由希子、テル、ありさ。三人三様の立ち位置から語られることで、次第に明らかになっていく事件の真相とは？

事件が起きてからの物語は、加速度をつけてぐいぐいと読者を引きつけていく。そして、事件の謎とともに、浮かび上がってくる、由希子、テル、ありさ、三人三様の「欲しい」もの。

読み終えた時に、本書のタイトルが鮮やかに胸に刻まれる。そう、本書は欲望についての物語なのだ。勿論、事件が起き、その事件の真相の解明というミステリとしての側面もあるのだけれど、ミステリというのは、本書をエンターテインメントとして物語るために永井さんが選んだ手法に過ぎない。本質は、男と女、それぞれの欲望について、である。

由希子が欲しいもの、それは久原だ。叶わぬ心の飢えを、派遣ホストのテルで埋めてみたところで、それは一瞬の癒しにしか過ぎない。彼女が本当に欲しいものは、部屋を訪れた久原の「帰りたくないな」の一言なのだ。端から見れば、何不自由ない由希子に、たった一つだけ欠けているもの、それを、自分が愛する一人の男、という設定にするあたりが、永井さんの巧さだ。「欲しい」と由希子が口にした瞬間、恐らくは壊れてしまうであろう久原との関係。どれだけ望んでも、どうしようもないもの、を由希子に渇望させることで、読者には、人の欲望の深さというものがひりひりと伝わってくるのだ。そして、手に入らない男の代償を、別の男で埋めようとする由希子を描くことで、欲望の深さが招いてしまう愚かしさをも、同時に描いているのである。巧いなぁ、本当に。

テルが欲しいもの、それは将来を見通せる仕事、だ。安定した未来、だ。現在所属している事務所では、オーナー補佐として店での地位を得てはいるものの、客には二十九歳で通している年齢は、実際には五歳上の三十四歳。ホストとして現役でやっていけるのがあと数年しかないことを、自分が一番よく知っている。そろそろ、働く側ではなく、働かせる側、経営する側になりたいのだ。だからこそ、テルは自分の仕事をきっちりとこなす。「客の女性の話を丁寧に聞き、気持ちを添わせることを第一に考え、実践」することが、自分の役目だと考えて、「寂しいの」と訴える主婦には、何も訊かずに、優しく抱きしめ、その腕の中で気が済むまで泣かせてあげたりもする。オーナー補佐としての仕事も怠らない。店の新人ホストの相談にも、親身になって聞いてやる。それもこれも、テルには、自身で描いている未来の青写真があるから、なのだ。

そして、ありさ。ある意味、彼女の「欲しい」が一番貪欲だ。どう貪欲なのか、は読んで知って欲しい。由希子とテルは自分の欲望に自覚的な分だけ、まだ救いがあると言えるけれど、ありさは無自覚なままだ。本人が自分の貪欲さにまったく気がついていないのだ。そして、程度の差こそあれ、ありさのようなタイプは、実生活にもいる。そう、ありさこそ、読み手に自分の知っている「誰か」を、最も想起させる人物なのだ。こういった人物配置も、唸るほど巧みだ。

人間の欲望を、エンターテインメントとしてスリリングに描きあげた本書は、作家永井するみの魅力が、ぎゅうっと詰まった一冊である。

初出誌「小説すばる」

「派遣癖」　二〇〇五年四月号
「にぎやかな海」　二〇〇五年六月号
「ヒロイン」　二〇〇五年九月号
「案ずる男」　二〇〇五年十一月号
「バクがいるから」　二〇〇六年一月号
「顔が見えない」　二〇〇六年三月号
「きょうの貢ぎ物」　二〇〇六年五月号
「セーフティネット」　二〇〇六年六月号
「ささやかな願い」　二〇〇六年七月号

右記の作品に加筆訂正いたしました。

この作品は二〇〇六年十二月、集英社より刊行されました。

集英社文庫　目録（日本文学）

集英社文庫　目録（日本文学）

中島らも　獏の食べのこし
中島らも　お父さんのバックドロップ
中島らも　こらっ
中島らも　西《さい》方《ほう》冗《じょう》土《ど》
中島らも　ぷるぷる・ぴぃぷる
中島らも　愛をひっかけるための釘
中島らも　人体模型の夜
中島らも　ガダラの豚Ⅰ～Ⅲ
中島らも　僕に踏まれた町と僕が踏まれた町
中島らも　ビジネス・ナンセンス事典
中島らも　アマニタ・パンセリナ
中島らも　水に似た感情
中島らも　中島らもの特選明るい悩み相談室　その1
中島らも　中島らもの特選明るい悩み相談室　その2
中島らも　中島らもの特選明るい悩み相談室　その3
中島らも　砂をつかんで立ち上がれ

中島らも　こどもの一生
中島らも　頭の中がカユいんだ
中島らも　酒気帯び車椅子
中島らも　君はフィクション
中島らも　変!!
中島らも／小堀純　せんべろ探偵が行く
長嶋有　ジャージの二人
中園ミホ／古林実夏　ゴースト　もういちど抱きしめたい
中谷巌　痛快！経済学
中谷巌　資本主義はなぜ自壊したのか　「日本」再生への提言
中谷航太郎　くろご
中谷航太郎　陽炎
中野京子　芸術家たちの秘めた恋　―メンデルスゾーン、アンデルセンとその時代
中野京子　残酷な王と悲しみの王妃
中野京子　はじめてのルーヴル
長野まゆみ　上海少年

長野まゆみ　鳩《はと》の栖《すみか》
長野まゆみ　若葉のころ
中原中也　汚れつちまつた悲しみに……　―中原中也詩集
中場利一　シックスポケッツ・チルドレン
中場利一　岸和田少年愚連隊
中場利一　岸和田少年愚連隊　血煙り純情篇
中場利一　岸和田少年愚連隊　望郷篇
中場利一　岸和田のカオルちゃん
中場利一　岸和田少年愚連隊　外伝
中場利一　岸和田少年愚連隊　完結篇
中場利一　その後の岸和田少年愚連隊　純情ぴかれすく
中部銀次郎　もっと深く、もっと楽しく。
中村安希　インパラの朝　ユーラシア・アフリカ大陸684日
中村安希　食べる。
中村安希　愛と憎しみの豚
中村うさぎ　美人とは何か？　美意識過剰スパイラル

集英社文庫　目録（日本文学）

中村うさぎ　「イタい女」の作られ方　自意識過剰の姥皮地獄
中村勘九郎　勘九郎とはずがたり
中村勘九郎　勘九郎ひとりがたり
中村勘九郎他　中村屋三代記
中村勘九郎　勘九郎日記「か」の字
中村　計　佐賀北の夏
中村　航　夏休み
中村　航　さよなら、手をつなごう
中村修二　怒りのブレイクスルー
中村文則　何もかも憂鬱な夜に
中村文則　教団X
中山可穂　猫背の王子
中山可穂　天使の骨
中山可穂　サグラダ・ファミリア〔聖家族〕
中山可穂　深爪
中山七里　アポロンの嘲笑

中山美穂　なぜならやさしいまちがあったから
中山康樹　ジャズメンとの約束
ナツイチ製作委員会編　あの日、君とBoys
ナツイチ製作委員会編　あの日、君とGirls
ナツイチ製作委員会編　いつか、君へBoys
ナツイチ製作委員会編　いつか、君へGirls
夏樹静子　蒼ざめた告発
夏樹静子　第三の女
夏目漱石　坊っちゃん
夏目漱石　三四郎
夏目漱石　こころ
夏目漱石　夢十夜・草枕
夏目漱石　吾輩は猫である(上)(下)
夏目漱石　それから
夏目漱石　門
夏目漱石　彼岸過迄

夏目漱石　行人
夏目漱石　道草
夏目漱石　明暗
鳴海　章　幕末牢人譚　秘剣 念仏斬り
鳴海　章　求めて候　幕末牢人譚 弐
鳴海　章　凶刃　累《かさね》之《の》太刀《たち》　幕末牢人譚 参
鳴海　章　密命売薬商
鳴海　章　ゼロと呼ばれた男
鳴海　章　ネオ・ゼロ
西木正明　わが心、南溟に消ゆ
西木正明　夢顔さんによろしく(上)(下)　最後の貴公子・近衛文隆の生涯
西澤保彦　リドル・ロマンス　迷宮浪漫
西澤保彦　パズラー　謎と論理のエンタテインメント
西村京太郎　東京―旭川殺人ルート
西村京太郎　河津・天城連続殺人事件
西村京太郎　十津川警部「ダブル誘拐」

集英社文庫　目録（日本文学）

西村京太郎　上海特急殺人事件
西村京太郎　十津川警部　特急「雷鳥」蘇る殺意
西村京太郎　十津川警部「スーパー隠岐《おき》」殺人特急
西村京太郎　十津川警部　幻想の天橋立
西村京太郎　殺人列車への招待
西村京太郎　十津川警部　四国お遍路殺人ゲーム
西村京太郎　祝日に殺人《ころし》の列車が走る
西村京太郎　十津川警部　修善寺わが愛と死
西村京太郎　夜の探偵
西村京太郎　十津川警部　愛と祈りのJR身延線
西村京太郎　幻想と死の信越本線
西村京太郎　十津川警部　飯田線・愛と死の旋律《メロディ》
西村京太郎　明日香・幻想の殺人
西村京太郎　十津川警部　秩父SL・三月二十七日の証言《アリバイ》
西村京太郎　九州新幹線「つばめ」誘拐事件
西村京太郎　十津川警部　小浜線に椿咲く頃、貴女は死んだ

西村京太郎　門司・下関　逃亡海峡
西村京太郎　十津川警部　三陸鉄道　北の愛傷歌
西村京太郎　鎌倉江ノ電殺人事件
西村京太郎　十津川警部　特急「しまかぜ」で行く十五歳の伊勢神宮
西村京太郎　外房線　60秒の罠
西村京太郎　十津川警部　北陸新幹線「かがやき」の客たち
西村京太郎　伊勢路《ルート》殺人事件
西村健　仁侠スタッフサービス
西村健　マネー・ロワイヤル
西村健　ギャップGAP
日経ヴェリタス編集部　定年ですよ　退職前に読んでおきたいマネー教本
日本推理作家協会編　夢《ゆめ》現《うつつ》　日本推理作家協会70周年アンソロジー
日本文藝家協会編　時代小説　ザ・ベスト2016
日本文藝家協会編　時代小説　ザ・ベスト2017
日本文藝家協会編　時代小説　ザ・ベスト2018
楡周平　砂の王宮

ねじめ正一　商人《あきんど》
野口健　落ちこぼれてエベレスト
野口健　100万回のコンチクショー
野口健　確かに生きる　落ちこぼれたら這い上がればいい
野沢尚　反乱のボヤージュ
野中ともそ　パンの鳴る海、緋の舞う空
野中柊　小春日和
野中柊　このベッドのうえ
野茂英雄　僕のトルネード戦記
萩本欽一　なんでそーなるの！　萩本欽一自伝
萩原朔太郎　青猫　萩原朔太郎詩集
橋本治　蝶のゆくえ
橋本治　夜
橋本治　幸いは降る星のごとく
橋本治　バカになったか、日本人
橋本紡　九つの、物語

集英社文庫

欲《ほ》しい

2009年10月25日 第1刷
2018年6月6日 第10刷

定価はカバーに表示してあります。

著　者　永井《ながい》するみ

発行者　村田登志江

発行所　株式会社 集英社
東京都千代田区一ツ橋2-5-10 〒101-8050
電話 【編集部】03-3230-6095
【読者係】03-3230-6080
【販売部】03-3230-6393（書店専用）

印　刷　凸版印刷株式会社

製　本　凸版印刷株式会社

フォーマットデザイン　アリヤマデザインストア　マークデザイン　居山浩二

ISBN978-4-08-746487-0 C0193